上海市哲学社会科学规划项目资助（批准号2012BWY003）

当代英美的马克思主义莎士比亚评论

Contemporary

American and

British Marxist

Shakespearean

Criticism

张薇 著

中国社会科学出版社

图书在版编目（CIP）数据

当代英美的马克思主义莎士比亚评论/张薇著.—北京：
中国社会科学出版社，2018.5
ISBN 978 - 7 - 5203 - 2335 - 2

Ⅰ.①当… Ⅱ.①张… Ⅲ.①莎士比亚(Shakespeare,William
1564 - 1616)—文学评论 Ⅳ.①I561.063

中国版本图书馆 CIP 数据核字（2018）第 072864 号

出 版 人 赵剑英
责任编辑 刘 艳
责任校对 陈 晨
责任印制 戴 宽

出 版 中国社会科学出版社
社 址 北京鼓楼西大街甲 158 号
邮 编 100720
网 址 http://www.csspw.cn
发 行 部 010 - 84083685
门 市 部 010 - 84029450
经 销 新华书店及其他书店

印 刷 北京明恒达印务有限公司
装 订 廊坊市广阳区广增装订厂
版 次 2018 年 5 月第 1 版
印 次 2018 年 5 月第 1 次印刷

开 本 710×1000 1/16
印 张 16.75
字 数 221 千字
定 价 69.00 元

凡购买中国社会科学出版社图书,如有质量问题请与本社营销中心联系调换
电话:010 - 84083683

我与 Jean E. Howard 教授的合影

献给美国哥伦比亚大学 Professor Jean. E. Howard

目　　录

第二编 文化维度的研究

绪　论

当代英美马克思主义莎评概况

　　英美的马克思主义莎士比亚评论（以下简称马克思主义莎评）
最早于 20 世纪 30 年代大萧条时期和第二次世界大战前夕就出现
了，其中有英国共产党员克里斯托弗·考德维尔，他牺牲于西班牙
国际纵队的反法西斯斗争中，他朴素的反映论批评认为文学直接反
映从外到内的社会经济力量，表征特殊阶级的世界观。英国莎评家
威尔逊·奈特的著作《莎士比亚时代的戏剧和社会》提供了一个用
马克思主义来阐释城市喜剧兴起与早期近代英国商业文化发展的关
系，认为社会关系的变化有助于典型资本主义经济的兴起。但 70
年代之前只是零星的马克思主义莎评，真正蔚然成风是从 70 年代
开始，尤其以英国的特雷·伊格尔顿和理查德·威尔逊，美国的安
妮特·鲁宾斯坦、保罗·西格尔、斯蒂芬·格林布拉特、瓦特·科
恩、吉恩·E. 霍华德和丹尼斯·阿尔巴内塞、理查德·哈尔本、
皮特·斯达利布拉斯为代表，他们自觉地运用西方马克思主义的理
论和方法在莎士比亚研究中开辟了一方新天地。

　　国际莎学会对这方面的研究高度重视，国际莎士比亚年会上专
门开设"马克思主义与莎士比亚""马克思之后的莎士比亚"的专
题，2001 年出版的《马克思主义莎评》（*Marxist Shakespeares*）一书
就是来自于 1993 年美国莎士比亚协会研讨会的论文汇编。会议的
主题是"在国际观点的全球危机中，马克思主义往何处去"，《马

克思主义莎评》收录的 12 篇文章均是马克思主义莎评的成果。2016 年的第十届世界莎士比亚大会专门开设"社会主义的莎士比亚"研讨会，其中探讨马克思主义莎评对政治、理论、实践的意义。

我国对英美的马克思主义莎评缺乏重视，只有零星的一些文章，杨正润先生的论文《文学和莎学研究的政治化》，概要介绍了英国文化唯物主义莎评，并用比较的方法揭示它与传统的马克思主义莎评以及旧历史主义莎评和新历史主义莎评的区别。许勤超的论文《激进的批评》和《政治的莎士比亚》分析了英国的文化唯物主义莎评的政治批评特色及其困境，他的专著《文本政治学——文化唯物主义莎评研究》认为文化唯物主义重视被遮蔽的历史，强调斗争性，反本质主义。杨林贵先生的英语论文《唯物主义批评与莎士比亚研究》考察在后现代文化背景下，特别是欧美学界的唯物论莎学话语史，论证唯物论莎士比亚学者"与逝者对话"的强烈愿望背后潜藏着更强烈的对后现代社会的焦虑。除此之外，张泗洋等人的《莎士比亚引论》、李伟民的《中西文化语境里的莎士比亚》简略地介绍了英美的马克思主义莎评。总的来说，我国对英美的马克思主义莎评研究未成气候。有鉴于此，有必要加大力度。

英美的马克思主义莎评的研究从内容到形式呈现多元化的、万花筒式的景象，本书着重探讨马克思主义莎评在当代英美的实践，分两大部分，第一部分从文学维度进行文学观念的探讨，细读文本，从事文本分析。第二部分从文化维度探讨莎剧中所表征的文化现象，诸如早期近代英国的文化场、文学场以及海外经济扩张如何使莎翁成就为世界伟大的戏剧家，探讨莎士比亚对当今文化市场的影响，尤其是莎翁电影对世界电影市场的导向。这些批评形式包括新历史主义、文化唯物主义、女权主义和现代主义等。

文学维度研究的代表性学者为鲁宾斯坦、西格尔和伊格尔顿。

安妮特·鲁宾斯坦的莎学思想是以马克思主义唯物史观为总领的，这跟她一生所从事的政治活动有紧密关系。她从宏观的视野来把握莎士比亚的总体概况，认为莎士比亚能洞察未来，以现实主义创作反映时代的政治冲突；鲁宾斯坦又从微观角度，探讨莎士比亚对王权、种族、殖民以及妇女地位等问题的态度。

保罗·西格尔选取莎士比亚的历史剧和罗马剧作为研究对象，他的著作《莎士比亚的英国历史剧和罗马剧——一种马克思主义的方法》首先叙述马克思、恩格斯对莎士比亚的喜爱和运用，然后深入地探讨莎士比亚英国历史观和罗马观，具体分析"君权神授"与国家利益、君主政体与社会秩序以及王者的素质和力量。西格尔认为：莎翁历史剧虽然写的是封建社会的历史，但已有资本主义因素的萌芽，展示英国从封建社会向资本主义社会的过渡，而罗马剧主要探讨民主与专制的冲突，揭示古罗马从兴盛到衰落的过程。西格尔的研究是将历史唯物主义与辩证唯物主义相结合的范例，他最大的创新在于将美国革命与莎士比亚历史剧和罗马剧中的政治意识形态相联系，说明美国革命从莎剧中吸收了有益的养分，但又与莎剧的思想有所不同。

特雷·伊格尔顿是英国文化唯物主义的重量级人物，著作等身。他对莎学的研究主要集中在 20 世纪 60 年代和 80 年代，《莎士比亚与社会：莎士比亚戏剧批评研究》出版于 1967 年，该书用结构主义马克思主义的美学理论来研究莎士比亚，改变把社会看作是外部世界机械再现的思维习惯，认为个人经验不只是私人的，社会不只是公共的，强调要使自发的生活与社会责任相一致。时隔 19 年，他于 1986 年出版《威廉·莎士比亚》，该书研究 18 部莎剧中的语言、欲望、法律、金钱、价值、自然、虚无等之间的相互关系，这一研究是在政治符号学中的一次试炼，试图把相关历史置于文本的字里行间中。伊格尔顿的莎评显露了文化唯物主义的端倪。

这三位学者都是从思想内容的角度在文学层面上解读莎士比亚。近20年来随着文化研究热潮的兴起，许多学者转向从文化维度来研究莎士比亚，既注重对过去历史的考量，又关注莎翁对当今的影响，比如对文化市场的影响、对电影文化产业的影响，探讨早期近代英国的经济、地理大发现如何给莎士比亚带来创作的灵感和素材，考察当时权力场、文化场和文学场之间相辅相成的关系。

幽灵是人类世界中长时间里被认可为确实存在的超自然现象，后来被看作是一种精神的幻影，萦绕着后世。莎士比亚尽管已离我们四百周年，但他一直像幽灵一样萦绕着人类生活，在政治、文化、文学、经济的每一个领域、每一个角落我们都能或显或隐地寻觅到他的印记。"幽灵诗学"为我们开启了一扇新的窗户，注重从"过去"萦绕着"现在"的思维逻辑中去探寻一些被人们忽略的东西。莎士比亚作品中有许多幽灵形象，而这些幽灵对马克思、恩格斯、德里达，以及美国的两名学者哈尔本和斯达利布拉斯等人都有深刻的影响，幽灵被他们一再地转喻。马克思、恩格斯经常在著作中借用"幽灵"的意象来论述政治问题和哲学问题，比如《共产党宣言》的开头、《德意志意识形态》《资本论》等。德里达的《马克思的幽灵》对莎士比亚和马克思进行了互文式的解读，哈尔本和斯达利布拉斯则对马克思和德里达进行再解读，既看出他们的内在联系，又指出德里达对马克思精神的过滤，批评德里达对幽灵的过度净化。

女权主义也是马克思主义莎评中的重要内容，恩格斯的《家庭的起源：私有制和国家》一书开始就研究性别。爱丽丝·克拉克早期的书《17世纪妇女的工作生活》已经提出了一系列重要问题，如妇女在封建社会向资本主义过渡中的劳动地位、家务之外她们做主的能力。近30年马克思主义莎评最大的变化是已经把性别纳入戏剧的唯物主义的解释中。客观地说，20世纪80年代之前，英美马克思主义莎评很少从唯物主义的角度来强调性别在社会斗争中作为中心范畴的作用，强调性别差异所产生的唯物主义实践。20世纪70年代作为社会运动和80年代并入学院的女权主义的复兴使女权主义的地位变成紧迫的问题。许多女权主义者认为马克思主义被一些理论之父所主宰，这些理论之父最多对性剥削进行表面文章式的分析。尽管如此，在10年的过程中，女权主义从残留的本质主义中脱离出来，采纳和修改许多新历史主义的实践，借用新历史主义的方法来进行性别分析。许多女权主义把马克思主义看作联盟，公开承担社会改革的责任，尽管批评的兴趣集中在家庭的空间，集中在婚姻和喜剧文类中，但都保持女权主义批评的特点。

在美国语境中，与马克思主义相联系的女权主义研究经常被称作唯物主义女权主义，这个术语被瓦莱丽·韦恩在1991年作为副标题，《不同的事情：唯物主义女权主义莎评》（*The Matter of Difference：Materialist Feminist Criticism of Shakespeare*），某种程度上这个术语是一个回避，是避免公开与马克思主义挂钩的一种方式，有时"唯物主义"在唯物主义女权主义中能缩小为简单关注物质事情或原材料，而不是历史唯物主义野心勃勃的、辩证的分析。在这本论文集的序言中，瓦莱丽·韦恩支持许多女权主义研究，这本书中所包括的许多批评她们自己没有定名为马克思主义或社会主义，尽管如此，这些论文聚焦于阶级以及在建构女权主义主体中的作用，强调妇女研究，从生物生活到家务，到家务以外的劳动，承认阶级基础与压迫式的家长制模式相交叉，关注意识形态的物质性，关注意识形态压迫和剥削妇女。

美国哥伦比亚大学的学者吉恩·E. 霍华德探讨意识形态的物质性，她曾在1994年的《早期近代英国的舞台和社会斗争》（*The Stage and Social Struggle in Early Modern England*）一书中认为早期近代剧场是矛盾和多重质询的处所，多重质询使得政治影响无法预见，对不同的主体产生不同的影响，舞台意识形态的力量并不存在于想象中，而存在于演出和舞台制度的实践中。吉恩·E. 霍华德分析对女性戏迷来说的尴尬处境，如男孩扮演女性角色，消费者把女性置于商业活动中——要她们的钱、鼓励她们观看，又禁止她们演出。吉恩·E. 霍华德在聚焦演出实践，揭示演什么和被谁演，以及在谁面前演之间的矛盾时，她的研究受惠于罗伯特·魏曼，也受惠于瓦特·科恩，她看到舞台写作经常迎合贵族主体，而戏剧生产的模式却停留在大众阶段。吉恩·E. 霍华德根据性别而不根据阶级来思考隐含在看戏过程中的社会关系，她聚焦的不是未被注意的男性戏迷，而是未被注意的女性戏迷，她们偶尔出现在戏院，一是为自我炫耀；二是为观看的实践和批评的判断。吉恩·E. 霍华德审视各种戏迷卷入的意识形态的压力和物质实践之间的关系，不仅这些戏剧本身被早期近代文化意义建构的结构差异所分裂，服务于沉默的阅读，而且它们被演员在特定的处所、在杂七杂八的观众面前表演。这些物质条件反映了不同性别、不同阶级的观众成员怎样被看戏经历所质询。

邓普纳·卡拉汉的研究独辟蹊径，以小见大，以一个微小的物品来揭示早期近代英国女性的生存状况。她的论文《留心照看你的织物：〈奥赛罗〉和莎士比亚时代英国的女性和文化生产》以《奥赛罗》中的针织品"手帕"和"床单"为引子，研究早期近代英国女性针织与写作，揭示男权主义把针织品当作女性的性别标志和贞操标志。苔丝狄蒙娜因为定情手帕的失落，被奥赛罗认定为失去贞操，最后被活活掐死，这个剧在西方也被称为"手帕的悲剧"。女性被限定在私人世界，不得越界到公共世界，男权主义者污蔑女性的慵懒和消费的无度。卡拉汉的研究也显示出唯物主义女权主义的特色，把意识形态投射到一个物质的东西上。

莎士比亚戏剧之所以达到登峰造极的程度，大大得益于伊丽莎白时代的权力场、文化场、文学场对他的催生，他生逢其时。英国马克思主义莎评学者、金斯顿大学教授理查德·威尔逊（Richard Wilson）主攻英国文艺复兴时期文学，他是新历史主义的一名干将，他的论文《取悦：通过布迪厄看莎士比亚》借用布迪厄场域理论来分析莎士比亚时代的剧院对莎士比亚文化生产的作用，充分揭示了场域对莎士比亚的重要性。除了伊丽莎白女王支持之外，还有骚桑普顿伯爵（Southampton）、埃塞克斯伯爵（Essex）等王公贵族的器重和友情帮助，"大学才子派"戏剧的直接影响，以及当时的市场、观众的趣味左右着莎士比亚对写作内容的选择，总而言之莎士比亚以八面玲珑的应变能力周旋在早期近代英国的权力场、文化场和文学场中，威尔逊的研究具体演绎了马克思主义莎评中的场域概念。

文学的发展不是孤立的，它必然受到经济的影响，莎士比亚戏剧之所以背景那么广阔、内容那么丰富，以英国、地中海流域为主，囊括欧洲、亚洲、非洲、美洲，具有全景图、世界视野的特点，这跟当时的英国海外扩张、国际贸易有密切的关系，美国著名莎学家瓦特·科恩的论文《未被发现的国度：莎士比亚和商业地理》以大量的历史材料展现当时地理大发现和英国海外贸易的状况，说明莎士比亚戏剧中那么多的地理知识和信息从何而来，考证莎士比亚地理学的来源，以及海外经济贸易在莎剧中的表征。如果当时英国没有那么逢勃的向外扩张的势头、没有"日不落帝国"的雄心和实践，难以想象莎士比亚能写出如此大气磅礴、波澜壮阔的戏剧。瓦特·科恩深领马克思主义的精髓，又结合新历史主义的研究方法，得出了令人信服的结论，这是一篇历史唯物主义的力作。

莎士比亚戏剧的影响不局限于文学领域，也扩展到视觉艺术领域，包括电影、电视，涌现出了一大批优秀的佳作。美国好莱坞是世界电影的重镇，是世界电影的风向标，引领着世界电影的走向。

美国学者丹尼斯·阿尔巴内塞的论文《莎士比亚电影与文化的美国化》探讨莎士比亚在电影文化市场中如何被强势的美国文化所统治，如何被美国趣味所左右，深深地打下美国的烙印。他考察肯尼斯·布拉纳的《哈姆莱特》和巴兹·鲁曼的《莎士比亚的罗密欧与朱丽叶》这两部电影的制作目的和手段，这两位导演声称需要把莎士比亚带到美国的中心地带和小镇上，莎士比亚早已不局限于大城市和精英文化机构，而成为真正美国的一部分。阿尔巴内塞的研究具有现代主义的倾向。与上文考察早期近代英国戏剧的论著、论文不同，他的研究不是与死者对话，而是与生者对话，关注莎士比亚的当代性。丹尼斯·阿尔巴内塞在《大学以外的莎士比亚》（*Extramural Shakespeare*）一书中富有想象力地运用文化研究的跨学科的技巧，推动马克思主义莎士比亚分析，进入"现在"语境，她称之为"千禧年前的文化"。阿尔巴内塞认为莎士比亚应走出大学，走向大众。她说这些话的依据是建立在一系列深刻案例研究的基础上，研究各种机构如 NEA（全国教育协会），把莎士比亚放在广泛分享的大众文化的民众部分。

马克思主义的莎评除了以上从幽灵诗学、文化场域、女权批评、文化唯物主义和历史唯物主义、现代主义的角度进行莎士比亚研究之外，还有新历史主义。作为一个批评实践，新历史主义最重要的分析是君权的作用和公共机构的作用，诸如宫廷、教堂的作用。我们可以在斯蒂芬·格林布拉特（Stephen Greenblatt）的《文艺复兴的自我塑造：从莫尔到莎士比亚》（*Renaissance Self-Fashioning from More to Shakespeare*）里看到专门的研究，在从事研究"自我"如何在文艺复兴中被塑造（改变）这一似乎令人厌倦的话题时，格林布拉特设想暂时的、分裂的自我，这个自我由无法控制的、非个人的历史的力量所形成。这本开路先锋般的书每一章都审视作为主体的、特殊的 16 世纪"自我"如何在与特权和妖魔化的对立面的关系中形成。格林布拉特审视的自我既有历史人物，如托马斯·莫尔先生，又有虚构的作品，如莎士比亚的《奥赛罗》。他研究"相对于文学文本之世界的社会现状，和在文学文本中呈现的社会现实"。① 由此，格林布拉特认为文学主体和生活主体同样被历史的力量和话语所铭刻。他审视人类主体的不自由，他说："就我能说的而言，在所有我的文本和材料中，主体没有纯粹的、自由的时候，事实上，人类主体本身一开始似乎相当不自由。"②

　　吉恩·E. 霍华德把一些学者的成果汇集成书《马克思主义莎评》，并在序言中论述道：这些成果用马克思的理论以及马克思主义的理论来对莎士比亚进行新的叙事，对他文本中所蕴含的历史和制度习俗进行新的叙事，让关注经济、政治和文化的马克思主义思想来挑战把文学文本孤立于国家政治经济模式的阐释方式，试图创造可能的新的审视方法，创造一些在别的分析传统中所不可用的新知识，这个目标符合马克思本身的思想。这些成果反映学者们聚焦于劳动的性别特性、新定义的劳动、文化生产的新兴形式，传统的马克思主义的历史观和历史分期研究也贯穿其中，特别是对莎士比亚与早期近代英国、资本主义过渡之间的关系有深刻的研究，比如用妇女劳动、妇女文化产品来论述与性别有关的早期近代文化，用随着资本主义市场经济而出现的性别意识形态的新形式来论述早期近代文化。而如今莎士比亚作为义化的资源，在电影和戏院里发挥着巨大的作用，莎士比亚在当今的全球市场上被当成了一件商品，以前莎士比亚被当作特定民族文化的标志，如今在全球化的市场中其民族意识形态的东西被淡化了，莎士比亚成了全球的莎士比亚。

---

　　① Crystal Bartolovich, David Hillman and Jean E. Howard, *Great Shakespeareans*: *Marx and Frued*, London: Bloomsbury Publishing Plc, 2104, p. 72.

　　② Ibid..

总而言之，莎士比亚和马克思主义不仅萦绕在过去，而且萦绕在当下，"Marxism now, Shakespeare now."① 霍华德的这一论断无疑是对英美马克思主义莎评的准确的判断和评价！

综观当代英美的马克思主义莎评，在文学研究和文化研究方面有开拓性的贡献，它为我们提供一些新的思维方式和研究方法，拓宽了研究的视野，无论是注重"过去"还是注重"现在"，都有深刻的意义，并在一定程度上也发展了马克思主义，马克思主义在莎士比亚的研究中焕发了新的活力。

---

① Jean E. Howard and Scott Cutler Shershow, *Marxist Shakespeares*, London and New York: Routledge, 2001, p. 1.

第一编

文学维度的研究

马克思主义莎评有多重维度，可以从文学维度去研究，也可以从文化维度去研究，笔者首先从文学维度着手，选取一些评论者，如美国的安妮特·T.鲁宾斯坦、保罗·西格尔和特雷·伊格尔顿，他们对莎士比亚文本进行精细的阅读，阐释莎剧，提出文学观念，以文学性为第一位，同时联系社会斗争。

第 一 章

鲁宾斯坦的莎学思想

安妮特·T. 鲁宾斯坦（Annette T. Rubinstein）（1910—2007）是当代美国著名的马克思主义学者、作家，她用马克思主义思想来研究英国文学，其观点体现在专著《英国文学的伟大传统：从莎士比亚到萧伯纳》（*The Great Tradition in English Literature from Shakespeare to Shaw*）。这套著作早在 1987 年就译成中文出版，在中国的外国文学界有一定影响，其中论述的 20 多位英国作家的观点经常被人们引用，评论莎士比亚只是其中的首篇，也是最重要的一篇。

第一节　马克思主义思想研究的缘由

鲁宾斯坦为什么采用马克思主义思想研究莎士比亚？这与她的人生经历和政治追求有关系。1910 年鲁宾斯坦出身于纽约一个犹太移民的家庭，1933 年她获得哥伦比亚大学哲学博士学位。1934 年她成为一个积极的社会主义者，而且贯穿她的整个一生，她对自由、社会正义，对文学、对教学充满激情。在 20 世纪的政治社会运动中她与大多数工人阶级、反种族主义者站在一列。1952 年她参加了美国共产党，在麦肯锡时代（McCarthy period）她被列为黑名单，但这终止不了鲁宾斯坦的政治和教育工作，她仍然坚持独立探索，进行马克思主义研究。度过艰难的麦肯锡时代之后，随着保护人权、反战、民族解放、新左派、妇女运动的新浪潮的涌现，她在国内反对种族主义，在国际反对帝国主义，一生支持独立的社会主义政治。在 1936 年至 1954 年期间她是美国劳动党的组织者、领袖，1950 年她作为美国劳动党与自由党的候选人一起竞选议员。后来她编辑了《马克托尼奥选集》，并写了他的政治传记，作为她编辑《投票我的良知》（*Vote My Conscience*）的介绍。1992 年她获得第一届马克托尼奥奖（the first Marcantonio Award）。鲁宾斯坦还是民族自治的始终一贯的倡导者，在七八十年代她参加各种美国人民代表团，谴责美国殖民占领波多黎各，积极地捍卫波多黎各政治犯。

鲁宾斯坦采用北美马克思主义（North American Marxist）来研究英国文学，在《科学与社会》（*Science and Society*）、《每月评论》（*Monthly Review*）上发表了大量的文学评论文章，她曾撰写《每月评论》的一个章节"美国共产主义历史新研究"，讨论费德勒剧场在美国左翼政治社会文化中的意义。1986 年她出版了《美国文学的根与花》（*American Literature Root and Flower*），这本书首次在中国出版和使用。鲁宾斯坦与中国颇有缘，她于 1982—1983 年和 1987—1988 年在北京外国语大学教授英国文学和美国文学。

1975 年秋，她开始为布莱希特论坛的纽约共产主义学院（Brecht Forum's New York Marxist School）工作，讲授文学、戏剧和政治学，1995 年成为该学院的第 20 届年度老师。她还是《科学与社会》杂志的编辑，这本杂志是美国乃至世界上最悠久的马克思主义杂志。

她的一生站在社会主义的立场上与非马克思主义的种种社会势力斗争，她认为斗争是职责，她非常赞同亚里士多德所说的人是政治的动物。从她一生的经历我们看出她始终坚持马克思主义学说，因此我们不难理解她在分析莎士比亚的时候自然而然地运用社会政治斗争的眼光。

第二节　宏观评价莎翁

　　鲁宾斯坦的马克思主义莎学思想主要体现在《英国文学的伟大传统：从莎士比亚到萧伯纳》中，这是在马克思主义唯物史观指导下的一部英国文学史，共三册。《英国文学的伟大传统：从莎士比亚到奥斯丁》是第一册。在开篇的序言中，鲁宾斯坦亮出了第一个观点："英国文学的伟大传统，是那些莎士比亚称之为'能从现在洞察未来'的伟大作家的传统。未来总是在现在的心脏底下搏动。"① 也就是说，伟大的文学具有跨时空的特点，它不是仅限于影响某一个时代，而是具有普遍性和永恒性。莎士比亚毫无疑问是其中最出色的一位作家，本·琼森赞赏莎士比亚"他不属于一个时代，而属于所有的世纪"，这是对鲁宾斯坦这一观点的最贴切的例证，而马克思主义也是注重"站在今天，放眼未来"的高瞻远瞩的预见性，马克思是超越时空的先知，站在资本主义时代，却能描绘社会主义和共产主义的美丽蓝图，预见人类社会最高境界的共产主义的理想。

　　紧接着，鲁宾斯坦亮出第二个观点："英国文学的伟大传统，是伟大的现实主义作家的传统。也就是说，代表这一传统的作家，能透过生活表面的无数漩涡和逆流，看到永不止息的时代主流，并密切加以关注。"② 这里的关键词是"现实主义"和"时代"，也就

---

　　① Annette T. Rubinstein, *The Great Tradition in English Literature from Shakespeare to Shaw*. Volume I, New York and London：Modern Reader Paperbacks, 1969. p. V. 译文参见 ［美］安妮特·鲁宾斯坦：《英国文学的伟大传统：从莎士比亚到奥斯丁》，陈安全、高逾、曾丽明译，上海译文出版社 1986 年版。以下均同。

　　② Annette T. Rubinstein, *The Great Tradition in English Literature from Shakespeare to Shaw*. Volume I, New York and London：Modern Reader Paperbacks, 1969, p. V.

是说她主张文学应如实地反映时代，客观地反映政治形势和社会风貌，这就要求我们研究文学必须联系社会背景。在论莎士比亚一章的结尾，她再次重申现实主义，"有助于理解他的作品的关键事实，只能在他所处时代的政治、社会事件的洪流中去寻找。他那个时代是革命的资产阶级的伟大时代，它产生了资产阶级社会所仅有的、充满希望与积极精神的、最伟大的现实主义文学。"① 这表征了鲁宾斯坦的现实主义美学思想，即赞赏用现实主义创作方法去反映社会。这与马克思的"莎士比亚化"的精神是一致的，"莎士比亚化"是马克思、恩格斯在给拉萨尔的信中所提出的有关莎士比亚创作的一个重要命题，是针对"席勒式地把个人变成时代精神的单纯的传声筒"的缺陷而提出的，要求遵循现实主义的原则，描绘"五光十色的平民社会"，要求"较大的思想深度和意识到的历史内容，同莎士比亚剧作的情节的生动性和丰富性的完美融合"。比较两种异曲同工的表述，可以看出鲁宾斯坦是沿着马克思主义的美学之路向前迈进的学者，她以客观唯物的视角注重研究作品的政治内容和思想内涵。

鲁宾斯坦批评通俗的传记和选集或学究式的讨论"几乎总是缩小、歪曲或完全无视作家的政治态度和政治活动，而这些恰恰是受到他们赞扬的艺术作品的基础"②，鲁宾斯坦反对经院式的研究，脱离现实，这种研究对学生有负面影响。鲁宾斯坦在此亮出第三个观点：政治批评的重要性和必要性，这是马克思主义一贯所采用的研究范式。"伟大的作家，在他们时代的政治冲突和社会冲突中，是多么明朗地、自觉地、全心全意地始终站在进步的党派一边。"③ 鲁宾斯坦在书中所列的 20 多位作家都是如此，为人类的自由而进行

---

① Annette T. Rubinstein, *The Great Tradition in English Literature from Shakespeare to Shaw*. Volume I, New York and London: Modern Reader Paperbacks, 1969, p. 80.

② Ibid., p. 3.

③ Ibid..

着斗争。

莎士比亚是这些作家中最伟大的一位。在上面这三种观点的统领下，鲁宾斯坦在论述莎翁时，首先介绍伟大作品诞生的社会政治背景——伊丽莎白时代，这是一个资产阶级推翻了封建主义的时代，女王对历史动向似乎了如指掌，英明治国，是那个时代的开明君主。举国上下拥护女王，因为她的统治结束了宗教迫害、西班牙战争和内战的危险，尤其是战胜西班牙的无敌舰队，国威大振。鲁宾斯坦重点考察了戏剧这一艺术形式在英国的发展，从古老的奇迹剧、神秘剧和道德剧转变成伊丽莎白时代的戏剧，戏剧是时代的缩影，莎士比亚在《哈姆莱特》中说"自有戏剧以来，它的目的始终是反映自然，显示善恶的本来面目，给它的时代看一看它自己演变发展的模型。"（第三幕第二场）① 他在《皆大欢喜》中说"全世界是一个大舞台，所有的男男女女都不过是一些演员。"（第二幕，第七场）② 鲁宾斯坦用大量的事实和引证来说明"民族的成长，商业的发展和政治上的事件，这些背景提供了一把钥匙，帮助我们理解以莎士比亚的伟大戏剧为其顶峰的、政治色彩占主导地位的戏剧。"③ 鲁宾斯坦颂扬人文主义，她对人文主义的理解是："在伊丽莎白时代的人看来，人，在本质是他自己最富戏剧性的历史的主人公，是以改天换地为己任的英雄。"④ 人具有理智的能动性和神圣性，人是造物主按照他自己的形象所创造出来的，高贵尊严，有一种至高无上的、神圣的本质，对世界有巨大的影响力，从本性上来说，在德行和尊严方面，人超过世界上的任何其他生物。

---

① ［英］威廉·莎士比亚：《莎士比亚全集》（增订本）第 5 卷，朱生豪译，辜正坤校，译林出版社 2013 年版，第 334 页。

② ［英］威廉·莎士比亚：《莎士比亚全集》（增订本）第 2 卷，朱生豪译，辜正坤校，译林出版社 2013 年版，第 127 页。

③ Annette T. Rubinstein, *The Great Tradition in English Literature from Shakespeare to Shaw.* Volume I, New York and London：Modern Reader Paperbacks，1969，pp. 19 – 20.

④ Ibid. , p. 16.

在具体写法上，鲁宾斯坦把重点放在该时期历史中与文学发展关系最密切的有关方面，采用的是历史考察法，这和马、恩的思想是一致的，用社会实践的观点考察人物和环境的关系，因为一定的人物性格总是由一定的社会环境决定的。在历史时代分析的基础上，鲁宾斯坦大胆地提出一个看法："真正伟大的并不是潜在的莎士比亚，而是在旧的社会和经济秩序遭到破坏、新的世界正在诞生的时代逐渐成熟起来的、确确实实的莎士比亚，当时，他的国家、他所在的城市，在这种破坏以及伟大新生中起着主导作用。如果不出现莎士比亚，可能会出现其他人，虽然不会很多，但会有几个，生来就赋有和莎士比亚同样的才能"[①]。鲁宾斯坦在此强调时代造就了莎士比亚，但至于还会出现别的伟大作家这一结论，笔者并不完全赞同，伟大作家的诞生除了客观的社会气候和土壤之外，也离不开作家的天才，这种杰出的天才并不是每个时代都能造就的，也并不是每个人都有可能的。假如没有莎士比亚，就无人雄踞文学的最巅峰，他同时代的"大学才子派"中的剧作家尽管也很有才能，但他们创作的数量和质量都不足已达到最高水平，还够不上世界上最伟大的戏剧。鲁宾斯坦过于强调社会历史的作用，而弱化作家主体的作用。

第三节　微观解析莎剧

在具体分析莎翁作品时，鲁宾斯坦采用按写作年代的先后顺序进行评述的方法，目的是帮助我们对莎士比亚政治观点和社会观点的发展形成更具体的看法，比如对王权、种族、殖民、妇女地位的认识。

---

① Annette T. Rubinstein, *The Great Tradition in English Literature from Shakespeare to Shaw*, Volume I, New York and London: Modern Reader Paperbacks, 1969, p. 24.

鲁宾斯坦非常敬佩莎士比亚十部历史剧"把英国整整一个世纪的历史写成连续的戏剧，这是一个惊人的成就"。① 在历史剧以及一些悲剧如《麦克白》《哈姆莱特》中，鲁宾斯坦讨论的核心问题是王位继承权。莎士比亚开始创作的第一组历史剧四个剧本：《亨利六世》三部曲和《理查三世》，具体描写了英国的近代史，"包括内战的无比恐怖和国家统一的必要性；真正的君主应有的品德和责任；重要而有名望的人物的私人关系和个人欲望对政治事件的影响；一个时代的政治风气对个人性格的影响；宗教与国事分离的必要性；以及合法的、无疑义的王位继承的重要性。"② 她认为《理查三世》中已开始表明了莎士比亚和敏锐的、具有政治头脑的观众所共同关心的某些重大问题，即君主的品德和君权神授。莎士比亚第二组历史剧中的《理查二世》追溯到内战爆发前三代去寻找它的深刻根源，"君权神授"（the divine right of kings）就一定对吗？"是不是应该效忠一个不负责任、软弱无能、不公正、但却是合法的国王，而不该废黜他并让一个机灵、精明、能干，但没有合法王位继承权的人去取代他？……在结束封建对抗所需要的君主的绝对权力和近乎可笑的个人专断之间，在坚持君权神授原则的必要性和国王当真相信自己有这种神授之权力的荒谬性之间，在王位神圣不可侵犯和经常出现的个别君主的昏庸无能之间，莎士比亚所划的界限十分微妙、着力，虽然始终没有划得清楚，但也并不互相矛盾，这在文学史上实在是罕见的。"③ 的确在"君权神授"和英明国王之间的天平上，莎士比亚显然倾向于英明国王，即便他的王位来路不正，也就是说，把国家治理好才是最重要的，王权如何获得是次要的，波林勃洛克推翻理查二世，当上亨利四世，这是于国于民的

---

①　Annette T. Rubinstein, *The Great Tradition in English Literature from Shakespeare to Shaw*, Volume I, New York and London：Modern Reader Paperbacks, 1969, p. 37.

②　Ibid., p. 25.

③　Ibid., p. 29.

可庆之事。莎士比亚始终赞成君主制，而且寄希望于明君。鲁宾斯坦敏锐地看到：莎士比亚并没有设想用什么方式来取代君主政体，实际上，17 世纪初期很少有人这样设想过，但他试图用新的方式来强调国民的重要性，这在《科里奥兰纳斯》中有所体现，国民抗议贵族的统治，反对选举与人民对立的科里奥兰纳斯当政。《麦克白》中麦克白内心也是相信君权神授，但邓肯王宣布儿子马尔康的继位阻断了麦克白成王的道路，权力的野心让他犯下杀君篡位的大罪，他意识到王位来路不正，千方百计地想要巩固王位，但每一个企图巩固的行为反而使他深陷血泊中不能自拔。鲁宾斯坦认为："麦克白决非幼稚的谋杀犯或政治上的白痴。他深知自己的欲望和真正目标——做一个享有尊严、受人崇敬、地位巩固的国君——是不能用这种手段来达到的。"① 与麦克白相似，《哈姆莱特》中的克劳狄斯也违反了君权神授的规矩，杀兄篡位，因此独自一人面壁忏悔，但再多的忏悔都无法抵消他的滔天大罪。哈姆莱特对叔父的杀父娶母和篡夺"我的嗣位的权力"而立誓报仇，"从政治角度来阅读这个剧本，可以使我们认识到丹麦的王位是该剧的中心所在"。② 但是鲁宾斯坦也发现：与克劳狄斯相对的是哈姆莱特对王权的欲望是很淡漠的，甚至是逃避的，为什么？因为王权意味着责任，"对哈姆莱特来说，死意味着逃脱了对世界承担的责任——至少是对丹麦承担的责任。"③ 正因为责任过于重大，因此他以各种借口来延宕或逃避责任。正如德国文学家歌德所认为的：一件伟大的行动放在一个不能胜任的人身上。鲁宾斯坦大胆地推翻历来人们认为老哈姆莱特王是明君的看法，"宫廷的腐败并不只是从先王驾崩和王后'匆匆改嫁'之日开始的。把波洛涅斯提拔为御前大臣的是老哈姆

---

① Annette T. Rubinstein, *The Great Tradition in English Literature from Shakespeare to Shaw*, Volume I, New York and London: Modern Reader Paperbacks, 1969, p. 70.

② Ibid. , p. 47.

③ Ibid. , p. 53.

莱特，而不是他的叔父；选择罗森格兰兹和吉尔登斯吞作为他的童年时代的伙伴的是老哈姆莱特，而不是他的叔父；首先娶王后为妻的是老哈姆莱特，而不是他的叔父。"① 鲁宾斯坦的质疑一针见血，于是问题变得更为复杂了，它不仅涉及王位正当与否，而且涉及何谓明君的问题。

莎士比亚对种族问题是怎样看待的呢？鲁宾斯坦特别分析了《威尼斯商人》中夏洛克与安东尼奥的关系、鲍西娅对摩洛哥亲王的态度，她认为莎士比亚时代英国其实只有很少的犹太人，莎士比亚可能没见过犹太人，但这个剧的反犹主义的倾向仍然存在。犹太人夏洛克为消除安东尼奥、扫除发财道路上的障碍，为报复安东尼奥等人不把他当人而把他当狗加以歧视的行为，他要履行割一磅肉的契约，然而夏洛克的凶残无情的报复最终一败涂地，这些都是众人皆知的反犹倾向。但鲁宾斯坦的创新之处是她发现莎士比亚借夏洛克的口对奴隶制所暗含的对人性的否定进行批判，夏洛克说"你们买了许多奴隶，把他们当作驴狗骡马一样看待，叫他们做种种卑贱的工作，因为他们是你们出钱买来的……我向他要求的这一磅肉是我出了很大代价买来的，它是属于我的"。（第四幕第一场）所以莎士比亚在这个剧中两面开弓，对冲突的两方面都加以批判，当然主要还是批判夏洛克的视财如命、贪婪残酷。莎剧除了对犹太人的偏见外，对黑人也歧视，比如在《奥赛罗》和《泰特斯·安德罗尼克斯》中对黑人的鄙视，《威尼斯商人》摩洛哥亲王的黑丑让鲍西娅讨厌，在三匣择亲中，她说："但愿像他那样肤色的人都选不中。"（第二幕第七场）鲍西娅的态度清晰地显示了莎士比亚对各种偏见之间的相互联系的惊人的洞察力，这些偏见在人与人之间设置障碍，否认他们共同的人性的基本联系。

---

① Annette T. Rubinstein, *The Great Tradition in English Literature from Shakespeare to Shaw*, Volume I, New York and London: Modern Reader Paperbacks, 1969, p. 47.

　　莎士比亚对待殖民地人的态度如何？这可以从《暴风雨》一剧的处理中得出结论。鲁宾斯坦认为"早期的帝国主义冒险活动和随之而来的奴隶制的复活，这些既令人兴奋又令人不安的消息，在与莎士比亚同时代的许多其他英国作家的作品中都有所反映，例如，强烈主张开拓殖民地的弗朗西斯·培根"。① 鲁宾斯坦的这一观点独具慧眼，我们通常意识到该剧反映的是殖民与被殖民的关系，并没有意识到奴隶制的复活，这是鲁宾斯坦敏感的政治意识和阶级观念所导致的。17 世纪初殖民地探险与征服活动反映到《暴风雨》中，普洛斯彼罗对女儿说："我们要去访问访问我的奴隶凯列班，他是从来不曾有好话回答我们的。我们缺不了他，他给我们生火，给我们捡柴，也为我们做有用的工作。"（第一幕第二场）普洛斯彼罗把凯列班定位在奴隶的位置上，这是他与生俱来的白人的优越感和欧洲人的优越感、文明人的优越感所造成的，对待爱丽儿也是视同仆人，让他东奔西走，去效犬马之力。

　　凯列班发表了一长段的反驳之言控诉普洛斯彼罗的压制，鲁宾斯坦说"无论凯列班多么正义、慷慨，但并没有赢得自由"②。我认为鲁宾斯坦的结论并不完全正确，普洛斯彼罗没有离开岛屿时，凯列班永无出头之日，但剧终普洛斯彼罗离开岛屿也就意味着不仅爱丽儿获得自由，凯列班也获得了解放。换句话说，普洛斯彼罗并不想做真正的殖民者，他只是因为流放避难而来到岛屿，而不是来进行贸易和财产侵吞。主观意图和客观效果产生了不一致，他并不想做殖民者，但客观上的所作所为却让人以为是殖民行为，这是历史的无奈。

　　早期帝国主义的冒险有助于新兴资产阶级的蓬勃发展，在当时

---

　　①　Annette T. Rubinstein, *The Great Tradition in English Literature from Shakespeare to Shaw*, Volume I, New York and London: Modern Reader Paperbacks, 1969, p. 77.

　　②　Ibid., p. 79.

的历史背景下开拓殖民地，进行海外贸易是伊丽莎白一世所极力推进的，这可从她对霍金斯和德雷克的海上活动的大力支持可见一斑，殖民贸易如丝绸、香料的进出口大大促进英国经济的发展，对资产阶级的兴盛推波助澜，但是同时贩卖奴隶、使用奴隶也成为司空见惯的事情。冒险发展和奴隶制的复活这一正一负揭示了历史的复杂性，鲁宾斯坦对早期资产阶级的发展持赞赏的态度，但对奴隶制的行为持否定意见。

　　莎士比亚对待妇女的态度如何？鲁宾斯坦认为莎士比亚"对妇女由衷的、毫无保留的平等的态度（ungrudging, unreserved equalitarian attitude toward women），这种态度也是革命时期资产阶级的最先进思想的一种特征"。[①] 喜剧《维洛那二绅士》《爱的徒劳》等较多地反映妇女地位问题，莎士比亚赞赏智慧女性，肯定"女主人公的重要性和尊严，在勇气、诚实和随机应变等方面经常占据主导地位"[②]。即便是爱情悲剧《罗密欧与朱丽叶》中，朱丽叶也是这样出色的女性。鲁宾斯坦把《爱的徒劳》与丁尼生的大男子主义十足的诗歌《公主》相比，看出从伊丽莎白到维多利亚，无论在戏剧里还是在实际生活中，妇女的地位已经一落千丈。在《温莎的风流娘儿们》《无事生非》《皆大欢喜》中莎士比亚还表现了女人之间友谊的重要性，福德大娘和培琪大娘，贝特丽丝和希罗、罗瑟琳和西莉娅她们之间的私人关系热烈、忠诚和快乐，这在以往的文学中很少见。

　　需要指出的是：鲁宾斯坦采用马克思主义的"历史—现实"的研究方法来研究莎士比亚，但与苏联的马克思主义莎学有相同点，又有差异，相同的是都从唯物史观的角度考察莎翁的创作，都重视

---

　　① Annette T. Rubinstein, *The Great Tradition in English Literature from Shakespeare to Shaw*. Volume I, New York and London: Modern Reader Paperbacks. 1969, p. 27.

　　② Ibid. , p. 27.

莎剧产生的时代背景以及人物和环境的关系，都倡导现实主义，要求站在时代政治的立场上，具有深邃的洞察力，有强烈的阶级分析的意识。苏联的马克思主义莎学的集大成者是阿尼克斯特，我们比较鲁宾斯坦与阿尼克斯特这两位马克思主义学者的研究，不同之处在于：第一，她只是用一章写莎士比亚，所以写得比较简略，每一部作品分析浅尝辄止、略表一二，鲁宾斯坦自称是"走马观花式的评论"（this running commentary），是印象式批评，跳跃性较大，前一个问题的论述与后一个缺乏过渡，评论比较零散，有些片面。关于英国历史背景的介绍也不系统，往往选取几个事件点来说明。阿尼克斯特的《莎士比亚创作》上下两卷本，对历史背景、题材来源和作品都分析得详尽周全，体系更强，逻辑更严密。第二，侧重点不同，阿尼克斯特最重要的观点是认为莎剧具有人文主义思想和人民性，理由是：人文主义哲学构成了莎士比亚创作的思想基础，正面人物体现了人文主义精神实质——个性解放，享受现世生活，肯定人与人的平等、仁爱等，他说："肯定莎士比亚的现实主义与人文主义，肯定莎作的人民性与剧作家社会哲学观点中归根结底的乐观精神。"[1] 关于莎作的人民性，阿尼克斯特在《英国文学史纲》中指出：它是"真正大众化的艺术，人民最美好的愿望以及对压迫人民一切形式的仇视都在戏剧中得到反映"[2]，"人民性是莎士比亚艺术的本质"。[3] 而鲁宾斯坦很少谈人文主义，也没有把人民性作为莎士比亚创作的主要精髓，而是注重莎翁生活的新旧交替时代的社会政治斗争，从莎翁反对封建内战、主张民族统一的立场，从莎翁对君主的职责和继承问题、个人野心与政治的关系、宗教与政治的

---

① ［苏］阿尼克斯特：《莎士比亚创作》，徐克勤译，胡德麟校，山东教育出版社1985年版，第7页。

② ［苏］阿尼克斯特：《英国文学史纲》，戴镏龄等译，人民文学出版社1959年版，第1页。

③ 同上书，第11页。

关系等角度来研究其作品。第三，阿尼克斯特还注重艺术技巧的分析，而鲁宾斯坦几乎全部是思想分析，对艺术技巧极少涉及。

不管怎样，在美国这样一个资本主义国家中，有这么一个马克思主义学者鲁宾斯坦，能用唯物史观来分析莎士比亚，这是一个惊人的创举，不同于生在苏联社会主义国家中的阿尼克斯特，阿尼克斯特具有得天独厚的社会条件，他的唯物史观研究在情理之中。鲁宾斯坦跟历史上西方莎评家不同，她不走浪漫派、心理学派、神话原型学派、意象派、语义分析派的路子，而以历史唯物主义来全面考察英国文学史和莎士比亚，提出了许多有价值的见解，对世界莎学、对中国的莎学来说都是一份宝贵的贡献。

第二章

保罗·西格尔的莎学思想

    保罗·西格尔（Paul N. Siegel）（1916—2004）是美国的马克思主义者，英语荣誉教授和杰出的莎士比亚学者，早在 15 岁的时候就自认为是社会主义者。1936 年加入共青团，并在哈佛大学获得博士学位。在莫斯科时他加入了社会主义工人党，1953 年退出社会主义工人党，20 世纪 50 年代他与妻子组织了美国社会主义联盟。在反对越战的时候，他重新考虑社会主义工人党，大学退休之后，再次加入社会主义工人党。他成为第一个托洛茨基主义代表，并被允许访问苏联，呼吁为托洛茨基平反，为被斯大林杀害的苏联共产党平反。

    保罗·西格尔一以贯之地用马克思主义思想研究莎士比亚，他曾出版《莎士比亚悲剧和伊丽莎白一世时代的妥协》一书（1957年，1983 年再版），用马克思主义思想来分析莎士比亚悲剧；在《莎士比亚与他的时代以及我们的时代》（1968 年）一书中则聚焦莎士比亚喜剧。而他的著作《莎士比亚的英国历史剧和罗马剧——一种马克思主义的方法》（*Shakespeare's English and Roman History Play：A Marxist Approach*）则关注莎士比亚历史剧和罗马剧。全书分两大部分，第一部分是"通向莎士比亚的马克思主义渠道"，分三节，第一节是"马克思主义和莎士比亚批评"，第二节是"马克思、恩格斯和莎士比亚历史批评"，第三节是"当今马克思主义方法和莎士比亚研究"。第二部分是"莎士比亚的英国历史剧和罗马剧",分五节,第一节是"莎士比亚的英国历史观",第二节是"理查三世和资本主义精神",第三节是"福斯塔夫和社会环境",第四节是"美国革命和莎士比亚历史剧的政治意识形态",第五节是"莎士比亚的罗马历史观"。那么西格尔为什么要用马克思主义思想和方法来研究莎士比亚呢? 在这本著作的"马克思主义和莎士比亚批评"一节中他开宗明义地阐明了他的理由。"在各种非马克思主义文学研究中,意识形态活动的领域被看作独立的'因素',这些因素来自于上帝,而马克思主义把这些因素看作是社会发展的统一进程的不同显示。马克思主义学者不同于研究时经常聚焦'文学的社会和政治背景'的学者们,他们不仅关注社会制度和政治事件对文学的影响,而且把阶级斗争看作历史的推动力,把一个时代的统治思想看作是统治阶级的思想,他们努力分析文学和其他文化上层建筑的因素以及经济基础之间互相影响的鲜活的过程。"① 马克思主义者把文学跟社会联系起来考量,因为"文学是社会的产物,但反过来作用于社会,文学研究也作用于随后的社会。"② 这是互动的关系。"马克思主义的方法使我们在最丰富的语境中看待莎士比亚戏剧。这种语境包括当代的社会,它是如何被'过去'所形成的……我们是从现在去理解过去,从过去来理解现在。莎士比亚的历史研究不仅是古物研究的实践,用罗伯特·威曼的话:'对文学史来说,如果不意识到它对现在的意义,那么研究过去是没有意义的。如果不研究过去的意义,那么要认识现在的意义是不合逻辑发展的。'莎士比亚在英国历史剧和罗马剧中所关心的过去对他的时代来说是有意味的,对 20 世纪也是有意味的。与现在的现实密切

---

① Paul N. Siegel, *Shakespeare's English and Roman History Play*: *A Marxist Approach*, Fairleigh Dickinson University Press, London and Toronto: Associated University Presses, 1986, p. 16.

② Ibid., p. 17.

相关的莎士比亚批评将在这些剧中发现最真正的'现在的意味'。"① 莎士比亚戏剧虽然是过去的东西，但对当今仍然有现实意义，因此西格尔的马克思主义研究特别注重莎剧跟现代社会的互文性。

在第一部分中，西格尔用大量的例证说明莎士比亚对马克思的影响，频繁地列举马克思著作中引用莎士比亚的《威尼斯商人》《雅典的泰门》中的台词，阐释资本和金钱的本质。在谈论当今的马克思主义莎评时，西格尔的基本观点是：马克思主义莎评可以从其他莎评中吸收有用的东西。② 西格尔特别借鉴芝加哥学派的理查德·莱文（Richard Levin）的莎士比亚研究成果，从芝加哥学派那里吸收"最合理的假设"。他又借鉴新批评派文本细读法，用反讽来进行福斯塔夫与霍茨波之间的对照。另外，他受海尔曼的《伟大的舞台》、弗莱的《批评的解剖》、奈特的《帝国的主题》的影响。

第一节 莎士比亚的历史剧观

莎评史上对莎翁历史剧已有诸多论述，比如 E. M. W. 蒂利亚德、萨缪尔·琼森、沃特·佩特、莫尔根、康特内、B. E. 沃那、J. A. R. 麦瑞尔特、丽莉·坎姆贝尔、奈茨、多佛·威尔逊等。最有代表性的是蒂利亚德的《莎士比亚的历史剧》研究，他采用历史主义的观点和方法对莎翁的历史剧进行政治哲学解读，从宇宙论背景和历史背景来考察莎士比亚历史剧产生的原因，书的前言中蒂利亚德就进行定位："莎士比亚历史剧是政治作品……我将重点探讨

---

① Paul N. Siegel, *Shakespeare's English and Roman History Play: A Marxist Approach*, Fairleigh Dickinson University Press, London and Toronto: Associated University Presses, 1986, p. 18.

② Ibid. , p. 31.

莎翁有关政治和都铎王朝的观点。"① "深涉人世政治问题的底蕴，尤其是王者问题，一再激发后人揣量人性和人世的幽微，为后世探究何谓优良政制、审慎思考政制变革奠定了思想基础。"② 蒂利亚德是莎学界公认的历史剧研究专家，他把莎士比亚时代称之为"都铎神话"（The Tudor Myth），那时的统治思想是统治阶级的思想，并认为莎士比亚的作用就是补充和完善它，他概括莎翁的历史观是强调秩序和等级观念，反对背叛与混乱。丽莉·坎姆贝尔的《莎士比亚的历史剧：伊丽莎白政治的镜子》把历史当作政治的一面镜子，把剧中涉及的每一个历史事件都与莎士比亚时代的政治内容对应起来。③ 萨缪尔·琼森则从人性论的角度阐释莎剧，情节结构都服务于人性，"莎士比亚忠于普遍的人性……他永远把人性放在偶有性之上；只要他能够抓住性格的主要特征，他不大在乎那些外加的和偶有的区别，他的故事情节需要罗马人或国王，但他一心想的只是人……莎士比亚的历史剧既非悲剧也非喜剧，因此不受悲剧和喜剧的任何法规的约束。"④ 与琼森的观点相仿，沃特·佩特认为"莎士比亚的英国历史剧构成了一个统一的整体，但不是因为它们写的是英国历史上一段连续的时间，而是因为它们具有相同的主题……在他的英国历史剧里面，他选择了描写身为国君者的另一面。他不是在写英国人民的历史，而是在写特殊状态下的人性"。⑤ 奈茨的《莎士比亚和历史》不仅反对那种把历史剧仅仅看作都铎王朝的政治观念的图解，结果忽略了其中一直关注的、普遍性的东西，而且

---

① ［英］E. M. W. 蒂利亚德：《莎士比亚的历史剧》，牟芳芳译，华夏出版社 2016 年版，前言。

② 同上书，封底。

③ See Edward Berry, *Twentieth-century Shakespeare Criticism: the Histories*, ed. Stanley Wells, *The Cambridge Companion to Shakespeare Studies*. 上海外语教育出版社 2000 年版，第 250 页。

④ 杨周翰编著：《莎士比亚评论汇编》上册，中国社会科学出版社 1985 年版，第 42、51 页。

⑤ 谈瀛洲：《莎评简史》，复旦大学出版社 2005 年版，第 134 页。

反对把研究视野限制在政治视域。① 保罗·西格尔从马克思主义的维度来加以分析。西格尔力图探讨莎士比亚的英国历史观：宇宙秩序的思想是怎样服务于新贵族社会地位、服务于都铎专制政体的支持者和受益者？在莎士比亚的历史剧中宇宙秩序观扩充了封建社会特殊的神宠论的含混的意义，由于民族国家的至高无上，这种特殊神宠论不得不被都铎专制所压倒。都铎的政治、文学、国内外的政策虽然是在都铎神话的基础上形成，但也有它的黑暗面，莎士比亚把这些纳入他的英国历史观中。

西格尔主要从君权神授论、君主政体和社会秩序、王者的力量和策略、时间进程中的君主、贵族、资产阶级、莎剧中的资本主义因素、福斯塔夫式的背景等方面来论述。

对君权神授论的探讨。莎士比亚的英国历史观具有矛盾性，对王权的态度在国家利益和"君权神授"（divine providence）之间摇摆，时而觉得"君权神授"不可打破，王位须世袭，不得篡位；时而觉得国家民族的利益高于一切，昏君必须废除。之所以这样，原因有三：莎士比亚生活在一个宗教的国度，整个社会弥漫着宗教的氛围，他自然深受熏染，对神意敬重。二是莎士比亚的家庭是一个天主教家庭，尽管后来改信基督教，但对神的敬畏不变。三是他又具有人文主义思想，希望英国社会变得民主进步，改变停滞混乱的局面，于是又主张变革。那么，国家的最高统治权到底应该怎样呢？我们知道：国家权力来源有三种政治哲学模式：一是君权神授学说；二是契约主义学说；三是马克思主义国家学说。第一种君权神授学说是唯心主义、神秘主义的哲学，莎士比亚历史剧比较多地反映这种观念。第二种契约主义比第一种有很大进步，强调人民主权，但

---

① See Edward Berry, *Twentieth-century Shakespeare Criticism*: the Histories, ed. Stanley Wells, *The Cambridge Companion to Shakespeare Studies*. 上海外语教育出版社 2000 年版，第 252 页。

是国家权力由人民的权力让渡转化而来，虽然有解说力和可操作性，但缺乏科学的彻底性。马克思主义的国家学说认为国家的首要职能是一个阶级保障其统治地位和特殊利益并行使对其他阶级统治权的机器，其次才是处理社会公共事务的公共权力机关，马克思主义的国家学说是可验证的，关于国家本质和职能的揭示是有经验材料作支撑的，不同于前两种学说，而是把无产阶级的阶级属性放在首要的位置，在政权组织形式方面，主张"议行"合一，无产阶级专政的执政者必须通过选举产生。由于时代的限制，莎士比亚不可能达到后来马克思主义的认识程度，他主要持有君权神授论。

　　莎士比亚不止一次提及神的旨意的秘密。在《理查二世》中，约克老人说着智慧的话，扮演着评论员，描绘理查二世面对大众的嘲笑所显示出来的温柔和忍耐。人们把泥土扔到他那神圣的头上，他带着淡淡的哀伤把泥土晃掉，约克说："这类事从来便只有上天做主，/它高妙的意志只该默默信服。/既已经发过誓对波林勃洛克效忠，/我们需永远承认他的王位与光荣。"（第五幕第二场）这里莎士比亚把对理查二世的废黜写成顺应天意、顺应民心，尽管他心里有点同情和怜悯理查二世，甚至暗暗地把理查二世比作受难的基督。无独有偶，在《理查三世》中有三个市民听到爱德华之死后，表达他们的怀疑和担心，评论神的意志的不可思议，其中一个市民说"一切都会好起来的，不过要是上帝不叫好起来，我们便要受许多无妄之灾，那时的情况我就难以设想了。"（第二幕第三场）

　　神的意志就是上帝的意志，伊丽莎白时代的人引用《圣经》中的话"上帝在我，我必报应，"这句话被理解为神的报应或者通过牧师的正义或通过国家的统治者或通过不期而至的死亡而实现。在《理查三世》中罪恶的暴力死亡达到了高潮，"暴力死亡被看作是上帝的报应。"① 同样是篡权夺位，莎士比亚对理查三世持否定的态度，谴责他的十恶不赦，因为他祸国殃民，而对波林勃洛克持肯定的态度，把他塑造成一位明君，这是因为波林勃洛克对国家有功，是一位爱国的君王。在此，我们看到莎翁对爱国与神意的权重把握。

莎士比亚在文本和字里行间表现君权神授，他借用《理查二世》中卡莱尔主教的预言表达这一思想，当波林勃洛克宣布废黜理查二世，自己以上帝的名义登上王座时，卡莱尔慷慨陈词："且慢，上帝是禁止的！……愿上帝保佑，在诸位之中有谁能高贵到足以对高贵的理查进行公正的审判？若是有这样的人，那么他那真正的高贵品质就可以教他别犯这肮脏的错误。哪有人臣可以对君王定罪的道理？在座诸公谁不是理查的臣民？即使对罪恶昭彰的窃贼也还不能缺席进行裁判，何况是上帝权威的象征，涂过圣油、加过冕、在位多年的一国之君，一军之长，一家之主，上帝选定的代表，而且此时又不在这里，这样的人岂能由他的臣民和下属来裁判？（第四幕第一场）"如果纵容这样的事发生，将卷入"喧嚣的战争"中，"你们这一卑鄙的行径将使英国人的鲜血化作地里的肥料，使世世代代的子孙痛苦呻吟……它将使这个和平常驻的国度战乱频仍，兵连祸结，兄弟阋墙，同类相残。混乱、恐怖、畏怯、叛乱将长期在此盘踞。这个国家将被人叫作各各他。"（第四幕第一场）这一大段话最能代表"君权神授"论，理查二世的王位是神所赐予的，不可推翻。各各他（Golgotha）是耶稣的受难地，卡莱尔甚至把理查二世比作受难的基督，而其他人被比作迫害基督的人。关于战争的预言则预告了"玫瑰战争"的爆发，如卡莱尔所言，这是上帝的报应。

---

① Paul N. Siegel, *Shakespeare's English and Roman History Plays: A Marxist Approach*, London and Toronto: Associated University Presses, 1986, p. 52.

　　从君权神授论看理查二世不该废黜，但莎士比亚又写到理查二世乱政，昏庸软弱，他随意剥夺波林勃洛克家族的财产，脱离贵族和平民，导致众叛亲离，变成孤家寡人，他的被推翻顺应了民意，在此莎士比亚又否定了理查二世和他的君权神授论，以此说明维护正义、关心民情是执政者的责任，忽略了它，就有丧权失国的危险。但是著名的学者亨利·A. 凯利（Henry A. Kelly）在《莎士比亚历史剧中的君权神授》中否认卡莱尔的话反映的是神的报应一说，"主教在此并不是根据神的惩罚在说话，而是根据人的处境在说话，说明一个家族挑起另一个家族的争斗，那么将导致可怕的分裂。并不是说将来忍受的苦难是为补偿现在的罪孽或对现在的惩罚"。① 凯利认为君权神授论与编年史的实践唱反调，与伊丽莎白时期文学作品处理历史的方式唱反调，他在书的最后陈述道："神的愤怒在人类身上的观念延伸在一代又一代的人民身上，对遥远的过去的罪恶的判决预设了复仇神完全与中世纪和文艺复兴时期的历史学家无关。"然而西格尔尖锐地指出凯利忘记了他在前言中曾说的"基督教的教义包含许多因素，摩西十诫的第二条包含对神的正义的陈述，'因为我耶和华，你的神是忌邪的神。恨我的，我必追讨他的罪，自父及子，直到三四代。'原罪的观念涉及所有的世代直到世纪末日，那是为了惩罚亚当的原罪。"② 这段话还是揭示了历史的延续与神有关。

　　萨缪尔·丹尼尔（Samuel Daniel）认为"废黜理查二世的一些议员意识到：废黜他的行为比他的错误统治的罪过更大，并且认为它开启了上帝施降人类大灾难的时代。"③ 莎士比亚描写卡莱尔告诉

---

　　① Kelly. A. Henry, *Divine Providence in the England of Shakespeare's Histories*, Cambridge: Harvard University Press, 1970, p. 210.

　　② Ibid., pp. 1, 2.

　　③ See Paul N. Siegel. *Shakespeare's English and Roman History Plays*: *A Marxist Approach*, London and Toronto: Associated University Presses, 1986, p. 56.

国会：亨利加冕之后把理查二世囚禁，这一行为埋下了后果，将来"复仇之手"会惩罚，"你还没有做够吗？混乱无序一定会增长，变得越来越糟。"① 西格尔说：莎士比亚在此不单单让卡莱尔预言神的报应，重要的是，他让卡莱尔说这预言是在一群贵族前往国会的道路上说这番话的，理查二世为他的罪行做了耻辱的忏悔，以便于使他变得正义，而英格兰所有的阶级将分担废黜理查的罪行。

莎士比亚像霍林西德、丹尼尔一样宣称：神的旨意一开始并没有出现在《亨利四世》《亨利五世》的最前部，而是后来才提到，濒临死亡的亨利四世也提到自己的罪孽，亨利五世在阿金库特战役前乞求上帝今天不要想起他父亲的罪过，因为上帝如果借此来惩罚的话，亨利五世就要战败，也就是说，在亨利五世的心里，父亲废黜理查一事是有罪的，"他不希望因为因果报应而毁了这场战役。这就是莎士比亚主要关心的历史——人类以他们的行动的后果而创造的历史。"②

因为英格兰采用的是王位世袭制，因此作为王位继承人的王子就成了王权争斗的焦点人物，当两派冲突时，除掉对方的王子，以消除前进中的障碍，这是常用的伎俩。《亨利六世》下篇，所有英格兰对理查三世的反应始于王子们的死亡，即拉特兰王子和爱德华王子的死亡，它导致约克家族和兰开斯特家族之间冲突的结束，王子们就像罗密欧与朱丽叶一样，分别代表两个家族，如同凯普莱特所说"这两个在我们的仇恨下惨遭牺牲的可怜的人儿"。他们是王子，将来势必要继承王位的，因此王权的斗争必然拿他们开刀，于是他们成了牺牲品。不过，祸兮福所倚，福兮祸所伏，就他们本身而言，从残酷的王权斗争中解脱，这也可以说是一件好事。西格尔

---

① See Paul N. Siegel. *Shakespeare's English and Roman History Plays*：*A Marxist Approach*，London and Toronto：Associated University Presses，1986，p. 56.

② Paul N. Siegel，*Shakespeare's English and Roman History Plays*：*A Marxist Approach*，London and Toronto：Associated University Presses，1986，p. 56.

指出"从世袭制中解脱，使世界归于平静，和谐诞生了。"① 当然，这只是短暂的平静，新一轮的谋杀又将开始，葛罗斯特（即后来的理查三世）在亲吻爱德华王新生的儿子时说"犹如犹大亲吻耶稣，他口里喊着'万岁！'心里却想着害他"。（第五幕第七场）这句话意味着新的王子即将被害。可以说王子决定未来的王位，争夺王位就要去除这一根基。

对君主政体和社会秩序的探讨。国王被伊丽莎白时代的人看作是社会等级制的固有的部分，它反过来又是宇宙等级制的固有的部分。蒂利亚德提出宇宙秩序观、存在之链的观点，"这些等级包括上帝与天使、宏观世界或物理宇宙、国家或政体、微观世界或人。……它能证明他生活在一个有秩序的宇宙中，没有任何浪费，每一个细节都是自然的安排"。② 在伊丽莎白时代的文学中，最有权威性的、用于"秩序和等级"普遍存在的说教是"服从"，在莎士比亚戏剧中用于说教的最有权威性的作品是《特洛伊勒斯和克里希达》中尤利西斯的演说。我们不妨借用它来论证莎翁历史剧中君主政体与社会秩序（the monarchy and the social order）的关系，尤利西斯睿智地形容道："大将就像是一个蜂房里的蜂王，要是采蜜的工蜂大家各自为政，不把采得的粮食归献蜂王，那么还有什么蜜可以酿得出来呢？尊卑的等级不分，那么最微贱的人，也可以和最有才能的人分庭抗礼了。诸天的星辰，在运行的时候，谁都恪守着自身的等级和地位，遵循着各自的不变的轨道，依照着一定的范围、季候和方式，履行它们经常的职责。所以灿烂的太阳才能高拱中天、炯察寰宇、纠正星辰的过失，揭恶扬善，发挥它的无上威权。可是众星如果出了常轨，陷入了混乱的状态，那么多少的灾祸、变

---

① Paul N. Siegel, *Shakespeare's English and Roman History Plays*：*A Marxist Approach*，London and Toronto：Associated University Presses，1986，p. 54.

② ［英］E. M. W. 蒂利亚德：《莎士比亚的历史剧》，牟芳芳译，华夏出版社 2016 年版，第15 页。

异、叛乱、海啸、地震、风暴、惊骇、恐怖，将要震撼、摧裂、破坏、毁灭着宇宙间的和谐！"（第一幕第三场）这就是遵守秩序和等级的必要性，我们可以把尤利西斯的这番演说当成是莎士比亚的观点。伊丽莎白时期关于世界秩序的观念不仅使我们了解那个时代，还使我们通过象征意象来把握主题。天才的莎士比亚还在《理查二世》中通过音乐要合节拍的比喻来意指社会秩序的和谐，理查被囚禁在庞福莱特城堡的地牢里，他听到杂乱无章的音乐，简直要疯了，他高喊"小心节拍！节拍乱了，失去了协调，美丽的音乐会变得多么难听啊！""只要把层级的琴弦拆去，听吧！多么刺耳的噪音就会发出来。"（第五幕第五场）也就是说社会需要等级，就像音乐由不同的声部、不同的音符组成，关键是要配合默契，各阶层奏好自己的调子。

马克思、恩格斯在《共产党宣言》中概括道："在过去的各个历史时代，我们几乎到处都可以看到社会完全划分为各个不同的等级，看到由各种社会地位构成的多级的阶梯。在古罗马，有贵族、骑士、平民、奴隶，在中世纪，有封建主、臣仆、行会师傅、帮工、农奴，而且几乎在每一个阶级内部又有各种独特的阶层。"① 这段话的意思与理查二世的话是一致的，只不过《共产党宣言》是以论说的文笔出现，而《理查二世》是以诗句的形式表达。

君主政体就是王者的政体，社会的和谐源自于王者内在的和谐，社会的健康反映王者的精神健康，王者在秩序中就像在行星中光芒万丈的太阳——这些意象表达了君主政体作为秩序和稳定的基础的重要性。蒂利亚德认为：被动服从邪恶的国王，这仍然是有用的。蒂利亚德概括《为官之鉴》（*Mirror for Magistrates*）的观点：

---

① ［德］马克思、恩格斯：《马克思恩格斯文集》第 2 卷，中共中央马克思恩格斯列宁斯大林编译局编译，人民出版社 2009 年版，第 31—32 页。

"理查二世不是最坏的国王，他的行为是恶的，但是他的心没有完全腐坏，因此反叛他是一种罪行。"① 事实上16世纪主要的观点是：即使反叛坏的国王也是有罪的，这一观点在专制主义说教中被有力地陈述着，叛乱比坏的国王统治还糟。这就是从玫瑰战争之后都铎专制主义的基础，相信：内战比暴君更坏。

爱德华·霍尔（Edward Hall）对待废黜理查二世的事情，并没有说叛乱有罪，他拔高了亨利七世，因为亨利七世不仅像亨利四世一样是兰开斯特家族的，而且是通过叛乱得到王位的，他发现如同"当着要被吊死的人说绳子"是很困难的事一样，因此当着亨利七世时代不能说叛乱夺位的事。莎士比亚借鉴了霍尔的观点，虽然在第一个四部曲中他没有特别地提到这种说教。

西格尔认为：在第二个四部曲中，霍林西德的编年史是莎士比亚写作的主要来源，他也把废黜理查二世说成是有罪的，因为当时他正在写亨利七世对王权的设想。伊丽莎白一世被罗马教皇威胁，教皇通过与女王对立的法国和西班牙，要把她的臣民从效忠她而转为效忠教皇，因此强调不管犯多大的错，王者是上帝的使者，不得违反。莎士比亚使得波林勃洛克废黜理查二世显得有罪，但是一旦波林勃洛克自己成为亨利四世时，对他的叛乱反过来又成为有罪，因此决定谁是正义的国王，是看谁实际拥有王冠而不是看谱系。

有些评论者担心：企图把莎士比亚的历史剧与都铎的政治理论相联系的努力行不通，罗伯特·奥恩斯坦问：我们能相信莎士比亚一部接一部地写剧本，其目的是为了说服观众遵从秩序和服从统治吗？西格尔的观点很明确，当然不是，莎士比亚写想象中的文学作品，不是为了出书或说教，他的观众也没有被说服去遵从秩序和服

---

① ［英］E. M. W. 蒂利亚德：《莎士比亚的历史剧》，牟芳芳译，华夏出版社2016年版，第97页。

从统治的必要。

虽然莎士比亚的历史剧受制于那个时代的主导的意识形态，但这并不意味着它们仅仅进行简单化的说教，体现在《理查二世》中，废黜理查是十恶不赦的罪过，波林勃洛克（亨利四世）篡权夺位，必然引发后世的频繁战乱，两大家族的玫瑰战争使英格兰生灵涂炭。莎士比亚同时代的海沃德爵士（Sir John Hayward）摆出他的正统的观念：亨利四世的王朝是令人不满的、不安的，他的孙子亨利六世最后失去了王冠，这证明"上帝在冥冥中审判……为我们所受到的伤害而复仇。"①

不过，理查二世也是咎由自取、自找废黜，他放逐了波林勃洛克，波林勃洛克的父亲冈特临死前警告理查："若是你的祖父有先知的目光，早知道他儿子的儿子会毁灭他的儿子，他便会在你取得王位之前把你废弃，免得你昏庸无道，自行罢黜，自己落得身败名裂，受尽耻辱。……你现在还算什么国王，你不过是英格兰的地主罢了。"（第二幕第一场）事实上正如冈特所言，理查陶醉于虚假的安全感，刚愎自用，沿着很不明智的路一直走下去，直到被废黜。冈特死后，理查二世全然不顾冈特的警告，立刻没收冈特的儿子波林勃洛克的全部金银器皿、金银钱币、全部收入和动产，理查二世剥夺波林勃洛克对冈特的继承权意味着自掘坟墓。诺森伯兰说："在上帝面前，在这个世风日下的国家里，像这样的王室亲王和许多出身高贵的人，竟这样含冤负屈，真是太耻辱了。……我们的生命、孩子和后裔都受到了威胁。"（第二幕第一场）为了维持朝廷的奢侈，理查二世通过税收来筹钱，横征暴敛。波林勃洛克以惊人的速度聚集了势力，结束了理查二世的统治。理查二世极度失望之后，最终不得不把王冠戴在波林勃洛克的头上，而波林勃洛克

① See Paul N. Siegel, *Shakespeare's English and Roman History Plays: A Marxist Approach*, London and Toronto: Associated University Presses, 1986, p. 59.

说:"我仁慈的主,我此来只为了要求自己的权利。"此话表明他觉得王冠理所应当属于他的。

所有历史链条上的一环必须被接受,以便到达链条所通往的终点。历史不仅被看作不可避免的,而且是可预见的,理查二世预言诺森伯兰:"你是波林勃洛克踏上王位的阶梯,肮脏的罪恶总会结出脓头、流出脓血来的,那日子不会很远了。你既然帮助他获得了一切,他即使把王国的一半分给你,你也嫌不够。他也必然会想,你既然知道怎样拥立不合法的国王,稍不如意,便也会有办法把他从篡来的王位上拽下。邪恶者的爱会变成疑惧,疑惧会变成仇恨,而仇恨又会使一方或双方陷入罪有应得的危险和死亡。"威赛斯特也说:国王总是觉得欠我们的债。华威克也说:他会认为我们总是不满意,直到一个合适的时机狠狠地报复我们。毕竟波林勃洛克在推翻理查二世的同时,也让别人看到了当他成为国王后如何来推翻他,就像理查二世剥夺波林勃洛克的继承权时向别人显示违反公平的次序和传统的方法,当王位和等级不能维持时,权力就成为一种游戏,国王就危如累卵,易于被任何一方所推翻。

这种权力游戏变得越来越致命,游戏者也变得越来越肆无忌惮,在《约翰王》中一个权力政治家的首领、诡计多端的潘道尔夫预见到:约翰将杀死他的年轻的侄儿亚瑟王子,因为"暴戾夺来的王杖须用同样的暴戾才能维持。站在滑溜的地面上的人,只要能稳定自己,不会太在乎抓住的是什么坏东西。约翰既想站稳脚跟,亚瑟势必需要倒下,只能如此,别无出路"。(第三幕第四场)这说明社会秩序的自然法则决定了一切,历史观中的神意被淡化了。

恩格斯在《论封建制度的瓦解和民族国家的产生》一文中指出:"在这种普遍的混乱状态中,王权是进步的因素。王权在混乱中代表着正在形成的民族而与分裂成叛乱的各附庸国的状态对抗。在封建主义表层下形成的一切革命因素都依赖王权,正像王权依赖它们一样。"① 马克思在《黑格尔法哲学批判》中论述王权与君主制"如果君主，就其代表人民统一体来说，是主宰，那么他本人只是人民主权的代表、象征。人民主权不是凭借君主产生的，君主倒是凭借人民主权产生的。"② "民主制是君主制的真理。君主制必然是本身不彻底的民主制，而君主环节却不是民主制度中的不彻底性。……民主制是国家制度的类。君主制则只是国家制度的种，并且是坏的种。民主制是内容和形式，君主制似乎只是形式，然而它伪造内容。"③ 莎士比亚所描绘的封建君主制是特定历史阶段的产物，马克思批判君主制而主张民主制，强调人民主权。

王者的力量和策略。西格尔专门论述"王者"的素质，他指出：为防止权力的斗争以及各种邪恶的后果，王者必须强大，不要像爱德华二世、理查二世、亨利六世和爱德华五世那样软弱无力，"他们是天真的、脆弱的、无先见之明的"，是粗心大意的国王的镜子。国王不仅自己要有美德，而且他的臣民也必须要有美德，比如虽然亨利六世是一个圣徒，但是因为他允许贵族们滋生嫉妒、争吵和仇恨，以至于他们的争吵导致英格兰的灾难，他们不是好的臣民。在论述时，西格尔也借鉴赫里福德的约翰·戴维斯（John Davies of Hereford）的观点，戴维斯认为：国王必须是真正的国王，而不是一个影子，一个傀儡。戴维斯同时又列出了好国王的名单，其中有爱德华三世，尽管他废黜和谋杀了他的父亲；有亨利四世，尽管他废黜和谋杀他的堂弟；有爱德华四世，尽管他谋杀了他的哥哥克莱伦斯。悖论的是：这些谋杀者对英格兰有罪，但同时他们又被称作好国王。戴维斯在谴责爱德华四世谋杀克莱伦斯之后，又半

---

① ［德］马克思、恩格斯：《马克思恩格斯文集》第 4 卷，中共中央马克思恩格斯列宁斯大林编译局编译，人民出版社 2009 年版，第 220 页。

② ［德］马克思、恩格斯：《马克思恩格斯全集》第 3 卷，中共中央马克思恩格斯列宁斯大林编译局编译，人民出版社 2002 年版，第 37 页。

③ 同上书，第 39 页。

宽恕了他，因为这是权力政治的需要。这符合马基雅维利的"国家理由"的观念，即国家为了行善，必须能够作恶，掌权者在应对时势的需要时，可以运用不合法律和道德的手段，可以无视宗教、道德和司法的限制。后来德国政治评论者把这称为现实政治（"Realpolitik"）。亨利四世等国王之所以杀君篡位或废黜先王，这是时势所需，历史所需。莎士比亚这里表现出来的就是双重性，双重性即政治领导者是双重人，作恶造善。值得一提的是，伊丽莎白一世自己就在两种选择中犹豫，虽然想除掉苏格兰女王玛丽，但假如除掉她，又可能会导致一系列的政治后果，况且玛丽还是伊丽莎白的表侄女，这两者之间难以决断，最后她还是除掉了玛丽，因为玛丽是狂热的天主教徒，疯狂地反对基督教，而且要谋杀伊丽莎白。伊丽莎白的这一行为就是手段，这就是使国家强大的手段——除掉异己分子，尽管是残忍的，甚至是有罪的。

经常被提到的莎士比亚的不偏不倚就是指他的"两重性"。但西格尔认为这并不确切，例如，莎翁站在亨利四世的立场上反对潘西的叛乱，因为叛乱威胁着亨利四世的统治，威胁着英格兰的秩序，而且莎士比亚富有同情心地把亨利四世塑造成爱国的国王和爱儿子的好父亲。虽然历史把亨利四世推到废黜理查二世这一步，但他从不会忘记他废黜和暗杀理查二世的行为，因为尽管他是一个坚定、孤独、献身的人，他慷慨大度地原谅了奥默尔和卡莱尔，却从不忘记自己的罪过，权力政治要求他必须为此付出代价，让他寝食难安。

在莎士比亚的心目中王者应该是怎样的？西格尔借用《麦克白》中马尔康的描述，应该是公平、正直、俭约、镇定、慷慨、坚毅、仁慈、谦恭、诚敬、宽容、勇敢、刚强，除此之外，像亨利五世一样还要果断和狂烈，他不仅发动战争，而且平定阴谋叛乱。文艺复兴时期政治理论家心目中的王者应该还具有上帝的美德，他的臣民看待他，就像看待上帝一样，既畏惧又敬仰。

那么王者的策略该怎样呢？莎士比亚关于权力政治的现实性的感觉也通过《约翰王》中的菲利普所表达，菲利普是私生子，后改名理查，是一个愤世嫉俗的行动的评论者，他深刻地揭示"私利"的诱惑力。当约翰王与法兰西王为竞相争占昂日尔城而准备炮轰城池时，赫伯特为避免城破人亡，提出让西班牙的白兰绮小姐与路易王子联姻，于是约翰王、法兰西王与赫伯特言和了，私生子不无讥讽地说，私利"是嵌在世界这个滚木球中的铅块。这个滚木球原本均衡稳定，只要道路平坦，它天生就会笔直向前，可是多了一点好处，这个招引邪恶的铅块，这个干扰运动的力量，这个私利，那球就只好东绕西弯——失去了方向、目的、轨迹、意图和一切"，菲利普一针见血地指出了私利左右权力、左右国王的逆常现象，私利成了人们潜意识中的"国王"，"一国之君也为私利反复无常，富贵荣华我须崇拜，奉为君王。"（第二幕第一场）蒂利亚德意识到莎士比亚的历史观中有马基雅维利的因素，根据马基雅维利的观点，王子应该拥有狮子的力量和狐狸的伎俩，好国王应该具有狮子、狐狸、鹈鹕的特性。

有些批评家说莎士比亚尖锐地批评亨利五世，亨利五世表现出的狐狸的狡猾胜过狮子般的威力，他们发现亨利五世对法国的战争，把臣民的心思从关注他的王位的非法性转移到战事上来。他关心他的战利品，他在围困哈弗娄城时的掠夺是令人恐怖的，他在阿金库特战役中杀死战俘是残忍的。但是西格尔持相反的观点，他认为亨利五世毫无疑问应该被看作是"基督教国王的一面镜子"，莎士比亚并没有批评这位民族英雄，假如亨利在战时采取严厉的措施，这些措施对基督教的国王来说是必要的。他的父亲亨利四世曾告诫他说："你的办法是到国外去行动，让心怀叵测的人忙于境外的争执。"（《亨利四世》下第四幕第五场）这种为转移国内纷争的注意力而发动国外战争的想法在 15、16 世纪非常普遍。戴维斯甚至评论说：与国外的战争好于国内的纷争。战争可以带来荣誉、带来金钱，成为强大的封建巨头转移注意力的手段。

在对待他国的人民时，莎士比亚主张善待他们，他把亨利五世塑造成一个指挥有方、赏罚分明、懂得以仁义取胜的国王，他在阿金库特战役前夕命令士兵严守军纪，不伤害法国村民，"凡是犯下这种罪行的人，我都要把他们处死。我曾经发出明确的命令：我们在法国乡村行军当中，不准从村子里强取任何东西，拿东西要照价付钱，对法国人不准恶言申斥或辱骂。因为当宽厚和残暴都在争夺一个王国的时候，总是宽厚的那一方赢得胜利。"（第三幕第六场）为此，偷窃教堂的巴道夫在他的军令下被绞死。他要求英军给法国人民留下好的印象，收取民心，来反对法王。西格尔认为："莎士比亚把亨利五世既塑造成机灵敏锐的国王，又塑造成光荣可敬的战士。"①

亨利五世不仅为民族荣誉而战，而且为上帝而战。他的名言是："战争就是上帝的掌刑官，战争就是上帝的报应。"（第四幕第一场）那些从前违反过国王法律的人要在国王的战争中受到惩罚，正像他们由于从前的罪恶行为而现在受到报应一样。

至此，我们明白：外交言和、转移矛盾、善待他人、忠于基督教，这些是莎士比亚认为的王者的策略。

时间进程中的秩序和人的实践。关于时间的哲学思考，马克思、恩格斯从自然哲学和自然辩证法的角度进行了论述，时间并不单指物理时间，在《自然辩证法》中恩格斯指出："地球和整个太阳系表现为某种在时间进程中生成的东西……不仅在空间中必然有

---

① Paul N. Siegel, *Shakespeare's English and Roman History Plays: A Marxist Approach*, London and Toronto: Associated University Presses, 1986, p. 68.

彼此并列的历史，而且在时间上也必然有前后相继的历史。"① 物质运动是一个永恒的循环，"在这个循环中，最高发展的时间，即有机生命的时间，尤其是具有自我意识和自然界意识的人的生命时间，如同生命和自我意识的活动空间一样，是极为有限的。"② 时间不是德谟克里特所说的"永恒时间"（它导向虚无主义），而是人类历史的时间。时间不仅是人类历史形成的基点，而且它规定了人类社会存在的阶段性、存在样式和生存形态。马克思把时间与人的实践联系起来。马克思的"时间观"与"历史观"有内在的逻辑性，历史成就时间性的存在。虽然王者是上帝在尘世的替代和使者，但是尘世不同于天堂，它要臣服于时间，王者和王国也一样。马克思主义学者、捷克斯洛伐克的兹登卡·斯特里普纳在《莎士比亚第二个四部曲中的时间观念与想象》一文中说："莎士比亚关于时间的概念和想象，通过推动力……与蒂利亚德所再创的伊丽莎白的世界图景中静止的秩序观直接对立，蒂利亚德的伊丽莎白的世界图景没有完全恰当地处理好莎士比亚无限变化的世界视野和历史视野。"③

时间发展的法则是世界秩序的一部分，泥土、树木、种子、香草和谷物都保持一定的秩序。时间形成四季，关乎耕种和丰收，正如《麦克白》中班柯训斥女巫时所比喻的："要是你们能够洞察时间所播的种子，知道哪一颗会长成，哪一颗不会长成，那么请对我说。"（第一幕第三场）时间不仅带来有序的生长，也带来失序和死亡，时间又会使失序的社会重归秩序。虽然山峦会被侵蚀，海岸线会被改变，但山峦和海岸线始终会存在。正如《圣经·传道书》

---

① ［德］马克思、恩格斯：《马克思恩格斯文集》第 9 卷，中共中央马克思恩格斯列宁斯大林编译局编译，人民出版社 2009 年版，第 414 页。

② 同上书，第 426 页。

③ Paul N. Siegel, *Shakespeare's English and Roman History Plays: A Marxist Approach*, London and Toronto: Associated University Presses, 1986, p. 71.

所说："日头出来，日头落下，急归所出之地。"在时间的进程中，凯德带着一帮工匠农民造反，空前地违反社会秩序，他们杀了贵族，威逼伦敦和朝廷，但是最后秩序又恢复了。

西格尔进一步比喻道：英格兰就像一个花园，它也有生长的秩序。《理查二世》第三幕第四场中花园场景的比喻强调等级的重要性，生长太快的小树枝要被修剪，就像暴发户式的廷臣，必须吸干他们的树液和元气，使他们不至过于骄傲，不允许像波林勃洛克那样的自以为是的贵族变得强大，"我去拔掉疯长的杂草，这东西毫无用处，地里好花儿所需的养分倒给它们吸光了"。园丁所做的工作是发挥他的功能，保持植物的秩序。该剧中的园丁具有高度的智慧和政治的敏锐性，他批评理查二世当初竟没有像我们整理园子那样把国家整理好。我们总是在需要的时候在果树的皮上开它两刀，以免树液太多，营养过剩，宠坏了它。若是国王对那些不可一世的大红人当年也开几刀，他们兴许还能结出果子，而国王也能从他们的效忠中得到好处。我们剪掉过剩的枝条不就是为了结果子的枝条得以存活吗?! 国家的园丁就是王者，理查二世应该这样去做，但他却没有，所以他的悲剧就不可避免了。杂草蔓延到整个花园，自然界衰退腐烂之间有持续的张力，就像上帝所建立的事物秩序中有亚当与夏娃的堕落，有失序和混乱一样，这些都是罪恶之果。

莎士比亚的作品经常谈及时间，亨利六世称"倒霉的时候"，理查三世称"可怕的时刻"，约翰王称"危险的时候"，理查二世称"荒废的时间"，亨利四世称"折磨人的时间"，时间是最公平、公正的，人们必须遵循时间的自然法则。看到理查二世强行剥夺波林勃洛克的财产时，约克惊讶地说"你若剥夺了波林勃洛克的权利，那就是取消了'时间'的规章制度和'习惯'的权利；那就是不让明天跟随今天而来，也就是让您不能成为您自己。您是怎么做了国王的？难道不是靠公平的次序和继承的传统吗?"（《理查二世》第二幕第一场）在此，约克用时间的法则和继承权来劝诫理查，不要干违逆自然秩序的蠢事，要遵循公正的秩序，否则会受到报应。时间也被看作是与每一位国王的统治相伴相生的东西，每一位新王的统治开创了历史的新纪元。莎士比亚在表现君主、贵族和资产阶级之间变化的关系时，分别以理查二世、波林勃洛克、理查三世为代表，表现历史时期的每一个进程，表现了他所处时代的变化，甚至预示资产阶级和它的联盟将推翻斯图亚特王朝。

　　马克思主义关于时间与人的实践的理论在莎士比亚历史剧中是怎样表现的呢？莎士比亚的历史剧说明决定人民命运的事件的重要性，想逃进自己花园进行耕种的奢侈的想法不再成为可能，因为个体的花园是大花园中的一个部分，大花园的种子会撒播到个体花园的地面上。这就是个人与国家、个体历史与人类历史的关系。莎士比亚戏剧中的历史不是一系列不相干的事情，而是中世纪的编年史，它是因果之链，但是历史的过去限制了人们寻求影响他们时代的行动，个体所做的一切必须在历史允许的可能性的范围内。亨利四世接受了时代的必然性，即君权神授，他行动的决心被这些必然性所限制，正如马克思在《路易·波拿巴的雾月十八日》一开始所说的："人民自己创造自己的历史，但是他们并不是随心所欲地创造，并不是在他们选定的条件下创造，而是在直接碰到的、既定的、从过去承接下来的条件下创造。"[①] 西格尔认为：虽然莎士比亚历史剧中的人物不完全自由，有时受神意的掌控，但莎士比亚笔下的历史并不是宿命论的，推翻政权或造反时有发生。莎士比亚笔下的历史把读者从宿命论中解放出来，把读者从无能为力的状态中解放出来。任何一个朝代的更替都是艰难的，亨利四世在平定贵族叛乱、收复英格兰中遇到的困难是巨大的。这提醒我们，社会革命可

---

①　［德］马克思：《路易·波拿巴的雾月十八日》，载《马克思恩格斯文集》第 2 卷，中共中央马克思恩格斯列宁斯大林编译局，人民出版社 2009 年版，第 470—471 页。

能是击败破坏性力量的唯一的渠道，它需要努力，不容易实现。西格尔分析解读了莎翁的历史剧，其目的是要联系当今世界的形势。英国历史上那些破坏性力量被戏剧化了，贵族们像饥饿的豺狼互相撕咬对方的喉咙，争斗所带来的大破坏煽起了 20 世纪统治者的盲目驱动和激情，这些统治者打击资本主义世界中的对手。不过，封建战争已经过去，在今天的英格兰不会再发生像约克和兰开斯特之间的战争。

马克思在时间视域中剖析资本主义社会历史发展的"空间"及其弊端，阐释资本主义社会中人的不自由性。尽管莎士比亚所展现的是封建社会，但在封建社会向资本主义社会的过渡时代，英国已经具有早期资本主义的因素。西格尔把《理查三世》专门挑出来作为一章，与莎士比亚的英国历史观并列，之所以这样做，是因为《理查三世》中已经具备资本主义的因素，与其他的莎翁英国历史剧反映的封建社会大相径庭，约克家族与兰开斯特家族激烈冲突，标志着英格兰中世纪的衰退，资本主义精神的显现。然而莎士比亚把都铎王朝的社会秩序看作是受资产阶级能取代民族国家的封建特权的传统所威胁，这是资产阶级最有挑衅性的部分，资产阶级早在 16 世纪 90 年代初就挑战君主，莎翁不止一次地把个人专制统治等同于资产阶级的个人主义。

为了说明《理查三世》中的资本主义因素，西格尔借用《李尔王》来佐证。《李尔王》中的社会虽然是早期封建主义，人物是王室或封建家庭的成员，但该剧却反映了莎士比亚时代里中世纪观念与现代世界的冲突，像高纳里尔和里根这些年青一代是新的资本主义世界的成员。著有《莎士比亚的意象的发展》的沃尔夫冈·克莱门说：高纳里尔和里根的语言经常用定量的、商业性的词语，用数字计算的方式，比如高纳里尔说："您在这里养了一百个骑士，……请酌量减少您的扈从的人数。"（第一幕第四场）里根说"要是您现在仍旧回去跟大姐住在一起，裁撤您的一半的侍从，那么等住满了一个月，再到我这里来吧。""你下回到我这里来的时候，请您只带二十五个人。"（第二幕第四场）减少人数的目的是为了少花钱，高纳里尔与里根完全从金钱的角度考虑，剥夺李尔作为国王应享受的待遇。私生子爱德蒙说"我的出身不行，让我凭智谋得到产业"。（第一幕第二场）这可以被看成是贪婪的资产阶级的格言，他们与封建贵族相比，缺的是高贵的出身成分，所以他们从旧贵族那里买来所有的财产，在经济上征服贵族，这些都是资本主义的表现。

与爱德蒙类似，理查三世也是私生子，也对自己的出身心怀不满，企图用非法的手段来获得私利，他也是新的资本主义世界的代表，他使用商业化的语言，自始至终表现出商业化的态度。他经常用一些有关财政和货币（finance and monetary）的词语来比喻，表达趋利之心，比如"可我却是孑然一身全无依仗，只靠着鬼蜮居心和虚情假意向她求爱，偏要把她弄到手！一边是整个世界，一边是两手空空！……她瞧得起我吗？我的整体也比不上爱德华的小小局部。她能瞧得起我吗？我是个瘸子，又是这么个丑八怪。我可以拿我的公国跟一个铜板打赌，我无疑是低估了我自己！我以生命起誓，在她的眼里我准是个极为风流倜傥的人物，尽管我自己还看不出来。我要花几文钱买一面镜子，请几个裁缝，让他们研究一下时装，把我的身子打扮起来。"（第一幕第二场）这里的"铜板"和"几文钱"等货币的名称透露出理查三世的资本意识、金钱意识。再如他对伊丽莎白王后说"你仍然可以做国王的母亲，痛苦的岁月造成的废墟可以用双倍的豪华重新修建。可不是吗？我们还有许多快活的日子好过呢。你所流过的晶莹的泪滴将化作晶莹的珍珠佩戴在你身上，用二十倍的利息偿付你当初的深爱。"（第四幕第四场）我们看到：理查三世赤裸裸的金钱语言将中世纪的骑士精神和贵族荣誉的理想釜底抽薪了。

西格尔引用马克思、恩格斯在《共产党宣言》中的话"资产阶级将人的尊严转变成交换价值","资产阶级把宗教的虔诚、骑士的热忱、小市民的伤感这些情感的神圣激发，淹没在利己主义打算的冰水中。……资产阶级撕下了罩在家庭关系上的温情脉脉的面纱，把这种关系变成了纯粹的金钱关系。"① 在这方面，理查三世是最典型的，在理查三世的台词中隐藏着把人的尊严作为交换价值的思想。

福斯塔夫式的背景。西格尔认为福斯塔夫是英国历史剧中最杰出的喜剧人物，但他的意义还没有完全被认识，他来自于莎士比亚的伦敦生活，对我们时代来说，通过把他看作是那个时代社会环境的产儿，他的意义才能被更好地理解。西格尔给福斯塔夫的定位是爱吹牛的士兵、经典喜剧的聪明的寄生虫、道德剧中的邪恶之徒、奇迹剧中的魔鬼、宫廷里的小丑。他营私舞弊，征了一批老弱病残的人组成一支队伍，他不仅是队伍的一名成员，也是社会阶级的一名成员。这是一个破落骑士领头的队伍，本质上，他们是一群堕落的贼、寄生虫、吃闲饭的、脚夫、酒保、土霸、嫖客、骗子，他们的生活和他们的结局与莎士比亚之前出生在巴黎的弗朗西斯·维庸紧密相关，他或多或少地取笑流氓无赖，他们形成"流浪汉"小说中的早期人物，这类人物一直贯穿了资产阶级的文学。但是到16世纪末，伦敦这个欧洲领先的商业城市、英格兰财富的中心，到亨利八世时膨胀了两倍，它从国家的各个方面汇集形成一个混杂的财富追求者群体，包括衰落的封建上流人士，他们从农民那里所得的租金在资本主义发展和膨胀时期大大减少，他们从被解雇的封建保护者、侍从和职业士兵中吸收大量的人员。文学市场容纳的仅仅是

---

① ［德］马克思、恩格斯：《共产党宣言》，载《马克思恩格斯文集》第 2 卷，中共中央马克思恩格斯列宁斯大林编译局，人民出版社 2009 年版，第 34 页。

穷酸的雇佣文人，这些文人的代表是罗伯特·格林，像维庸一样玩世不恭，在临死前写了《用百万忏悔买到的一分智慧》，用思想和行动的罪过来取悦读者。

穷困潦倒的大学才子、退伍士兵、无家可归者，所有这些都是伦敦底层人。福斯塔夫他们经常抢劫行人，这些行人都是地主小乡绅，有些钱财，他们的社会地位比上流社会低，他们靠肥沃的土地生活，福斯塔夫把他们称为"毛虫"（caterpillars）。他们长期被抨击，因为他们压榨农民，积敛钱财，福斯塔夫希望剥夺他们的财产，真正毁坏他们。这些酒保、脚夫、嫖客、破落骑士、地主小乡绅等等构成了福斯塔夫的社会背景。这个背景被马克思、恩格斯称赞为"五光十色"的平民社会，其生动性和幽默性为作品添色不少。福斯塔夫很像格林，格林等人是伊丽莎白时代的反叛者。福斯塔夫关于"荣誉"的自问自答其实就是对伊丽莎白时代习俗信仰的反叛，他说"腿断了荣誉能接上吗？接不上。胳膊断了怎么样？也不行。受了伤荣誉能叫人不疼吗？不，那么荣誉能有外科医生的技术吗？没有。什么是荣誉？一个词语。词语里是什么？空气，如此而已"。（《亨利四世》上篇第五幕第一场）伊丽莎白时代社会下层中最类似福斯塔夫的是把散文改写成韵文的萨缪尔·罗兰兹，他是酒馆里的年老骑士，滑稽风趣，喜欢撒谎，炫耀他的血统。西格尔之所以把福斯塔夫与罗兰兹相提并论，是因为福斯塔夫与罗兰兹都是同一社会阶层没落骑士的代表。《温莎的风流娘儿们》也写福斯塔夫，表面上看是描绘两个中产阶级太太与福斯塔夫的争斗，实际上表现的是上升的资产阶级与没落骑士之间的斗争，显示了发展中的资产阶级生气勃勃的活力，两位太太很好地把握住她们在社会中的位置，她们聪明地与福斯塔夫周旋，挫败没落骑士的锐气，而且培琪太太不允许女儿嫁给冯唐先生，因为冯唐先生是另一个阶层的人，培琪太太有强烈的阶层意识。两位中产阶级太太对福斯塔夫斗智斗勇的胜利，其实是资产阶级对封建骑士的胜利。

西格尔对福斯塔夫背景的分析定位与恩格斯的大体一致，都是用阶级分析法，不同的是：一、西格尔更多联系当时英国的历史状况，采用新历史主义的考据式研究，恩格斯主要从艺术的生动性、丰富性来论述，强调历史题材的戏剧要通过活生生的艺术形象，真实地再现历史的发展过程。二、西格尔从这个剧中看到封建阶级的衰亡、资产阶级的兴起。

第二节 莎士比亚的罗马剧观

西格尔首先梳理了莎士比亚罗马剧的研究状况，比如 M. W. 麦卡勒姆（MacCallum）的《莎士比亚罗马剧和背景》强调：假如罗马要生存下去，君主政体是必要的。詹姆斯·艾默生·菲利普（James Emerson Phillips）在《莎士比亚的希腊和罗马剧中的国家》中强调伊丽莎白时期等级秩序对于君主政体规则的重要性。J. 多佛·威尔逊（Dover Wilson）在剑桥新编的《裘里斯·凯撒》中揭示复兴罗马共和国具有重要意义。T. J. B. 斯宾塞（Spencer）在《莎士比亚与伊丽莎白时期的罗马》中认为：忽略掉细节上的时代错误，莎士比亚慎重地描绘罗马世界的始终如一的、真正的图景，比同时代的本·琼森还成功。J. 利兹·巴洛尔（Leads Barroll）在《沙士比业和岁马历史》里重申伊丽莎白时代的思想，罗马有助于神对万物的安排。后世有更为精深的研究，厄尼斯特·尚泽尔（Ernest Schanzer）在《莎士比亚的问题剧》里证明从凯撒时代到莎士比亚时代，一直有"捧凯撒"和"倒凯撒"的截然相反的态度存在，莎士比亚谨慎地在真实的凯撒的本来面目与他被谋杀的正义性之间留下了谜。杰佛里·布洛（Geoffrey Bullough）也同意尚泽尔的观点，即一直以来对凯撒的模棱两可的看法，不过他重申君主

政体对伊丽莎白时代的重要性。约瑟夫·L. 西蒙（Joseph L. Sim-
mons）在《莎士比亚的异教世界》里指出莎士比亚把罗马看作是
一个异教的世界，里面的人物必然与上帝的圣奥古斯丁的城市无
关，因此带有一种喜剧性的讽刺。保罗·A. 坎托（Paul A. Cantor）
在《莎士比亚的罗马：共和国和帝国》里把简朴的、严格的、清正
的科里奥兰纳斯的罗马与复杂的、堕落的、颓废的安东尼的罗马进
行对比。罗伯特·S. 苗拉（Robert S. Miola）在《莎士比亚的罗
马》里按照编年史的顺序研究莎翁的罗马剧，而不是按照描绘它的
作品创作的时间顺序来研究，发现这些作品关注入侵和叛乱，关注
坚定不移的罗马理想、荣誉和虔诚。最后西格尔总结说"这些学者
对研究莎士比亚的罗马的图景做出了贡献，但是每个人只表现了图
景中的一部分，我想做的是把零散的部分整合成一个整体，锉平那
些不正确的棱角，弥补那些拼图中残缺不全的部分。"① 要达到这一
目的，首先必须简单明了地呈现罗马历史剧的基本材料，这对理解
莎士比亚从罗马历史学家和基督教继承者那里所获取的思想的本来
面目至关重要。笔者认为：这是客观唯物主义的研究态度和方法。

　　罗马剧中的天意。每一部罗马剧的背后都有天意在操纵。
比如《科里奥兰纳斯》中米尼涅斯对市民们说："你们要是把
你们的贫困和饥饿归怨政府，还不如举起你们的棍棒来打天；
谁要敢于违抗罗马政府的意旨，都将被碾作齑粉，哪怕他比你
们还要强大百倍。因为这次饥荒是天神的意旨，不是贵族们造
成的。"（第一幕第一场）这意味着天意是无法阻挡的，人民必
须服从天意。《裘里斯·凯撒》里也有许多预兆，预言者预言
凯撒留心 3 月 15 日，即此日是凯撒的灾难日。学者阿特米多勒
斯专门写信提醒凯撒留心那些谋反者，但刚愎自用的凯撒拒绝

① Paul N. Siegel, *Shakespeare's English and Roman History Plays: A Marxist Approach*, London and Toronto: Associated University Presses, 1986, p. 96.

看信。凯撒的妻子凯尔弗妮亚在梦中预感到：凯撒要被害，凯撒的雕像如同一座有一百个喷水孔的水池一样，浑身流着鲜血，许多壮健的罗马人欢欢喜喜地都来把他们的手浸在血里，还有许多反常的预兆，于是她极力劝阻凯撒不要去元老院。事实上，这个梦就是天意——自负的凯撒注定要被害。但莎士比亚并没有把谋杀者勃鲁托斯和凯歇斯写成十恶不赦的人，相反把他们写成反抗暴君的民主人士。腓利比战役前，谋反的凯歇斯说："我们从萨狄斯开拔前来的时候，有两头雄鹰从空中飞下，栖止在我们从前那个旗手的肩上，啄食士兵们手里的食物，一路上跟我们做伴，一直到这儿腓利比。今天早晨它们却飞去不见了，代替着它们的，只有一群乌鸦，在我们的头顶盘旋，好像把我们当作垂毙的猎物一般；它们的黑影像是一顶不祥的华盖，掩覆着我们末日在迩的军队。"（第五幕第一场）这些征兆注定谋反者必将失败。勃鲁托斯两次梦见凯撒的鬼魂，他知道自己的末日已经到了，于是伏剑身亡。天意让凯撒绝命，同时又对刺杀凯撒的人进行惩罚。《安东尼与克里奥佩特拉》中也有神意的告知，譬如对于凯撒的命运，克里奥佩特拉说："他既然不是命运，他就不过是命运的奴仆，执行着她的意志。"（第五幕第二场）莎翁在这些剧中反映天意的强大力量以及古罗马人乃至文艺复兴时期的英国人都应顺从天意的思想，这一点与莎翁的英国历史剧相仿。

西格尔把《辛白林》这部发生在罗马的传奇剧也归入罗马剧中加以论述。根据圣奥古斯丁的朋友和门徒奥罗修（Orosius）的观点：罗马帝国是神为拯救世界所创立的，基督必须接受和支持帝国，因为它决定了世界的命运。《辛白林》中预言者预言英国与罗马最终言和。英国公主伊摩琴与罗马统治者琉歇斯的主仆关系反映了英国与罗马的关系。全剧终了虽然英国得胜，但根据神谕，辛白林宣布英国"愿意向凯撒和罗马帝国臣服,我们答应继续献纳我们的礼金"。预言者说:"神明的意旨在冥冥之中主持着这一次和平。/当这次战血未干的兵祸尚未开始之前,/我向琉歇斯预示的梦兆,/现在已经完全实现了;/罗马的神鹰振翼高翔,从南方飞向西方,/盘旋下降,消失在阳光之中,/这预兆着我们尊贵的神鹰,威严的凯撒,/将要和照耀西方的辉煌的辛白林言归于好。"(第五幕第五场)这里天意起了决定性的作用,本来英国战胜罗马,应该罗马臣服于英国,但是天意要求英国臣服于罗马。不过,西格尔认为:"预言者的话只是意味着两国言和,并没有说罗马战胜英国,事实上,罗马的神鹰消失在阳光中、消失在辛白林的辉煌中,可能向观众暗示罗马帝国的伟大最终被不列颠的荣光所吸纳。"①

关于天命,恩格斯在《自然辩证法》的"札记和片段"中认为"无论我们是用奥古斯丁和加尔文的说法把这叫作上帝的永恒的旨意,或者是用土耳其人的说法把这称作天数,还是把这就叫必然性,这对科学来说差不多是一样的。"② 我们不能简单地从因果链去解释,不能用唯心主义的命运观去评判。马克思主义不相信命运一词,而用历史观的偶然性与必然性的观念解释人类社会的更迭,无数的偶然性组成了必然性。

罗马的辉煌与衰落。罗马共和国是一个混合的国家,它混合君主政体、寡头政治和民主制,从而取得一定的稳定性。古罗马的扩张是通过殖民和战争而进行的地理的扩张,殖民扩张的目的是获得贡物、战利品和奴隶。帝国的扩张使得罗马贵族元老院的成员和大地主都富裕起来,很多大庄园都由奴隶劳动维持着,而一些小农夫被征兵,他们的土地成了沉重的负担,最后破产。罗马贫富悬殊越

---

① Paul N. Siegel, *Shakespeare's English and Roman History Plays*: *A Marxist Approach*, London and Toronto: Associated University Presses, 1986, p. 111.

② [德]马克思、恩格斯:《马克思恩格斯文集》第 9 卷,中共中央马克思恩格斯列宁斯大林编译局编译,人民出版社 2009 年版,第 479 页。

来越大，贵族派系争夺帝国的战利品。在竞争中支持帝国富人的主要派别是"编定精英"（optimates），如格拉古、马略、秦纳、庞贝，这些人是贵族的成员，却被边缘化，他们反抗暴政。

虽然《科里奥兰纳斯》写的是早期罗马，但为晚期罗马历史混乱时期埋下了伏笔，莎士比亚所描绘的罗马的世界远远不同于现实中的罗马后期的世界，真正的罗马世界是简单的、自我约束的城市，这个罗马是天意，然而它是好战的，一直在与它的敌手城邦国家安齐奥进行斗争中。科里奥兰纳斯这个武士般的英雄具有早期罗马的美德——勇猛，这是罗马的信条，他的尚武精神满足了时代的需求。斯宾塞说这是伟大的精神，罗马青年时期仍具有婴儿般的鲜活，使他们得以征服世界。科里奥兰纳斯被母亲训练成在战场上追求荣誉并为罗马而战的英雄，财富、奢侈不是他追求的东西，尚武才是他的一切。

但是到了《裘里斯·凯撒》，罗马后期共和国呈现出腐败、贪婪、诽谤、流言蜚语到处弥漫的景象，勃鲁托斯公开指控凯歇斯的朋友受贿，也没有允准凯歇斯为朋友的求情，从而冒犯了凯歇斯。凯歇斯说：在紧急情况下，小的罪过必须被原谅。勃鲁托斯反唇相讥，指责凯歇斯卖官鬻爵，于是他们两人产生了严重的内讧。勃鲁托斯说他不愿从农人粗野的手里榨取他们污臭的锱铢，为了分发军队的粮饷，支付军队开支，他向凯歇斯借钱，可是凯歇斯拒绝了。屋大维、安东尼和莱必多斯任意处死一些罗马的领头人，包括莱必多斯的哥哥、安东尼的侄儿，没收他们的财产。一些小地主效忠于他们的指挥者，从指挥者那里获得奖赏，逐渐壮大起来，就像凯歇斯他们一样，以至于可以跟国家抗衡，这就是莎士比亚笔下的勃鲁托斯和凯歇斯最后在腓利比战役中失败的原因，勃鲁托斯的军队没有发挥他们的优势，就急于求胜，冲向奥克泰维斯的军队，然后他们忙于搜掠财物，而此时凯歇斯的军队被安东尼的军队团团围住，腐败的制度敲响了它的丧钟。我们看到：贪财自私是罗马衰落的根源。

在《安东尼与克里奥佩特拉》中罗马的腐败加深了。埃及呈现出追求奢华、淫靡、放纵的样子，这种享受的价值观也腐蚀了罗马，在庞贝的大船上，安东尼、莱必多斯、庞贝一个个喝得酩酊大醉，"整个世界像车轮般旋转起来"，歌舞纵乐，堪比"亚历山大的豪宴"（第二幕第七场）。莱必多斯的醉态反映了这种不稳定性，安东尼说："莱必多斯，留心你脚底下的浮沙，你要跌下来了。"（第二幕第七场）这是一句双关语，不仅在现实情境中，莱必多斯要跌倒，而且在隐喻层面上，莱必多斯要被政治的浮沙所吞没。

《泰特斯·安德罗尼克斯》中萨特尼纳斯和塔摩拉、契伦和狄米特律斯都是万恶之人，强奸、通奸、谋杀、欺骗，残忍、无恶不作，这些都反映了罗马后期的没落。罗马文明的衰落更多来自于内在，而不是外在，这些都将成为后世之鉴。

《科里奥兰纳斯》中骄傲、姿态和荣誉感被科里奥兰纳斯发展到极致，使得美德变成缺陷，由于私利，他的骄傲使他不愿与原则妥协，使他失去了仁慈，使他无法胜任统治，他的气质使他只适合在战场上创造奇迹，却无法使他在和平时期控制怒气，这种怒气毁了他，他的荣誉感阻止他做任何不光彩的事，他寻找机会报复羞辱他的国家，最后变成了叛国者。古罗马这个国家也是如此，人们说它被美德的缺陷所毁灭，这种美德能使罗马征服世界，而骄傲是来自于征服世界，它的力量反过来反对自己，过于繁盛使得罗马人民变得狂妄自大，以至于耗尽他们的力量。

恩格斯在《家庭、私有制和国家的起源》中对罗马社会的定性是"像英雄时代的古希腊人一样，罗马人在所谓王政时代也生活在一种以氏族、胞族和部落为基础，并从它们当中发展起来的军事民主制之下。"①

莎士比亚的罗马剧和现代世界。理解莎士比亚所继承的古罗马的思想有助于我们理解罗马剧，同时这些剧又反过来有助于我们理解罗马史。莎士比亚把自己的思想投射到古罗马的故事中，并使它鲜活起来，使它为我们的世界呈现出现实意义。

古罗马的执政者与近现代美国的执政者有何关联呢？在《科里奥兰纳斯》中，莎士比亚表现了早期罗马共和国的阶级斗争，也表现共和国的混杂的政府；除却它的民主形式，这个政府本质上是寡头政治的统治。剧中所写的勃鲁托斯、西西涅斯之争代表了执政官之争，他们都是被元老院提名的贵族，民众只能在这些提名人中选择，这是一种规矩，元老院的提名者站在市场上，穿着体面的袍子，请求民众投票，可悲的是，科里奥兰纳斯无法在这虚假的仪式中获得选票。

两个执政官对科里奥兰纳斯充满敌意，因为他们意识到：他是"企图政变的叛徒、公众幸福的敌人"，他不允许贵族把谷物分给民众，认为民众是一帮乌合之众。取消分发将会激怒民众，影响执政官与像米尼涅斯那样慷慨的贵族的工作关系，他要求民众自力救济，忽略执政官。后来执政官怂恿民众反对科里奥兰纳斯，放逐科里奥兰纳斯。当他被放逐后，执政官急忙驱散民众，因为他们必须保持与贵族的友好的关系，西西纳斯说"叫他们回家去。他已经去了，我们不必追他。贵族们很不高兴，他们都是袒护他的。"（第三幕第二场）

那么古罗马的世界与美国有什么关系呢？西格尔精辟地指出：那些提名者在今天被称为激进右派的成员，"查看莎士比亚所描绘的罗马共和国的图景，然后试着保持一定的历史距离看我们的共和

———————————

① ［德］马克思、恩格斯：《马克思恩格斯文集》第 4 卷，中共中央马克思恩格斯列宁斯大林编译局，人民出版社 2009 年版，第 145 页。

国，将会发现一些相似之处，尽管我们的国家形式上是民主，任命专门的政治家、律师和商人，而他们都是由富豪掌控的党派来提名，因此本质上是富豪统治。富豪统治也掌控了控制舆论的大众传媒，对那些党派来说，提名一个汽车工人或钢铁工人那是不可想象的，就像提名一个平民一样对罗马元老院来说是不可想象的。提名者在竞选中穿着体面的袍子，以和蔼可亲的样子出现，讨好选民，发誓他们是伟大的美国人民，候选人在任期间对人民顺从和谦恭，寻求赢得他们敬重的渠道，'毫无尺寸之功，单凭一副向人民曲意逢迎的手段，滥邀爵禄。'"（第二幕第二场）① 这样的伎俩在美国并不鲜见。比如1981年华盛顿"团结工会日"的示威游行，反对削减社会福利，富豪官员不得不放下姿态，就像勃鲁托斯所说的那样，"不妨在辞气之间装得谦恭一点。"（第四幕第一场） 这一联想是西格尔莎学研究的闪光之点，是他把莎士比亚放在当代语境中审视的点睛之笔，他揭示了美国社会表面上民主，其实是伪民主的本质——社会的话语权掌控在富人的手里。

　　商业联盟的官僚首领被比作罗马的护民官，他们更多地待在屋里与大公司的代表交谈，而不是与公司员工交谈，他们努力保持与政治党派的关系，拯救被激进的右派所攻击的福利措施。假如把莎士比亚对罗马共和国的描写与资产阶级的民主相比，那么对裘里斯·凯撒的描写意味着批评现代的独裁者，凯撒陶醉于自己的权力，他狂言："凯撒永远不会错，他总是有理由的。"（《裘里斯·凯撒》第三幕第一场） 这是莎士比亚对凯撒刚愎自用、极端自负的嘲讽。许多陶醉于权力的独裁者也爱说类似的话。西格尔将这与当代美国相联系，里根总统同样相信所谓的"美国自由企业制度"使主宰世界的大国的统治者们从最高统治者统治下的贫困的国家获得

---

① 　Paul N. Siegel, *Shakespeare's English and Roman History Plays: A Marxist Approach*, London and Toronto: Associated University Presses, 1986, p.134.

利润，假如他们自己故意对逐渐增长的内在的社会矛盾视而不见，那么统治者们的力量是空的，权力的傲慢自大必将产生报应。

美国革命家和莎士比亚历史剧、罗马剧中的政治意识形态。把美国革命与莎剧联系起来考察是西格尔莎评的亮点。西格尔认为："隐含在莎翁英国历史剧背后的都铎王朝的政治思想也是隐含在罗马剧背后的思想，一个半世纪之后革命骚动时代，也被美国反对独立的最保守的人所引用。都铎王朝的思想在当时服务于进步的目的，现在变化为美国从事斗争的思想。但是假如莎士比亚的政治思想在美国革命时期是保守的、反动的，那么他也会看到被人权的革命理论所修正的资产阶级个人主义具有有害的破坏性力量。"①

美国革命的纲领是《独立宣言》，它的核心思想是："人人生而平等，造物主赋予他们若干不可让与的权利，其中包括生存权、自由权和追求幸福的权利。为了保障这些权利，人们才在他们中间建立政府，而政府的正当权利，则是经被统治者同意授予的。任何形式的政府一旦对这些目标的实现起破坏作用时，人民便有权予以更换或废除，以建立一个新的政府。……过去的一切经验都说明，任何苦难，只要尚能忍受，人类还是情愿忍受，也不想为申冤而废除他们久已习惯了的政府形式。然而，当一系列滥用职权和强取豪夺的行为表明政府企图把人民置于专制暴政之下时，人民就有权也有义务去推翻这样的政府，并为其未来的安全提供新的保障。"这些思想来自于许多方面，其中包括英国国内战争革命者的政治思想，来自于启蒙时期的理性思想"原始契约论"。这些思想与被反独立的保守人士所利用的都铎思想针锋相对，它侧重于推翻不合理的政府，侧重于革命的意义，它成了美国脱离英国殖民统治的宣言。

---

① Paul N. Siegel, *Shakespeare's English and Roman History Plays: A Marxist Approach*. London and Toronto: Associated University Presses, 1986, p. 93.

　　1775 年乔纳森·鲍彻的训诫到处传播，他认为：公民被动地服从和不抵抗，这个观点出自詹姆斯一世时期的主教兰斯洛特·安德鲁，他说："王子只从上帝那里接受他们的权力，作为上帝在地球上的责任人和代理人。"① 鲍彻说人人生而平等的观念是一种特别松散而危险的观念，因为没有一些相对内在和权威的约束，将只能是混乱一团。一个乐器由弦、键、管以完全对等的尺寸大小所组成，一个社会也应由所有完全对等的成员组成，产生秩序与和平。同样，这种思想是建立在满足、顺从政府管理的契约的思想之上。持同样论调的还有艾萨克·亨特，他在《政治家族》里把鲍彻的思想又发展了一步，"第一个父亲是第一位国王……所有的政府都源于此。"②

　　国家、国王、政府、臣民是怎样的一种关系呢？国王是上帝的代理者，国家需要社会等级，社会像一个和谐的音乐，这些观念在莎翁历史剧和罗马剧中都有反映，也可以说这些观念来自于莎剧，比如《特洛伊勒斯和克里希达》中尤利西斯说"只要把纪律的琴弦拆去，听吧！多么刺耳的噪音就会发出来。"（第一幕第三场）国王不仅是上帝的代理者，而且是上帝的象征和形象，臣民有服从的责任，国王是臣民之父。社会就像身体一样，莎翁在《科里奥兰纳斯》中借米尼涅斯的话说："从前一个时候，身体上的各个器官联合向肚子反抗，它们申斥它像一个无底洞似的占据在身体的中央，无所事事，其余的器官有的管看，有的管听，有的管思想，有的管教训，有的管步行，有的管感觉，分工合作，共同应付全身的需要，只有它只知容纳食物，不知分担劳苦。肚子回答，你们全体赖以生活的食物，是由我最先收纳下来的，因为我是整个身体的仓库和工场，可是你们应该记得，那些食物就是我把它们从你们的血

---

　　① Paul N. Siegel, *Shakespeare's English and Roman History Plays: A Marxist Approach*. London and Toronto: Associated University Presses, 1986, p. 94.

　　② Ibid., p. 94.

液的河流里一路运输过去，一直传送到心的宫廷和脑的宝座，经过人身的五官百窍，最强韧的神经和最微细的血管，都从我得到保持它们活力的资粮，大家都从我这里领回食物的精华，剩下给我自己的只是一些糟粕。"（第一幕第一场）米尼涅斯用身体器官的比喻来说明政府的作用就像人体的肚子，管理服务于全体社会器官。臣民应该服从政府统一管理。这也是莎士比亚时代的思想，莎士比亚把那个时代的思想通过戏剧的方式表达出来。《独立宣言》既强调了建立政府的必要性，也强调公正、开明的政府的重要性。伯纳德·贝林引用约翰·亚当斯的话说："英国对于美国，就像凯撒对于罗马。"① 英国殖民者对美国的专制统治，使美国人民忍无可忍，于是美国革命的爆发势所必然。

西格尔指出："莎士比亚笔下的罗马共和国肯定不是美国革命的理想状态，《科里奥兰纳斯》呈现的是充满争斗、阶级分化的社会，这个社会的领导者虽然有许多令人羡慕的品质，但是缺乏必要的位高而权重的人，这个社会的市民变化无常，容易被追求权力的护民官所操控，这个社会的优柔寡断的贵族默许放逐拯救城市的人。"② 从领导者、贵族、市民、社会各阶层的人的状态来看，罗马共和国都不是理想的国家。

《裘里斯·凯撒》也没有表现理想的共和国英雄，没有足以作为典范来使美国革命者能审视他们自己。莎士比亚所塑造的凯撒本身就是一个优缺点并存的人，杰佛里·布洛说："在莎士比亚之前的文学里，有倒凯撒和捧凯撒的文学出现"③，"英国文艺复兴对凯

---

① Bernard Bailyn, *The Ideological Origins of the American Revolution*, Cambridge: Harvard University Press, 1967, p. 26.

② Paul N. Siegel, *Shakespeare's English and Roman History Plays: A Marxist Approach*, London and Toronto: Associated University Presses, 1986, p. 96.

③ Geoffrey Bullough, *Narrative and Dramatic Sources of Shakespeare*, Vols. 3, New York: Columbia University Press, 1960, p. 22.

撒的态度延续了中世纪的矛盾情绪。"①

　　都铎政权建立在阶级平衡的基础上，但是最终还是依赖显要的新贵族，都铎政权与封建非集权主义和资产阶级个人主义是对立的，莎士比亚揭示了这两种力量的危险性，他所批判的资产阶级个人主义后来被以自然人权的理论所表达，特别是个人财产的无限制地使用的权力，保护他们与政府所订立的契约，这种契约看似平等，其实不平等。马克思在《资本论》第一卷中不无讽刺地论述道："劳动力的买与卖是在流通领域或商品交换领域的界限以内进行的，这个领域确实是天赋人权的真正乐园。那里占统治地位的只是自由、平等、所有权和边沁。自由！因为商品例如劳动力的买者和卖者，只取决于自己的自由意志。他们是作为自由的、在法律上平等的人缔结契约的。契约！是他们的意志借以得到共同的法律表现的最后结果。平等！因为他们彼此只是作为商品者发生关系，用等价物交换等价物。所有权！因为他们都只支配自己的东西。边沁！因为双方都只顾自己。使他们连在一起并发生关系的唯一力量，是他们的利己心，是他们的特殊利益，是他们的私人利益。"②资本主义表面看是自由、平等，实际上充斥着不自由、不平等。马克思曾把"利己心、特殊利益、私人利益"称作"现金交易"，就是这"唯一的力量"把人类聚集在资本主义之下，莎士比亚在《威尼斯商人》和《雅典的泰门》中描绘了这种力量，人与人之间的金钱关系。但是这种社会的强取豪夺经常披上宗教的外衣。高利贷者夏洛克经常想到自己是属于"神圣的民族"——犹太民族，就像莎士比亚时代清教徒高利贷者把他们看作是上帝的选民一样，把他们在世上的繁荣兴旺看作上帝宠幸的标志。同样，新英格兰的

---

　　①　Geoffrey Bullough, *Narrative and Dramatic Sources of Shakespeare*, Vols. 5, New York: Columbia University Press, 1964, p. 24.

　　②　［德］马克思、恩格斯:《马克思恩格斯全集》第 23 卷，中共中央马克思恩格斯列宁斯大林编译局编译，人民出版社 1972 年版，第 199 页。

清教徒把他们的所作所为看成按照上帝的意志而行，通过建立美国这个"新乐园"来与上帝订立契约。在 19 世纪的世俗化的视野中，这种契约成为美国帝国主义扩张的"天定命运"，成了挡箭牌。虽然平等自由的思想在垄断资本主义下越来越少地被意识到，但是在革命造反的阶段，他们的宣言向前迈开了巨大的一步，然而这种垄断资本主义也是脱胎于乐园本身，坚持在生产方式中积累个人财富的权利。所以，资本主义所谓的自由、平等并不是真正的自由、平等。马克思主义认为：真正可以依靠的不是资产阶级个人主义，而是无产阶级。马克思在《路易·波拿巴的雾月十八日》第二版序言中指出"人们忘记了西思蒙第所说的一句中肯的评语：罗马的无产阶级依靠社会过活，而现代社会则依靠无产阶级过活。"[①]

西格尔在此将莎士比亚戏剧对于美国革命的作用做了现实性的分析，既指出美国革命吸收莎剧中的某些养分，又不同于莎剧，显示了新历史阶段的特点，这种结合现实、结合当下的分析方法是马克思主义一贯所采用的，马克思、恩格斯写作《资本论》《政治经济学批判》《德意志意识形态》等著作，经常借用古希腊罗马、文艺复兴时期的文学和文化，来形象地比喻他们所处时代的种种社会现象和人物，揭示资本主义社会的罪恶。

西格尔得出结论：莎翁历史剧和罗马剧的背后所隐含的宇宙秩序观，是都铎王朝专制政体下的统治阶级或新贵族的社会地位的文学化表现。尽管莎士比亚的历史剧和其他剧一样是由都铎王朝的贵族的基督教人文主义意识形态所形成，但它们不是都铎王朝正统观念的说教，而是丰富复杂的艺术作品，理查二世的被废黜和凯撒的被谋杀被看作是违反宇宙秩序观的，不过理查二世或凯撒都没有引起观众的明确的同情。

---

① ［德］马克思、恩格斯：《马克思恩格斯文集》第 2 卷，中共中央马克思恩格斯列宁斯大林编译局编译，人民出版社 2009 年版，第 467 页。

英国历史剧和罗马剧表现为被天意所引导，根据基督教的观念，通过英国历史剧的特点，而不是通过罗马剧中的异教特点来解释天意。天意是事物的既定秩序的规划，社会秩序只是其中的一部分，它不是通过奇迹起作用，而是通过自然法律起作用，自然法则与历史舞台上每个演员的行动相匹配，自然法则有它必然的影响，因果观念传达历史必然性。人类创造历史，但又被历史所限制。

西格尔认为：在莎翁英国历史剧的人物与罗马剧的人物之间可以画平行线，但是上层阶级的罗马人是独特的罗马人，而他的下层阶级的喜剧性罗马人却是伦敦的工匠或英国农民，像英国历史剧中喜剧性的下层人物一样，他们制造历史的过去，与伊丽莎白时期有关，与当代现状有关。

在英国历史剧中，君主制、贵族制、资产阶级经历了一个逐步进化的过程，而罗马贵族是从老的罗马共和国的贵族寡头政治进化而来，被封闭在激烈的内在斗争中，这种斗争让我们联想到英国历史剧中的封建贵族。

虽然莎士比亚描绘了英格兰的阶级斗争，但他的人物是复合型的，并不只是社会阶级的代言人，福斯塔夫是封建没落阶级的代表，但他的顺应力使他成为一般人应对生活打击的不负责任的代表，理查三世虽然是封建约克家族的成员，但是所用的商业意象、财政术语、生意语汇和态度验证了他具有资产阶级最有侵略性的特点。

理解莎士比亚历史观，有助于我们理解他的历史剧，反过来，阅读莎士比亚历史剧本身也有助于我们理解英国历史和罗马历史，这是相辅相成的互动关系，莎士比亚使得封建的英格兰和古代罗马的世界栩栩如生，使它们呈现出当代的意义，他的历史剧为我们提供了很高的欣赏价值，有助于认识个体的重要作用和被历史的过去强加的局限性。

　　笔者认为西格尔的马克思主义莎评体现为这样一些特点：一、他以历史唯物主义的观点和方法，把莎翁的历史剧和罗马剧放到古罗马时期与伊丽莎白时期的社会中去考量，放到从封建社会向资本主义社会过渡的历史进程中去考量，从莎剧里洞察到资本主义的萌芽，从而揭示这些戏剧不仅有审美价值，而且对我们了解和评价历史的演变有重要的认识价值。二、他时不时地用马克思、恩格斯的观点和分析来论述莎剧，表面上看起来，他像新批评派那样，事无巨细地分析剧情和剧中人物，实际上背后有马克思主义的思想红线牵着他的笔做历史纵深的探寻和当代社会的检审。三、他以阶级分析的方法，把历史剧、罗马剧中主要人物所属的阶级及其来源组成、阶层人物的表现分析得清晰醒目，揭示神、君王、贵族、民众的特点和社会秩序、宇宙秩序的关联。四、他以史为鉴，提示我们重视社会层级之间的合理建构，重视人民与执政者之间的关系，处理好民主与统治的关系。五、他把莎士比亚的历史剧与罗马剧的分析与近现代美国社会的现象与问题联系起来考察，评论莎剧旨归在反映现实与历史的相似性，揭露美国社会伪民主的问题。当然笔者也发现：在论述中西格尔并不是时时处处都用马克思主义来分析，有时滑入新批评派的方法论中，微观性强，而宏观的理论色彩淡化。通俗地说，他有时用马克思主义来解读莎剧，有时不用马克思主义，而采用一般的文学批评的方法来解读。

第 三 章

伊格尔顿的莎学思想

　　英国当代著名的文学理论家、文化唯物主义的代表伊格尔顿是马克思主义思想的拥护者，在中学时代即开始接受社会主义思想，剑桥大学求学后期和毕业后又得到以马克思主义文学批评著称的老一辈评论家雷蒙·威廉斯的指点，写出了一系列马克思主义文学批评的著作，如《批评和思想：马克思主义文学理论研究》《马克思主义和文学批评》《文学原理引论》《批评的功能：从"观察家"到"后结构主义"等》。中国掀起了对伊格尔顿文学理论、文化理论的研究热，但忽略了伊格尔顿的莎学研究，须知伊格尔顿的文化理论是建立在对经典作家和作品分析之上的，因此我们亟须重视这些应用性批评。《莎士比亚与社会：莎士比亚戏剧论文集》(1967)、《威廉·莎士比亚》(1986) 是伊格尔顿专门论述莎士比亚的著作，见他人之所未见，闪烁着诸多思想之光。

第一节　思想概况

　　伊格尔顿一直在试图找到一个看待莎士比亚的方法——对他来说，莎士比亚与我们的时代密切相关，这是伊格尔顿的核心观点。他试图通过《莎士比亚与社会》《威廉·莎士比亚》来阐释莎士比亚当代的意义。《莎士比亚与社会》"不是简单地关注我们的时代，而是描绘形成我们看待莎士比亚的思维体验。……我们对莎士比亚的判断由我们在我们的社会中所有的观念所决定。"①

《威廉·莎士比亚》是一部大胆而具有原创性的论著，伊格尔顿根据我们时代的马克思主义、女权主义和符号学理论几乎阐释了莎士比亚所有重要的戏剧，他通过文本细读，解释了莎士比亚戏剧中存在的一系列问题和冲突，尤其是词语与物的冲突、身体与语言的冲突，同时他也探讨了法律、性别、自然本性。伊格尔顿借用马克思、恩格斯的术语，认为语言与欲望被看作是凌驾于身体、稳定的社会角色和固定的人性之上的剩余价值，但是如何看待剩余价值——语言和欲望？这里有深刻的模糊性。假如赞美它们是人类创造力的源泉，那么同时也害怕人类创造力的无政府主义和越界的力量，这是一个矛盾，伊格尔顿令人信服地证明：这种矛盾体现为在封建传统与资产阶级个人主义新形式的兴起之间存在更深刻的意识形态的斗争，他根据我们当代的语言、性别和社会学的理论来揭示我们怎样能理解呈现在莎士比亚戏剧中的问题，这些问题之前一直是模糊不清的。

伊格尔顿在《威廉·莎士比亚》的序言中开宗明义地说："我挑选了令我感兴趣的剧目来论述，目的是探讨莎士比亚戏剧中特殊的情况，集中探讨语言、欲望、法律、金钱和身体等的相互关系，使任何关注于它的人进一步深入莎翁作品。这本书在主题的历史研究方面没有直接的意义，但是我想，它是在政治符号学中的一次演练，试图把相关的历史植入文本的文字中。"② 而探讨语言、欲望、法律、金钱和身体的目的是：探讨个人与社会的关系，个体经验与公共社会的关系。

欲望与语言、法律的关系。伊格尔顿认为，"身体与欲望最交

---

① Terrence Eagleton, *Shakespeare and Society.* London：Chatto & Windus Ltd. , 1967, pp. 9.

② Terry Eagleton, *William Shakespeare*, New York：Basil Blackwell Ltd. , 1986. p. ix.

叉的地方是性的欲望，假如性的欲望是一个物质的事情，那么它更是一个词语的问题，十四行诗、情书都是（对欲望的）诱人的修辞。"①

"莎士比亚在欲望与语言之间画了一条最接近的平行线"，②"一旦碰到欲望，语言就变得放纵。"③ 欲望反映在语言的汪洋恣肆中，《第十二夜》一开场奥西诺公爵惊喜地赞美欲望的震撼力，"爱情的精灵呀，你是多么敏感而活泼！/虽然你有海一样的容量，/可是无论怎样高贵卓越的事物，/一进了你的范围便顷刻间失去了它的价值。/爱情是这样充满奇思妙想，/在一切事物中最变幻莫测。"（第一幕第一场）这段喷薄而出的台词形象地再现了欲望张开语言的翅膀，冲向天空的醋畅淋漓。莎剧中有大量描写爱情的诗句，最著名的当然是《罗密欧与朱丽叶》中大段大段的爱情表白，陷入爱河的年轻人激情洋溢、滔滔不绝地用语言来表达自己的心迹，只嫌语言少而苍白无力，不足以把爱欲倾诉彻底。莎士比亚十四行诗中也有许多欲望的诗行。

但是当欲望不合情理，不被认同时，最早最快的反应也在语言的层面上，而且也是通过语言来嘲讽和纠正这种欲的妄想。在《第十二夜》中语言最喜剧化的处理是马伏里奥的上当，由于他潜在的、自负的欲望——对奥丽维娅的贪恋，被玛利娅所设置的语言幻觉所诱导，妄想进入奥丽维娅的世界。玛利娅伪造一封假情书，模仿奥丽维娅的笔迹，"我的命在 M.O.A.I 的手里飘摇"，情书中暗含马伏里奥的名字，造成一种错觉——奥丽维娅爱上马伏里奥。于是马伏里奥失去理智，按照情书上的指示，穿着黄色的十字交叉的吊袜带，在奥丽维娅的面前扭捏作态，结果洋相百出，因为奥丽维

① Terry Eagleton, *William Shakespeare*, New York: Basil Blackwell Ltd., 1986. p. 18.

② Ibid., p. 20.

③ Ibid., p. 19.

娅最讨厌这样的打扮。马伏里奥上当受骗的情节充分说明他内心的、不切实际的欲望如何轻易被满足他欲望的语言所操控，结果一败涂地。

语言与无耻的欲望相联系的另一个喜剧性人物是福斯塔夫。福斯塔夫的语言是浮夸的，也充满了欲望。《温莎的风流娘儿们》中他在给培琪太太的情书中写道："不要问我为什么爱你，因为爱情虽然会用理智来作疗治相思的药饵，它却是从来不听理智的劝告的。你并不年轻，我也是一样。你爱好风流，我也是一样。……吾乃汝忠心武将，不分昼短夜长，不顾天光火光，披肝沥胆，蹈火赴汤。约翰·福斯塔夫上。"（第二幕第一场）其言辞之矫情、肉麻、虚假令人作呕。伊格尔顿指出"福斯塔夫的身体脑满肠肥以至于他无法动弹，他的语言那么变化多端以至于它抗拒真实，在福斯塔夫身上，语言和身体被推到自我嘲讽的极端。……他是莎士比亚最无耻的信口开河者之一，把词从他变态的吹牛的行为中脱离开来，随意地抹平过度比喻的特性。"[1]

欲望在莎士比亚那里经常是一种痴迷状态，几乎偏执地固定在一种倾向上，无法自拔，然后导致悲剧的发生。性的欲望有一种无政府主义的东西，厄洛斯对社会秩序产生了强大的威胁，假如性欲是无政府的，那么它需要一个管控的外在权威把它固定到一个点上，就像在《一报还一报》中那样，克劳迪奥放纵自己的情欲，致使坶丽安娜未婚先孕，如果这样的欲望不加管束，如果不借助于法律来约束，那么社会上的青年男女会做出许多荒唐的事来，因此这方面的法律条文就必然出现，不过《一报还一报》的法律条文过于严苛，规定凡是使女子未婚先孕的人都必须处以死刑，这是极为残酷的，会导致力比多和法律的内在矛盾。

---

[1] Terry Eagleton, *William Shakespeare*, New York: Basil Blackwell Ltd., 1986, p.15.

　　法律之为法律，它一定是普遍的、公正的、独立的，对任何具体情况都是不偏不倚的。"悖论的是《一报还一报》中法律实际上滋生了欲望，也锁住了欲望，法律不是简单地抑制、消极地禁止意愿，欲望的东西是法律最严格的禁忌，这种禁忌加剧了对欲望的吁求。"① 安哲鲁明知法律禁止他占有伊莎贝拉，但越禁越想得到，对伊莎贝拉美色的贪恋使他不顾法律的约束，滥用手中的职权，利用伊莎贝拉有求于自己的机会，强行满足自己的欲望，他知法犯法，亵渎法律。

　　"法律可以管束力比多，但不能解决人的欲望的归宿，欲望必须找到它固有的形式，这固有的形式就是婚姻制度。"② 所以莎士比亚的喜剧最后总是以婚礼而告终，比如《一报还一报》《仲夏夜之梦》《威尼斯商人》《无事生非》《皆大欢喜》《第十二夜》；等等。

　　伊格尔顿的马克思主义莎评最有特色之处是把马克思主义关于价值、交换价值的概念转喻到对莎剧的分析中。商品可以交换，因为它们有交换价值，人不是商品，按理说不可以交换，但在莎剧中我们看到各种身体的交换，有既成事实的，如《一报还一报》《终成眷属》，有未进入实质性的，如《仲夏夜之梦》《无事生非》。欲望的放纵引发了身体的交换，《一报还一报》中伊莎贝拉与玛丽安娜交换。安哲鲁遗弃未婚妻玛丽安娜，而想强奸伊莎贝拉，玛丽安娜代替伊莎贝拉跟安哲鲁上床，既保护了伊莎贝拉的贞操，又遂了玛丽安娜的心愿，在现实面前，安哲鲁承认错误，与玛丽安娜结婚。在这个剧中以牙还牙的主要形式是身体的不断交换和循环：安哲鲁换公爵，伊莎贝拉换克劳迪奥，巴那丁换克劳迪奥，玛丽安娜换伊莎贝拉。"在整个剧的情节中，人物的相互作用被想象为不断地替代、犯错、伪装、矛盾，替换不仅是隐喻层面，而且是深刻的

---

①　Terry Eagleton, *William Shakespeare*, New York：Basil Blackwell Ltd.，1986，p. 49.

②　Ibid.，p. 20.

身体层面。"① 《终成眷属》里出身卑微的海伦娜爱上贝特兰伯爵，但是贝特兰不爱她，海伦娜因治好国王的病，国王安排他们成婚，但贝特兰提出苛刻的条件不愿与海伦娜圆房，海伦娜靠自己的智谋，代替被贝特兰所喜欢的女子狄安娜与贝特兰上床，得到贝特兰永不离手的戒指，并怀了孕满足了贝特兰苛刻的要求，因此最后终成眷属。这两个剧本中身体真正进行了实质性的交换。

《仲夏夜之梦》写了四个互换的情人，赫米娅、拉山德、狄米特律斯、海伦娜。赫米娅与拉山德相爱，海伦娜爱狄米特律斯，可是狄米特律斯不爱海伦娜，而爱赫米娅，这四角恋爱本来就很复杂，小精灵帕克滴错了魔汁，好心办了坏事，使四人的关系混作一团，狄米特律斯和拉山德都爱上海伦娜，而赫米娅被冷落。最后魔法解除，才使他们回到良好的秩序中，两对情人喜结良缘。伊格尔顿认为这个剧的欲望深深扎根在作为性吸引的主体间性中，在无意识的幻想曲中，无意识的欲望是无底的，像鲍顿的梦，这个剧在两对隐喻幻觉的情人中有一种力量，这种力量扰乱了现实人类的事务。假如森林里错配的幻觉被错配的婚姻协议所框定，那么反过来也可能被自我意识的戏剧化幻觉所框定。

从《一报还一报》中的身体交换，伊格尔顿引申出对交换价值的思考，集中体现在非个人情感的法律公正上，这种公正将友谊和喜好放置一旁。安哲鲁说："法律判你兄弟的罪，并不是我，／他即使是我的亲戚，我的兄弟，或是我的儿子，／我也是一样对待他。"伊莎贝拉对安哲鲁严厉公正的反应是："所有人性都是有罪的：／倘使您和他调换位置，／也许您会像他一样失足，／可是他不会像您那样铁面无私。"（第二幕第二场）安哲鲁在此强调法律必须放弃个人的情感（尽管他实际上并非如说的那样去做），而伊莎贝拉则强

---

① Terrence Eagleton, *Shakespeare and Society.* London：Chatto & Windus Ltd. , 1967, p. 83.

调个人情感，强调情理，她所搬出的理由，一是人类的原罪说，这显然太牵强。伊莎贝拉辩护所打出的最好的牌是："唉！唉！一切有生之伦都是犯过罪的，/可是上帝不是惩罚他们，/却替他们设法赎罪。/要是高于一切的上帝审判了您，/您能自问无罪吗？"（第二幕第二场）但是如果真是那样，要么饶恕一切，法律则失去存在的必要，要么因为人人有罪，法律将审判所有的人，法律就失去了现实的可操作性。二是身体的交换，谈到身体的交换，以将心比心的思维逻辑来求得宽恕，这与法律精神是背道而驰的。于是法理与情理产生严重的冲突。

关于法律精神，伊格尔顿以《威尼斯商人》为例，进行新的诠释。"在创造性地解释法律时，通常会感到：应该有责任遵照法律'精神'，判断应该是现实的和有基本常识的，不要狭隘的技术性和迂腐。这样来看，《威尼斯商人》中夏洛克遵照法律精神，而鲍西娅并没有遵照法律精神。"① 夏洛克的契约并没有写他取安东尼奥一磅肉的同时可以带一点血，但这是从文本中的合理推理，所说的肉当然包含连带的血和汗毛，这是肉的自然属性，任何真正的法庭将承认它。没有一个书面的东西能穷尽它所涉及的可想象的所有方面，人们也可以声称夏洛克的契约是不充分的，因为它实际上并没有提到用刀，或者安东尼奥是否应该坐着，或者吊在天花板上，也就是说，任何文本都被理解为超过字面意思，把它和物质语境相联系，这种语境是按照有效的、被接受的意思，相反，鲍西娅读契约是"拘泥于文本"，但是不幸是虚假的意思，她阅读本身并不假，但是孤立地看问题，她的解释太咬文嚼字了，因此讽刺性的是：它公然地歪曲了法律。鲍西娅机灵的诡辩在现代法庭将被否决，夏洛克（首先假设契约是合法的）将赢得这场官司。

---

① Terry Eagleton, *William Shakespeare*, New York: Basil Blackwell. Ltd. , 1986, p. 36.

　　现在有些学者补充一些新的见解，一是按照现代法律，还债人应该自己主动还债，安东尼奥应该自己割一磅肉给夏洛克，这才符合常理，这样夏洛克就可以避免违背契约，导致没收财产。二是拘泥于"原意论"。美国芝加哥大学法学教授大卫·施特劳斯（David A. Strauss）的《活的宪法》阐释道：顾名思义，对法律的解释完全按照其字面意思，"原意论的核心观念是：当我们赋予宪法文字含义时，我们应采用通过赋予这些宪法的人会赋予这些规定的含义……原意论实际上并非一种解释宪法的方式，而是一种华丽的修辞。"（《活的宪法》第一章）鲍西娅执着于法律文本的字面意思，一心只想令夏洛克一败涂地，并且用看似正当的手段惩戒他，但她却将法律的本身的精神——即为社会带来福祉弃之一旁，她完全忽视了如此"残酷"的判决对这个社会法律精神所带来的巨大挑战与动摇。从另一个角度看，这场法庭对决发展到最后，不仅脱离了其争论的核心，也就是契约是否实行，且触碰到了法律在这时如何保证公正的问题。律师自然是为了自己的辩方维护利益，然而作为决断的"大法官"公爵，却任凭这种偏离法律精神的辩论继续进行，出于何种目的莎翁笔墨或许无暇顾及，然而读者也可猜出一二，便是公爵心中基督徒的所谓道德感。以此观之，这场对决也是不公正的，因为法官与辩方律师都是持有同一信仰者。三是鲍西娅假扮律师，这本身就是违法的，因此这个审判是无效的。四是鲍西娅是当事人的亲戚，她是安东尼奥好朋友巴萨尼奥的妻子，而安东尼奥是代替巴萨尼奥借债订约的，按照现代法律，鲍西娅应该回避，不得出庭审判，但是她没有。由于情感的偏颇，审判的结果就是不公正的。因此该剧违背法律审判程序的正当性和司法避嫌原则，违背法律审判"不诉不究"的原则，违背法律审判认知的常识性，违背法律审判过程的公正性，违背法律审判结果的合理性和有据性。

这个剧（《威尼斯商人》）关于剩余价值的更富创造性的隐喻是仁慈，鲍西娅说"慈悲不是出于勉强，它像甘霖从天上降到尘世，它不仅赐福给受施的人，而且给施与的人"。对慈悲的强调，忽略了信用和借贷、罪与罚的精确的交换，处于无条件的状态，它能淡化刺目的正义的等价关系——以眼还眼，以牙还牙。这对像夏洛克那样无家可归的人来说，不容易也不明智，他们唯一的保护就指望法律了。受害者需要固定的合同，然而硬心肠的人正因为他们愚蠢地依赖压迫者的宽宏大量，而压迫者其实比白纸黑字更硬心肠，所以被压迫者最后失算。假如仁慈无条件的，那么无条件是鲍西娅对契约违反常情的阅读的暗示，是一个同样威胁法律公平公正的行动。

身体与欲望的关系。伊格尔顿在《威廉·莎士比亚》中专门分析"nothing"，以性别研究的方法来阐释。"一些证据表明'nothing'一词在伊丽莎白时代可能意味着女性生殖器。……一方面，女性生殖器加强了男性对她的力量。另一方面，它激发了男性自己可能被阉割的无意识的思想，提醒他，他现在的存在不是他所想象的完美无瑕。……假如女人在两腿之间没有东西的话，那么她就是被阉割了的玛利亚。"①

伊格尔顿围绕着"nothing"的这两层意思来分析《奥赛罗》里性的欲望与事实判断的关系。奥赛罗的嫉妒建立在对苔丝狄蒙娜的贞操或者生殖器的占有上，一旦苔丝狄蒙娜的贞操或生殖器被别人占有，他就产生强烈的嫉妒，对奥赛罗来说"整个世界归结于女性的生殖器，女性的性要么被男人私人占有中——要么就是到处遍布。"②当苔丝狄蒙娜只属于他的时候，他觉得拥有了整个世界，当苔丝狄蒙娜不属于他而跟凯西奥有染的话，那么对奥赛罗来说，她

① Terry Eagleton, *William Shakespeare*, New York：Basil Blackwell Ltd., 1986, p. 64.
② Ibid., p. 66.

就成了人尽可夫的娼妓，进而他认为奥赛罗的事业也完了，在这种论调中，我们看到，对男人来说，女人的贞操就是一切，这是被男性的占有欲望所想象的。因为性的嫉妒，整个世界似乎被掏空了意义，令人厌恶。伊格尔顿引用《冬天的故事》里莱昂提斯的话来加强论述："难道那样悄声说话不算一回事吗？/脸孔贴着脸，/鼻子碰着鼻子，/嘴唇呷着嘴唇，/笑声里夹杂着一两声叹息，/这些百无一失的失贞的表征都不算一回事吗？/那么这个世界和它所有的一切都不算什么，/笼罩宇宙的天空也不算什么，/波西米亚也不算什么，/我的妻子也不算什么；/这些不算得什么事的什么事根本就不存在，/要是这算不上是一回事。"（第一幕第二场）

从 nothing 的第二层意思讲，由欲望激起的嫉妒会使人失去对事实的基本判断，走向偏执狂。像奥赛罗那样患妄想狂的嫉妒，被证明是一种简单的无中生有，一切都是伊阿古所编造的谎言，借用另一部莎剧的剧名 "Much ado about nothing"。奥赛罗凭一块定情手绢的丢失就怀疑苔丝狄蒙娜的不贞，以至于掐死她。性嫉妒从根本上说是诠释的危机，对事实的诠释完全错误。偏执狂嫉妒的本质是一个巨大解释学上的夸张。伊阿古说"像空气一样轻的小事，/对于一个嫉妒的人，/也会变成天书一样坚强的确证。"（第三幕第三场）《冬天的故事》莱昂提斯仅凭赫米温妮与波力克希尼斯亲热地说挽留的话，就断定赫米温妮与他私通，于是要谋杀波力克希尼斯，并断定赫米温妮刚生的孩子是她与波力克希尼斯的私生子，要把他除掉。他的这种胡思乱想和诬陷任什么人劝说都不能动摇，卡密罗说"想用立誓或劝告来解除他那痴愚的妄想是绝不可能的，这种想头已经深植在他的心里，到死也不会更移的了。"（第一幕第一场）嫉妒是专断的语言，它操纵着世界去适合它自己的旨意，嫉妒是可怕的东西，它会毒害一个人的灵魂。伊格尔顿把嫉妒看作精神病理学上的东西，"这种精神病理学可能是日常生活的本质"。①

只是分析到这一步，伊格尔顿觉得还不够，他由奥赛罗的愚妄的性格联想到哲学上的偏执，"过度解读世界就像奥赛罗过度解读被偷的手绢一样，弗洛伊德冷冰冰地评论说，最接近幻想狂的是哲学，这两者都有被称作'好学癖'的特征，一种对潜在知识的穷追到底的病理学上的痴迷，要追求出神秘的中心以便于去把握它，拥有它。事实上，在《奥赛罗》中一点没有神秘可言"。② 苔丝狄蒙娜没有任何见不得人的秘密，有些现象真相很简单。哲学偏执狂总是认为表象与本质是不一致的，因此总是千方百计地挖掘所谓的本质，其实有些时候没有秘密的本质，他所看到的不是表面，恰恰是真实。哲学上的这种偏执必然导致过度追求权力和知识而会无休止的沮丧，因为他找不到本质，或者找到错误的东西，就像奥赛罗误认苔丝狄蒙娜不贞一样。因此，我们要恰如其分地去解读任何文学的、哲学的文本，反对过度解读。

伊格尔顿在分析《哈姆莱特》时继续讨论"嫉妒"。"嫉妒不是性欲望的形式，性欲望是嫉妒的形式。"③ 对某人有欲望，也就是把他们看成自己所缺乏的"他者"，一个人不会对自己所拥有的东西说欲望。"对哈姆莱特来说，重要的是失去母亲而不是父亲。"④在这方面伊格尔顿与弗洛伊德对《哈姆莱特》的看法相似，弗洛伊德用"恋母情结"来解释哈姆莱特为何迟迟不杀克劳狄斯的原因，伊格尔顿也认为母亲的改嫁对哈姆莱特的打击胜于父亲的死亡，他觉得母亲改嫁是性不贞洁的表现，他把母亲与叔叔的结合称为乱伦，并用许多狂暴的语言谴责母亲旺盛的情欲。

哈姆莱特的犹豫不仅体现在不立即报杀父之仇上，而且体现在

---

① Terry Eagleton, *William Shakespeare*, New York: Basil Blackwell Ltd., 1986, p. 70.

② Ibid., p. 65.

③ Ibid., p. 68.

④ Ibid., p. 71.

"他花很多时间逃避社会所提供的位置和性的位置，逃避做骑士式的情人，或者是听话的复仇者，或者是将来的国王。"① 他始终在逃避责任和重担，这种逃避与他对母亲改嫁的嫉妒不无关系。但笔者认为伊格尔顿的这一说法并不令人信服，如果说哈姆莱特嫉妒，那么他更应该迅速地杀死夺去他母亲贞操的恶人克劳狄斯，而不是逃避！

伊格尔顿对身体、欲望、语言、法律的论述其实是为他论述"个人与社会"这个最关键的问题打下的伏笔。身体、欲望都是个体的，语言也是个体的，这些个体的东西必须服从于社会的法则，包括法律。他试图揭示莎士比亚戏剧在作为人的个人深度上的自我与对别人、作为整个社会的一部分、承担社会的责任之间的张力。伊格尔顿分析《一报还一报》说"路西奥看到法律和经验之间的分裂也是经验与语言之间的分裂。在好的社会中，所想和所说、个体经验和公共行动、真正的自我和社会的自我之间将有一个好的调节。语言是行动，在公共世界中客观地呈现给他人，因此假如能避免言与行分裂的话，语言必须带着说话者的真正的自我。衡量一个人在话语中所呈现的东西就是衡量他的公共自我和私人自我的连贯性。公爵看不出在路西奥对他的描述中的'活'的自我。对一个人的个体的、自发行为是否合法的衡量，同样，也是对真正的自我和社会自我是否连贯性的衡量。那些经历了语言和意思之间分裂的人正经历个人体验和公共功能之间的断裂：安哲鲁当他从同一性上掉落下来时，他再也不能回到他原来的话语中，他言不由衷。"② 假如伊莎贝拉是安哲鲁，她也会像安哲鲁那样行动，谴责克劳迪奥。身份改变会影响角色的改变，观点的改变，当然她不会像安哲鲁那样以权谋私欲。

---

① Terry Eagleton, *William Shakespeare*, New York: Basil Blackwell Ltd., 1986, p. 71.
② Terrence Eagleton, *Shakespeare and Society*, London: Chatto & Windus Ltd., 1967, pp. 75 – 76.

伊格尔顿在《莎士比亚与社会》中最著名的观点是"个体经验不再仅仅是个人的,社会不仅是公共的。"① 他以雄辩的论述证明莎剧中人物的身体、欲望、语言等恰恰反映了社会的共性。他所提供的研究不仅作为我们理解莎士比亚的扩展,而且作为我们理解个人与社会的扩展。在我们的时代,我们已经发现个体与社会的关系的新的可能性,我们正在学会感受超越个人与社会经验的抽象的对立,按它所是的那样去看待它。一些思想者汇集的经验,在文化、心理、政治和哲学上给了我们关于个人与社会的定义,这定义把个体生活与社会形式直接区分,我们的社会实际上妨碍着、折磨着个体自主的生活,个体与生活之间的张力因此是至关重要的,在保持这种张力时,必须避免的是把社会看作外在的、压制的机械主义的习惯。"②

在这种社会形式下交换的东西是物质的物品,它们的所有者是私人化的,这些物品变成"社会"的。也就是说,商品交换的相互性定位被人与人关系的约束所取代,虽然莎士比亚的作品远不是赞美这种情况,但是它至少奠定了一种社会"秩序"的基础。那个时代所有的个人将仅仅是他们自己的生产者,是他们身体的私人企业家和一个劳动力的单独的所有者。与此相对照,哈姆莱特的悲剧在某些方面是历史的必然。哈姆莱特绝不是一个人的悲剧,在他身上,由于他的王子身份,个人与社会的关系比普通人来得更紧密,个人与社会的矛盾体现得最典型、最充分。

伊格尔顿认为:哈姆莱特是一个过渡期激进的形象,他既在传统社会秩序的边缘,又处于资产阶级个人主义并超越它的未来纪元。但是因为这一点,在两种典型政体中我们可以用主观性的否定和批评的眼光看待他,他的回归使得他是如此现代:对传统秩序孤

---

① Terrence Eagleton, *Shakespeare and Society*, London: Chatto & Windus Ltd., 1967, p. Ⅱ.

② Ibid., pp. Ⅰ - Ⅱ.

傲，但仍然被传统秩序所压迫，不能超越它的限制而进入完全自由选择的存在样式，他身份的合力"去中心"，讽刺地质问资产阶级个人主义的暴力，如克劳狄斯宫廷里的资产阶级个人主义。在这个意义上，哈姆莱特比科里奥兰纳斯更早熟，他期待着一个时代自我的个人主义概念自己进入危机的时代，这就是为什么许多评论者在哈姆莱特身上看到一些特别的现代主义的东西的原因——不是说他是穿着詹姆斯一世时代衣服的 20 世纪的存在主义者，而是因为他站在一个历史尝试的始点，至少在某些方面可能接近尾声。虽然他是一个深刻的主观性的形象，而且体会到主观性是严重的负担，但他还没有被训导和自然化为被剥削的个体，这种个体后来颠覆了意识本身，变成了牢狱，简而言之，成为主观的东西对哈姆莱特来说是政治问题，它已再一次成为我们的政治问题，哈姆莱特所面临的政治与我们时代的政治有许多的相似性，比如权力的斗争。

第二节　名分、能指与所指：伊格尔顿 对《麦克白》的解析

上文谈到伊格尔顿对莎剧的解析，尚属面上的概述，下面笔者选取《麦克白》作为点，来把握伊格尔顿的莎学思想。对麦克白王权的讨论在莎学史上已是老生常谈的话题，伊格尔顿在两部著作中都分析了《麦克白》，但角度不同，《莎士比业与社会》抓住"不合身的长袍"意象重新审视王权与社会的关系，而《威廉·莎士比亚》从能指与所指的维度来分析女巫的预言在麦克白王权更替中的作用。

"不合身的长袍"：名分僭越

《莎士比亚与社会》中，伊格尔顿敏锐地抓住"不合身的长袍"（ill-fitting robes）这一意象，揭示麦克白在争夺王权过程中为

身份与头衔所苦恼，从而表征这样一个问题：王位来得是否正当，会决定人生的幸与不幸。

"不合身的长袍"的意象在剧中反复出现，当罗斯和安古斯拿考特的头衔来恭喜麦克白时，麦克白问为什么他们要给他穿上借来的长袍（borrowed robes）？当女巫的两个预言已实现，麦克白入神地思考第三个预言时，一旁的班柯一针见血地点出了要害："新的尊荣加在他的身上，就像我们穿上新衣服一样，在没有穿惯以前，总觉得有些不太合身似的。"①（第一幕第三场）

伊格尔顿认为：在这里"长袍"成了名分与头衔的隐喻，身份和头衔可以被外在地安置在一个人身上，但是不久他必须使它成为自己的东西，与自己合为一体，而不再是外在的；仅仅客观上成为考特爵士或国王尚不够，必须名副其实、从内而外真正地成为爵士或国王。这个剧反复强调了名分（name）和头衔（title）的重要性，大而言之，关乎国家社稷是否稳定；小而言之，关乎个体是否幸福安宁。由于麦克白为苏格兰建立了战功，他被当之无愧地授予考特爵士的头衔，因此，麦克白的功绩与头衔、英雄本色与荣誉名分是和谐一致的。伊格尔顿在接下来的分析中一再强调"name"，麦克德夫发现邓肯被杀后说这是一个"不可想象，不可言说（cannot conceive nor name）"的恐怖，女巫做"无可名状的行为（a deed without a name）"；马尔康说"一提起这个暴君的名字，就使我们切齿腐舌（This tyrant, whose sole name blisters our tongues）。"麦克白非分攫取王冠，因此其名分是虚假的、空洞的，伊格尔顿认为"这就是这个剧所建立的悖论：作为创造性的、自我确定的行动（即成为国王）实际上解构并毁灭了自我"②，原来响当当的实有英

---

① ［英］威廉·莎士比亚：《莎士比亚全集》（增订本）第6册，朱生豪译，译林出版社2011年版，第124页。以下剧本台词的译文均出自于该译本。

② Terence Eagleton, *Shakespeare and Society*, London：Chatto & Windus Ltd., 1967, p. 130.

雄的名分变为虚空的国王名分。在此，伊格尔顿把麦克白的夺权行为冠之以"越轨犯界"。

让麦克白更为苦恼的是：这个王位后继无人，他的"不育"（sterility）毁坏了他的行动意义，没有儿子来永久保住他取得的成果，篡权夺位的内在是无果的，即便他不被消灭，他的王权也是断层的。麦克白之所以杀班柯，固然因为班柯知道女巫的预言，促使班柯怀疑麦克白，但更重要的是班柯的后代将继承王位，这是麦克白所无法接受的。他一方面疯狂地为自己创造一个国王的身份；另一方面杀邓肯、杀班柯反而加速了他自身的灭亡，这就是伊格尔顿所指出的悖论。如果麦克白不杀邓肯，也不杀班柯，那么他将生活在自足自乐中，"要是我在这件变故发生以前的一小时死去，我可以说是活过了一段幸福的时间。"（第二幕第三场）在毁灭邓肯的过程中，麦克白也毁灭了自己，谋杀成了自我毁灭的行为，一个人要想获得快乐，结果却在试图得到它的时刻失去了快乐。

麦克白得到这一"不合身的长袍"，意味着这件长袍或者王冠本不属于他，因此，他后面的每一个动作都只能使他在血泊中越陷越深，他渴望回复到以往安宁的生活，但正如伊格尔顿指出："试图达到安宁的每一个行动损坏了它本身：每一个行动都有内置的缺陷。"[①] 他以为杀了班柯即去除危险，但逃跑了的班柯儿子福雷恩斯反而成了他的心病，因为女巫预言：班柯的子孙将君临一国。伊格尔顿指出："力图使行动完美彻底的念头在该剧中一直很突出，麦克白听到福雷恩斯逃跑的消息后，懊恼总是不能圆满完成事情。"[②] 他说"我本来可以像大理石一样完整，像岩石一样坚固，像空气一样广大自由，现在我却被恼人的疑惑和恐惧所包围拘束。"[③]（第三

---

① Terence Eagleton, *Shakespeare and Society*, London: Chatto & Windus Ltd., 1967, p. 131.

② Ibid..

③ ［英］威廉·莎士比亚：《莎士比亚全集》（增订本）第 6 册，朱生豪译，译林出版社 2011 年版，第 153 页。

幕第四场)

麦克白欲杀麦克德夫,可是麦克德夫事先跑了,于是麦克白杀了麦克德夫的妻儿,这一行为激起了麦克德夫的深仇大恨,麦克白无形中给自己增加了一个掘墓人,武艺加上复仇使麦克德夫所向披靡,曾经战无不胜的麦克白也被他砍下了首级。这再一次证明:麦克白寻求安宁的行动本身反而毁坏了安宁,事与愿违,适得其反,他千方百计欲除后患,但每次的后患远远超出他未行动前的状态,变得更糟。伊格尔顿认为:"麦克白发现王权对他来说只是一个过程,不像对邓肯来说是完全的确定的东西。通过谋杀邓肯成为形式上的国王之后,他觉得本质上一无所获:在成为真正的国王之前他总是要采取进一步的步骤来巩固王位,但是每一个步骤都消解了他所得到的,因为每一步产生了更多摧毁性的后果,他无法成为真正的国王;他殚精竭虑巩固王位,却一点也不能享受王位的乐趣。他一意孤行,追求自我;杀邓肯王的行为成就了他,也损坏了他。……他整日陷入良心不安中,反而羡慕那已死去的邓肯王,他所采取的每一步——如谋杀班柯、屠杀麦克德夫妻儿——进一步消解了他,使他不能在所取得的成果上休息,这就是他为什么嫉妒坟墓中的邓肯的原因,因为邓肯一了百了完全安息。"① 伊格尔顿引用麦克白的话说:"要是用毁灭他人的手段,使自己置身在充满着疑虑的欢愉里,那么还不如那被我们所害的人倒落得无忧无虑。"(第三幕第二场)

麦克白一直想使这件"不合身的长袍"变得合身。在这一点上伊格尔顿与美国马克思主义莎学家安妮特·T. 鲁宾斯坦不谋而合,鲁宾斯坦指出"麦克白绝非幼稚的谋杀犯或政治上的白痴。他深知自己的欲望和真正目标——做一个享有尊严、受人崇敬、地位稳固

---

① Terence Eagleton, *Shakespeare and Society*, London: Chatto & Windus Ltd., 1967, pp. 132, 136.

的国君——是不能用这种谋杀的手段来达到的。"① 他想获得正当的名分，可是弑君行为已使他永远不可能回到正义的轨道上来，没有退路，也无法修补，以不义取得的地位必须靠罪恶加以巩固。

伊格尔顿进一步分析名分与头衔的实质，"名分有特殊的创造力，没有名分的事情超过了人类意义的极限，魔鬼存在于人类共同体的边缘，是虚无的部分，得到名分是积极正面的事情，要在共同体中拥有被认可的位置。"② 也就是说名分是人类共同体中的一个标志，是共同体自然赋予每一个人的，不管你的名分是高是低，都证明你是共同体中的一员。麦克白初始是一名将军、葛莱密斯爵士，后来成为考特爵士，他以勇敢正直在苏格兰人民的心中占有崇高的地位。他原来处在邓肯王统治的苏格兰共同体中，在这一共同体中他感到充实和幸福，伊格尔顿说："在谋杀之前，麦克白真正的生活是效忠邓肯，这种效忠不是外在的、机械的服从，而是生动的自我表达：他的效忠不求回报"，③ 他在效忠邓肯之中获得满足和安宁。伊格尔顿引用麦克白的台词来证明这一点："为陛下尽忠效命，它本身就是一种酬报。"（第一幕第四场）"他不需要外在的回报，行为本身就是回报。在此，循环是实际行为和责任行为的融合，不是麦克白后来状况的自我毁灭的循环，在侍奉邓肯的过程中，麦克白享受到个人的快乐，'这是一个莫大的光荣'。"（第一幕第四场）④ "但是麦克白谋杀邓肯意味着从共同体中的位置坠落到邪恶的否定面、不可名状的行为领域。"⑤ 他背叛了邓肯王的苏格兰共同

---

① Annette T. Rubinstein, *The Great Tradition in English Literature from Shakespeare to Shaw*, Volume I, New York and London: Modern Reader Paperbacks, 1969, p. 70

② Terence Eagleton, *Shakespeare and Society*, London: Chatto & Windus Ltd., 1967, pp. 133 – 134.

③ Ibid..

④ Ibid..

⑤ Ibid..

体,成了千古罪人。关于这一点英国文化唯物主义者特雷·霍克斯
(Terry Hawkes) 也持相同观点,他说:"麦克白选择从被认可的事
物规则、既定的世界观、已完成的真实的共同体中脱离出去。"① 由
此可见,伊格尔顿强调共同体对人类生活的重要性,它是人赖以生
活的精神保证。

继而,伊格尔顿以麦克白夫人为解剖对象,阐释僭越 (trans-
gression) 名分的后果。"僭越一个人的限度就会失去自我、消解自
我,真正的生活存在于自如地处在天然的限度内。"② 僭越限度,就
是僭越名分,但是麦克白夫人并不明白这个道理,"对她来说,男
人要能创造他的限度,冲出极限去实现野心。"③ 她说"是男子汉
就应该敢作敢为,要是你敢做比你更伟大的人物,那才更是一个男
子汉。"(第一幕第七场)

麦克白听从她的建议,超越了限度,试图要成为更伟大的人,
在试图要得到超越他名分的头衔时,他陷入了邪恶和混乱的否定
面,麦克白夫人不明白:极限是表现人性的东西,就像名分产生于
界定和限度中。她对真正的男子汉的理解是错误的,违背了道德和
责任。伊格尔顿批评道:"她忽略了责任的考虑,只考虑要成为真
正的男子汉就是按欲望行事,不顾它可能产生的伤害,假如决心已
定,那么他必须坚持它,无理由地忽略其他要求。"④ 这是一种极端
自私自利的思想,是放纵欲望、丧失理性的思想,麦克白夫人也僭
越了作为女性、作为母性的名分。

　　　　　我曾经哺乳过婴孩,

---

① See H. R. Coursen, *Macbeth: a Guide to the Play*, Westport, Connecticut. London: Green-wood Press. 1997, p. 128.

② Terence Eagleton, *Shakespeare and Society*, London: Chatto & Windus Ltd., 1967, p. 135.

③ Ibid..

④ Ibid..

知道一个母亲是怎样怜爱那吮吸她乳汁的子女，

可是我会在他看着我的脸微笑的时候，

从他的柔软的嫩嘴里，

摘下我的乳头，

把他的脑袋砸碎，

要是我也像你一样曾经发誓下这样的毒手的话。

（第一幕第七场）

想法如此恶毒凶狠！难怪她被人们称为"魔鬼式的王后"。伊格尔顿从这个越界的女人身上读出了现代社会的意义，"像莎士比亚作品中大多数的坏蛋一样，麦克白夫人是资产阶级个人主义者。"[1] 资产阶级在不断的越界中为自己产生了掘墓人，就像麦克白、麦克白夫人为自己产生了掘墓人（班柯、麦克德夫等）。麦克白夫人与女巫一样颂扬女性力量，但是用现代语言来说，"她是'资产阶级'的女权主义者，努力在她所从属的男权体制下超越男性主宰和男人气概，鼓动麦克白来解构和颠覆现存的社会。"[2] 伊格尔顿把她作为一种隐喻。

女巫从她们的世界中来到邓肯王的世界中也是一种越界，她们破坏苏格兰现存的王朝统治。伊格尔顿站在马克思主义的角度精辟地指出："这种越界的矛盾在《共产党宣言》中被很好地关注，马克思、恩格斯写道：不把所有社会关系持续地革命化，资产阶级就无法存在。"[3]

生产的不断变革，一切社会状况不停地动荡，永远的不安

---

[1]　Terry Eagleton, *William Shakespeare*, Oxford：Basil Blackwell Ltd., 1986, p. 4.

[2]　Ibid., p. 6.

[3]　Ibid., p. 5.

定和变动，这就是资产阶级时代不同于过去一切时代的地方。一切固定的僵化的关系以及与之相适应的素来被尊崇的观念和见解都被消除了，一切新形成的关系等不到固定下来就陈旧了。一切等级的和固定的东西都烟消云散了，一切神圣的东西都被亵渎了。人们终于不得不用冷静的眼光来看他们的生活地位，他们的相互关系。①

"'一切等级的和固定的东西都烟消云散了，一切神圣的东西都被亵渎了'，这是资产阶级对女巫的滑稽模仿，她们消解到稀薄的空气中，破坏所有神圣的价值。然而资产阶级清理这种'固定的、僵化的关系'，最终自我解构了，滋生出新的剥削形式，最终又解构了它。像麦克白一样，资产阶级逐渐陷入自己的过度统治中，产生它自己的掘墓人（工人阶级）。"② 这种论述方式非常酷似德里达在《马克思的幽灵》中的论述方式，即采用互文性的解读，将莎士比亚文本中的形象与社会现实联系起来。德里达将《共产党宣言》一开头"一个幽灵，共产主义的幽灵，在欧洲徘徊"中的"幽灵"归于对《哈姆莱特》中幽灵的化用；伊格尔顿则将资产阶级的不断解构、破坏比喻为女巫式的越界，与德里达一样，伊格尔顿论述的着眼点还是落在社会制度更迭的政治思维中。

伊格尔顿探索的脚步并没有就此停步，他发现麦克白到山穷水尽时迸发出另一种爆发力："麦克白那么严重地毁坏他自己，以至于他只能继续前行，将来的行动不可避免地越界犯法；既然他已经不能再毁坏自己了，他决心赌一赌，一旦意识到他不能赢，反而促

---

① ［德］马克思、恩格斯：《马克思恩格斯选集》第 1 卷，中共中央马克思恩格斯列宁斯大林著作编译局，人民出版社 1972 年版，第 254 页。

② Terry Eagleton，*William Shakespeare*，Oxford：Basil Blackwell Ltd.，1986，p. 6

使他产生一种新的力量，背水一战。"① 他引用刺客甲的台词："一次次的灾祸造运，使我厌倦于人世，我愿意拿我的生命去赌博，或者从此交上好运，或者了结了我的一生。"（第三幕第一场）罗斯评论苏格兰的状况时也表达了同样的感觉："最恶劣的事态总有一天告一段落，或者逐渐恢复原状。"（第四幕第二场）麦克白指望通过搏一搏，破罐子破摔，或许能时来运转。女巫的预言说他是"不会被打败的，除非……"（第四幕第一场）让他获得一种盲目的信心，把邓西嫩防守得固若金汤，披上战铠，决心"像熊一样挣扎到底"。（第五幕第七场）

伊格尔顿最后的结论是："麦克白在拒绝社会责任心的同时毁灭了自己，因为不管创造什么样的价值观念，拒绝社会责任心注定是无意义的。莎士比亚主要探索社会责任心，个人的权力驱动意味着超越一种能量的运动，这种能量在人的力量上是强大的，然而本质上是消极负面的。"② 这种超越能量的运动，就是野心驱使，超越名分。伊格尔顿别开生面地阐释了麦克白王权政治中的根本问题。

能指与所指：语言身体与政治现实

伊格尔顿对"能指"与"所指"的理解不同于索绪尔，也不同于罗兰·巴尔特。索绪尔从语言学的角度认为能指和所指是语言符号的一体两面，不可分割，"用所指和能指分别代替概念和音响形象"。③ 罗兰·巴尔特从符号学的角度认为"能指的实体始终是物质的（声音、物品、图像）"。④ 巴尔特对索绪尔的"能指/所指"

① Terence Eagleton, *Shakespeare and Society*, London: Chatto & Windus Ltd., 1967, pp. 136 – 137.

② Ibid., pp. 137 – 138.

③ ［瑞士］费尔迪南·德·索绪尔：《普通语言学教程》，高名凯译，商务印书馆 1999 年版，第 102 页。

④ ［法］罗兰·巴尔特：《符号学原理》，王东亮等译，生活·读书·新知三联书店 1999 年版，第 38 页。

概念作了进一步的阐释和延伸，巴尔特把"能指"看作是我们通过自己的感官所把握的符号的物质形式，所指是符号使用者对符号涉及对象所形成的心理概念，能指与所指的关系变成了物质与意识的关系。伊格尔顿吸收了索绪尔所指/能指图式的二元论思想，从社会学的角度来阐释，他的能指有点接近于罗兰·巴尔特，他说："符号的稳定性——每一个词有固定的位置，每一个能指（如 mark or sound）对应于它的所指（如 meaning），这是任何社会秩序的有机部分：固定的语义、共享的定义和语法规则既反映又有助于形成一个秩序井然的政治状况。"[1] 伊格尔顿把身体与语言看作是能指，是物质的，把现实和政治看成是所指，是意识形态的，这可以说是伊格尔顿的创造性贡献。伊格尔顿的马克思主义文学批评的基本思想之一就是把文学、语言与社会现实相联系。王逢振先生在翻译伊格尔顿的《当代西方文学理论》的译者序里指出"一切批评都是政治性的，实际上这是伊格尔顿最近几年来的一贯主张。他认为当前西方的文学批评过于学院化，过于强调文学的本体而严重忽视文学批评的社会作用"。[2] 那么，伊格尔顿是如何通过分析莎士比亚的作品来阐释他所理解的能指与所指的辩证关系的呢？我们以伊格尔顿在《威廉·莎士比亚》中运用结构主义的理论来分析麦克白失败的原因为例来看他的"能指"与"所指"的逻辑关系。

众所周知，麦克白篡权夺位的念想与女巫的预言密不可分，也就是说预言是语言，它所说的内容比如葛莱密斯爵士、考特爵士、君王、麦克德夫、森林、不是女人生下的孩子等等都属于"能指"，而这个"能指"对应"所指"——现实中的王权，女巫的第一次预言使麦克白力图夺取这"不合身的长袍"——国王的名分。这种

---

① Terry Eagleton, *William Shakespeare*, Oxford：Basil Blackwell Ltd. , 1986, p. 1.

② ［英］特雷·伊格尔顿：《当代西方文学理论》，王逢振译，中国社会科学出版社 1988 年版，第 6 页。

分析是常规的本义的分析。但是伊格尔顿的阐释不完全按照这种逻辑思路来展开的。

莎评史上学者对女巫在剧中的作用存在两种截然不同的看法，一种认为女巫是麦克白内心世界的外化，莎士比亚借用女巫的预言来把我们看不见、摸不着的麦克白的野心展现出来，这方面以黑格尔为代表，他说："巫婆们所预言的正是麦克白自己私心里的愿望，这个愿望只是采取这种显然外在的方式达到他的意识，让他明白。"①"女巫们其实不过是麦克白自己的顽强意志的诗的反映。"②黑格尔从唯心主义的立场怀疑女巫这一物质个体的存在。另一种认为女巫是确实存在的外在的力量，并不是莎士比亚的假想，她们推动麦克白篡权夺位，这方面以威廉·赫士列特（William Hazlitt）和加里·威尔斯（Garry Wills）为代表。赫士列特认为"超自然势力不可抗拒的压力以双倍的力量激荡着人类感情的浪潮。麦克白自己被命运的压力所驱策，像一只船在风暴中漂荡：他像个醉汉摇来摆去；他在自己意图和别人暗示的重压下摇摇晃晃；他被自己的境遇所迫而陷于困境；巫婆的指示使他沉溺于迷信的畏惧与屏息的悬望中。"③ 在此，别人的暗示、巫婆的指示就是外在推动力的标志。加里·威尔斯认为"女巫不是麦克白内心状态的外在发散"，④"不是麦克白心理组成的产物"，⑤"她们有政治色彩，巫术是背叛王权的意识形态的一部分"，⑥他把女巫称为"黑暗的势力"（Instruments of Darkness）。伊格尔顿倾向于后一种观点，而且强调女巫隐喻的政治意味。

---

① ［德］黑格尔：《美学》第 1 卷，朱光潜译，商务印书馆 1979 年版，第 294 页。

② ［德］黑格尔：《美学》第 2 卷，朱光潜译，商务印书馆 1979 年版，第 354 页。

③ 杨周翰主编，《莎士比亚评论汇编》上册，中国社会科学出版社 1985 年版，第 197 页。

④ Garry Wills, *Witches and Jesuits*：*Shakespeare's Macbeth*，Oxford：Oxford University Press, 1995, p. 37.

⑤ Ibid., p. 43.

⑥ Ibid., p. 35.

　　首先，我们还是从本义的角度来分析一下女巫的两次重要的预言在剧情中的具体意义。我们发现女巫第一次的预言采用的是完全确定性的语句，麦克白将成为葛莱密斯爵士—考特爵士—君王等等，这些都属于"能指"，而这个"能指"对应"所指"——现实中的王权。女巫的第一次预言使麦克白力图夺取"不合身的长袍"——国王的名分，而第二次的预言采用的是不确定的语句"麦克白是不会被打败的，除非……"詹姆斯·布尔曼（James Bulman）断言"女巫在这个剧中是语言不确定的来源。"[1] 正是因为第一次的三个预言都应验，导致麦克白对女巫的话深信不疑。但是麦克白犯了一个严重的错误，确定性语句中能指与所指是单一对应的，而不确定性的语句中它的能指与所指不是单一的对应，而是有无限的可能性，女巫的第二次预言的所指实际上完全违背了麦克白的意愿。大卫·约翰逊说"麦克白以他的方式（his way）来阐释女巫的预言"[2]，而这个方式当然是朝有利于他的方面去理解，即他是不会被打败的。"当麦克白权衡女巫的话之后，他显然从好的方面理解，从而落入陷阱中。"[3] 这里反映了人类的一个通病，从心理学角度说，这属于"选择性记忆"，由人趋利避害的本能所导引，人总是选取有利于自己的东西，而忽略甚至拒绝吸收不利的东西。笔者认为麦克白的错误就是情不自禁地陷入"选择性记忆"的通病之中。其实女巫真正要说的是：麦克白，你将被打败，当勃南的森林向邓西嫩方向移动，当遇上剖腹而生的麦克德夫，将是你的死期。可是，女巫没有这样直接说，而是玩文字游戏，采用模棱两可的句式，或者说女巫对人类的通病洞若观火，利用这一点来玩弄麦克

---

[1]　James Bulman, *The Heroic Idiom of Shakespearean Tragedy*, Cranbury, N. J, Associated University Press, 1985, p. 172.

[2]　David, See H. R. Coursen, *Macbeth a Guide to the Play*, Westport, Connecticut · London: Greenwood Press, 1997, p. 44.

[3]　Ibid. , p. 59.

白。因此死到临头的麦克白咬牙切齿地咒骂女巫，"愿这些欺人的魔鬼再也不要被人相信，他们用模棱两可的话愚弄我们，虽然句句应验，却完全和我们原来的期望相反。"①（第五幕第八场）其实，女巫并没有欺骗他，而是他错误地理解能指与所指，欺骗了自己。高明的莎士比亚回避平铺直叙地编织情节，而把玩"能指"与"所指"的玄妙关联，迂回曲折、故弄玄虚、制造悬念来增强戏剧性，麦克白就像落在蜘蛛网中的虫子，无法摆脱女巫之网、命运之网的操控。

其次，伊格尔顿对能指与所指进行新的阐释——身体是能指，现实政治是所指。麦克白的身体成为又一个能指符号，因为麦克白为王不符合君权神授，因此他一直没有堂而皇之的名分，于是他不停地杀戮，欲清除所有的威胁，但是适得其反，反而使他在血泊中越陷越深，伊格尔顿说"每一步都讽刺性地消解了纯粹的可能性，麦克白追逐他一直得不到的身份，他成了不停漂浮的能指，注定要追求锚一样的所指。"②麦克白努力要使自己的身份在现实政治中巩固下来，获得永久的名分，"单单做到这一步还不算什么，总要把现状巩固下来才好。"③（第三幕第一场）这个所指就是合身的长袍、正当的王位。

邓肯是身体政治的符号，在该剧意识形态术语中，麦克白杀死邓肯，也危及麦克白自己生命的物理根基，以至于弑君的行为也是一种毁灭自己身体的形式。语言——女巫多义的谜——压倒并肢解了身体，女巫的预言使麦克白的意识膨胀到一个点，它从意识的控制中分裂，把自己耗尽为空无。"当语言从现实中被割裂，'能指'

---

① ［英］威廉·莎士比亚：《莎士比亚全集》（增订本）第 6 册，朱生豪译，译林出版社 2011 年版，第 188 页。

② Terry Eagleton, *William Shakespeare*, Oxford：Basil Blackwell Ltd.，1986, p. 3.

③ ［英］威廉·莎士比亚：《莎士比亚全集》（增订本）第 6 册，朱生豪译，译林出版社 2011 年版，第 146 页。

从'所指'中被剥离，结果在意识和现实生活中出现了彻底的裂缝。麦克白最后结束于一串被打破的能指，他的身体沦为盲目的、战争的自动机器"①，他被麦克德夫砍下首级。

在伊格尔顿的眼中，身体与语言是相通的，都是能指的符号。在《麦克白》中邓肯表扬流血的军士道："你的叙述和你的伤口一样，都表现出一个战士的精神。"②（第一幕第二场）这句话很好地说明身体与语言的有机一体。关于这一点伊格尔顿在分析《理查二世》时说得更清楚，"理查二世判毛勃雷流放到国外，这是身体的放逐，而毛勃雷的回答却是'我现在只好放弃四十年来熟悉的语言——母语'"③，言下之意，身体的放逐等于语言的放逐。理查二世原来判波林勃洛克放逐十年，后来缩减掉四年，变成六年，波林勃洛克感叹道："短短一语，却是多么漫长的岁月！四个沉重的冬天和四个放纵的春季，一语就勾销了，这就是帝王一语。"④（第一幕第三场）这段台词同样说明语言与身体的密切关系，理查二世的一句话就可以使波林勃洛克身体少受四年的苦。我们看到：语言和身体的所指是政治的冲突，麦克白的身体是被编码的含义隐晦的文本，需要一个对他来说从个体整合到政治的不可分割的过程，它涉及符号的重新固定，把漂浮的"能指"复位到它们的"所指"。假如政治冲突能通过语言与身体的合理地统一而化解，那么理想的社会与幸福的个体就诞生了。

伊格尔顿认为就语言来说，所指意义（meaning）是"词语之魂"，即词语将在它们的物质形式中找到真正的体现。物质决定意

---

① Terry Eagleton, *William Shakespeare*, Oxford：Basil Blackwell Ltd. , 1986, p. 7.

② ［英］威廉·莎士比亚：《莎士比亚全集》（增订本）第 6 册，朱生豪译，译林出版社 2011 年版，第 118 页。

③ Terry Eagleton, *William Shakespeare*, Oxford：Basil Blackwell Ltd. , 1986, p. 9.

④ ［英］威廉·莎士比亚：《莎士比亚全集》（增订本）第 3 册，朱生豪译，译林出版社 2011 年版，第 504 页。

识，能指影响所指，"词语决定了现实，而不是相反"①，现实政治是意识形态。女巫的语言在剧中起引领方向的作用，甚至可以看作是指令，全剧的情节就是在她们的指令下发展的，正如《哈姆莱特》中老哈姆莱特鬼魂的语言一样，复仇的指令统御了全剧。女巫的语言引导了麦克白弑君的命运，我们可以说：没有女巫的诱惑，麦克白是不会走上篡权夺位的悲剧道路，他会继续做将军，成为人们爱戴的英雄。当语言符号把自己从物质世界分离出来时，清空所有限定的内容，那么这样的符号纯粹是空洞的、死的字母。语言只有放到现实中才有意义，这就是所指。女巫的话只有联系到现实，才显示篡权夺位的意味，否则毫无意义。我们看到麦克白从葛莱密斯爵士—考特爵士—君王一级一级地爬上去，如果女巫的话没有与现实挂钩，那么女巫的预言只是空洞的戏言，是 nothing。语言的能指与现实的所指相依相生，语言推动了人物的行动，构成这部悲剧震撼人心的力量。

伊格尔顿进一步发现麦克白在身体与语言的矛盾中被分裂了，他原来的身体遵循传统、效忠君王，可是预言刺激他的欲望，不可抑制的欲望冲动冲击着他固有的身体，他在这矛盾中被撕裂了，他的身体最终服从了语言。伊格尔顿认为女巫没有经历这样的分裂，因为她们的身体不是静态的，而是可变的，像空气一样随风飘散，她们既是物体又是非物体，模棱两可，就像语言本身变化无穷。简而言之，如果要从悲剧中奔突出来需要有一个多变的身体样式，从单一身份逃离到多重身份，就像莎士比亚《暴风雨》中的精灵爱丽儿，时而变鸟，时而变人，时而腾云驾雾，身份多变，形态多变。因此，爱丽儿不是悲剧，女巫不是悲剧。

---

① Terry Eagleton, *William Shakespeare*, Oxford：Basil Blackwell Ltd. , 1986. p. 9.

　　再次，伊格尔顿站在当下社会中进行发散式思维，他指出：像女巫般的政治无政府主义的女性易变性，瓦解毁坏了现存秩序，她们破坏了邓肯王的江山社稷。伊格尔顿以女巫作为隐喻，来说明在政治上"以万变去应付不变的资产阶级思想，在无序而随意的资本主义市场中存在着某种毁灭性倾向"；① 女巫毁灭了邓肯的社会，政治无政府主义也可以毁灭资本主义社会，这才是伊格尔顿隐喻的所指。伊格尔顿认为"女巫作为这个剧最有推动的力量栖居于无政府主义、完全模棱两可的地带，既在官方社会之内，又在社会之外"，② 她们居住在自己的世界里，又交叉在麦克白的世界中，她们是诗人、预言者和女性崇拜的信徒、激进的分裂主义者，她们指责男权的内部是空洞的喧哗和骚动，当她们跳舞、消解时，她们的语言和身体嘲笑严格的限定，用她们的舞蹈消解所得到的意义。在性别上，伊格尔顿认为女巫的颠覆性表现在女巫完全掌控着社会性别繁殖的决定权，在这个社会中，出生的方式决定了你可能自然地剥削压迫谁或听从谁，譬如麦克白输在了剖腹而产的人手里，自然分娩的人将被麦克白所杀，如小西华德，非自然分娩的人如麦克德夫将战胜麦克白。

　　女巫是一种颠覆的、破坏的力量，但是我们必须要问：她们到底代表着正义还是邪恶？如果她们颠覆的是好的社会，那么她们代表着邪恶；如果她们颠覆的是坏的社会，那么她们代表着正义。于是我们必须首先审视邓肯统治的苏格兰。从剧情来看，莎士比亚一开始就以激烈战事来渲染领土纷争的紧张气氛，邓肯授旨，麦克白与班柯作为大将平定挪威人的入侵，维护国家社稷的安全。应该说邓肯是一个爱国的国君，而且赏罚分明，惩处叛国贼，奖赏功臣。伯纳德·麦克尔罗伊（Bernard McElroy）说"女巫不是引起解构和

---

①　Terry Eagleton, *William Shakespeare*, Oxford: Basil Blackwell Ltd., 1986. p. 8.

②　Ibid., p. 3.

苦难的力的工具，女巫是享受解构和苦难的力的工具，她们用心险恶。"① 她们是破坏之力，她们所唱的"美即丑，丑即美"，旨在颠倒美丑黑白。如此看来，女巫象征着邪恶。

莎士比亚完全可以不写女巫，把麦克白杀君篡位归于纯粹是夫人以及他自身欲望的推动，那么，莎士比亚到底为什么要把女巫加进剧中呢？探究莎士比亚当时塑造女巫形象的背景，美国学者斯达利布拉斯（Peter Stallybrass）采用了新历史主义的方法分析："詹姆斯一世登台之前，在英格兰，预言、巫术、君主之间早就有联系了"，② "事实上朱厄尔主教大约在1560年布道时对伊丽莎白女王一世说'我的意思是说最近几年女巫男巫在您的王国里惊人地增长，他们潜在的危险是巨大的，他们的所为是恐怖的，他们的恶意是不可容忍的。'……主教的这段话提醒女王：他们可能是颠覆性的力量，抑制颠覆对任何政治制度来说是政权延续的手段。"③ 异曲同工的是，斯达利布拉斯与伊格尔顿都把整个《麦克白》放在政治的框架内，放在被詹姆斯一世所指示的语境中。伊格尔顿认为詹姆斯一世继位，建立了新统治，正如《麦克白》的剧终，马尔康继位，建立新统治。按照这些专家的推测，莎翁设置这样的结局是受到詹姆斯一世的指示，因此有政治意味在里面。亚瑟·麦吉（Arthur R. McGee）说"女巫是意识形态制度的客观代理"④，女巫是推翻现有制度的颠覆性力量，助推了新制度的建立。但是，笔者并不完全同意亚瑟·麦吉的观点，因为没有女巫的蛊惑和兴风作浪，马尔康王朝依然能够建立，邓肯王已经宣布王位传继给马尔康。

---

① Bernard McElroy, *Shakespeare's Mature Tragedies*, Princeton, N. J: Princeton University Press, 1973, pp. 212 – 213.

② Peter Stallybrass, " *Macbeth and Witchcraft*", See *Focus on "Macbeth"*, Edited by John Russell Brown, London: Routledge and Kegan Paul, 1982, p. 191.

③ H. R. Coursen, *Macbeth: a Guide to the Play*, Westport, Connecticut · London: Greenwood Press, 1997, p. 93.

④ Arthur R. McGee, "*Macbeth and the Furies*", Shakespeare Survey, 1966, p. 66.

伊格尔顿并没有像斯达利布拉斯采用新历史主义的方法，而是从喻义的层面对《麦克白》解析，既有后结构主义的理念，又有文化唯物主义的倾向，把文学文本这种文化样式看成物质的东西，分析文学文化的现象，着眼在于社会政体。

伊格尔顿先写《莎士比亚与社会》，后写《威廉·莎士比亚》，时隔19年，为什么伊格尔顿要再写莎士比亚的专著呢？显然，他有新的认识才会这样做。《莎士比亚与社会》是按照莎剧篇目来结构的，列了6章，第一章《特洛伊勒斯与克瑞西达》、第二章《哈姆莱特》、第三章《一报还一报》、第四章《科里奥兰纳斯》和《安东尼与克里奥佩特拉》、第五章《麦克白》、第六章《冬天的故事》和《暴风雨》，关注莎士比亚和我们时代的关系；而《威廉·莎士比亚》是按照论题（topic）来结构，语言、欲望、法律、虚无、价值、自然，论述跟这些论题相关的17部剧作，也就是说伊格尔顿更关注对这些问题的探讨，而把莎剧看作是辅助他阐释这些问题的重要依据。另外，20世纪80年代以后，随着后结构主义和后现代主义的兴盛，伊格尔顿自觉地尝试用这些理论来重新解读莎剧，对《麦克白》的解读显然带有后结构主义的影子。他说："本书对历史研究并没有直接的意义，而是政治符号学的演练，试图就在这些文本的字里行间中定位相关的历史。"① 政治符号学是符号学理论在政治学中的应用和交叉。对《麦克白》的阐释从名分的认识，到语言的能指与所指，伊格尔顿用符号学理论来分析政治问题，比如名分这一符号在王权政治中的至关重要性，比如女巫的预言在麦克白执政前后的操控作用。

综上所述，鲁宾斯坦、西格尔和伊格尔顿从文学维度深入细致

---

① Terry Eagleton, *William Shakespeare*, Oxford：Basil Blackwell Ltd. , 1986, p. ix.

地解读莎剧，并与时代相结合，探索出莎士比亚在文学和社会政治中的作用。他们明确地打出马克思主义的旗号，无论从著作的标题还是具体的论证、引证以及研究的方法上都时不时地表明马克思主义的归属。

第二编

文化维度的研究

当代英美的马克思主义莎评对传统莎学的突破显著地表现在文化维度上的拓展，这与从 20 世纪到 21 世纪的文化研究的蓬勃兴盛密切相关。笔者从幽灵诗学、女性的物质生产与文化生产、早期近代英国的经济与地理在莎剧中的表征、文化场域、莎士比亚电影产业等方面来论述，力求大致描绘出马克思主义莎评在文化领域的建树。

第 一 章

"幽灵诗学"的研究

　　幽灵（Ghost）自古以来就是一个危险又神秘的存在，它没有形体，飘忽不定，弥漫在空中，弥漫在人的周围，并且不可预知，在欧洲文学中经常被用来表达超现实的情节。到了文艺复兴时期，幽灵经由《哈姆莱特》被再一次搬上舞台，而这一次，"幽灵"通过莎士比亚的力量获得了丰满的形象和说不尽的价值。莎士比亚激起了人们对幽灵的关注，尤其是对莎士比亚式幽灵的浓厚兴趣，对老国王哈姆莱特幽灵的浓厚兴趣。马克思、德里达以及美国的两位学者皮特·斯达利布拉斯（Peter Stallybrass）和理查德·哈尔本（Richard Halpern）都相继以形象或理论的方式演绎了莎士比亚式的老哈姆莱特幽灵，从他们的不同描述和阐释中，我们能看到徘徊在马克思文本中的莎士比亚幽灵，看到"幽灵"概念从莎士比亚到马克思到德里达再到莎评学者们笔下的变迁过程。

　　如果我们能够基于莎士比亚和马克思的文本进行有力的和细致的阐述，如果我们能正确地理解并梳理出德里达在《马克思的幽灵》中、斯达利布拉斯和哈尔本在文章中对"幽灵"问题的论述，那么我们就能明白更多的马克思文本中的莎士比亚"幽灵"。因此，我们将以梳理幽灵在莎士比亚、马克思、德里达文本中的变迁作为研究的出发点，重温《马克思的幽灵》中德里达对莎士比亚和马克思文本的解构式阅读，同时结合两位美国学者的莎评文章展开对

"幽灵"问题的论述，探求"幽灵"在这一系列文本中所扮演的角色。

第一节　可见性的幽灵及其指令——莎士比亚笔下的老哈姆莱特幽灵

熟知《哈姆莱特》的人都不会忘记剧中老国王哈姆莱特的幽灵（Ghost of Hamlet's Father），老哈姆莱特的幽灵时隐时现，充满了神秘气息，老哈姆莱特幽灵的出现无疑是《哈姆莱特》中的一个重要事件，而且是整个复仇故事的起因。虽然在整部剧中老哈姆莱特的幽灵戏份并不多，出场时间也主要集中在第一幕，幽灵出场，退场，再出场，周而复始，在第三幕之后便再也寻不到老哈姆莱特幽灵的身影，但是短暂的幽灵场面丝毫不能影响老哈姆莱特幽灵在《哈姆莱特》中的重要性存在，幽灵是引发戏剧冲突的关键所在，老国王哈姆莱特的幽灵在整个故事中扮演着不可替代的角色，老国王死亡的真相、哈姆莱特和克劳狄斯之间的冲突、哈姆莱特复仇行动的实施、丹麦王国下一步的命运，都将由于幽灵的显形而拉开序幕。

老哈姆莱特的幽灵在剧本中前后主要出现了三次。

第一次出现在第一幕第一场，在这次出场之前，老国王哈姆莱特的幽灵已经连续两个夜晚出现在艾尔西诺城堡前的露台上。它穿着已故国王讨伐野心的挪威王时的战铠，用军人庄严而缓慢的步伐走过守望露台的勃那多和马西勒斯眼前，它的形貌"正像已故国王的模样"，根据上述种种迹象勃那多和马西勒斯完成了对幽灵身份的辨认。由于这一可怕怪象的不断显现，马西勒斯叫来了有学问的霍拉旭一同等待幽灵的再次显形。见证了老哈姆莱特幽灵的显形之后，尽管霍拉旭心里充满了恐怖和惊奇，但是还是开始了对幽灵的提问（"你是什么鬼怪，胆敢僭窃丹麦先王出征时的神武的雄姿，在这样深夜的时分出现？"），命令（"凭着上天的名义，我命令你说话！"）与催促（"不要走！说呀，说呀！我命令你，快说！"），这一次幽灵昂然不顾地走开了。但是当霍拉旭与马西勒斯、勃那多谈论鬼魂的出现代表了一种灾祸示警和祖国重大变故的朕兆时，幽灵又一次出现。我们无法判断老哈姆莱特的幽灵在霍拉旭与士兵谈话时究竟是离开了，还是仅仅在黑夜中隐藏起自己并注视着霍拉旭等人的言语和行动。幽灵的这一次显形似乎准备开口回答霍拉旭的疑问，不过幽灵"正要说话的时候，鸡就啼了"，"它就像一个罪犯听到了可怕的召唤似地惊跳起来"，再一次隐去不见了。

第二次是在第一幕第四场和第五场，还是在十二点之后的露台上，这一次哈姆莱特亲自见到了老国王的幽灵。老哈姆莱特幽灵的这次出现，大体上可以分为"在场"与"不在场"两种情况，所谓"在场"指的是幽灵显形，包括幽灵不断地向哈姆莱特招手示意，带领哈姆莱特避开旁人，包括第五场中老哈姆莱特的幽灵向哈姆莱特讲述发生在丹麦王国的"骇人听闻而逆天害理的罪行"，讲述自己被兄弟克劳狄斯谋杀的经过，并嘱咐哈姆莱特替自己报复被夺去生命、夺去王冠、夺去王后的三重仇恨。

> 鬼魂：我是你父亲的灵魂，……若不是因为我不能违犯禁令，泄露我的狱中的秘密，我可以告诉你一桩事，最轻微的几句话，都可以使你魂飞魄散，使你年轻的血液凝冻成冰，使你的双眼像脱了轨道的星球一样向前突出，使你的纠结的卷发根根分开，像愤怒的豪猪身上的刺毛一样森然耸立；可是这一种永恒的神秘，是不能向血肉的凡耳宣示的。听着，听着，啊，听着！要是你曾经爱过你的亲爱的父亲……你必须替他报复那逆伦惨恶的杀身的仇恨。……杀人是重大的罪恶；可是这一件

谋杀的惨案，更是最骇人听闻而逆天害理的罪行。……现在，哈姆莱特，听我说；一般人都以为我在花园里睡觉的时候，一条蛇来把我螫死，这一个虚构的死状，把丹麦全国的人都骗过了；可是你要知道，好孩子，那毒害你父亲的蛇，头上戴着王冠呢。……当我按照每天午后的惯例，在花园里睡觉的时候，你的叔父乘我不备，悄悄溜了进来，拿着一个盛着毒草汁的小瓶，把一种使人麻痹的药水注入我的耳腔之内……这样，我在睡梦之中，被一个兄弟同时夺去了我的生命、我的王冠和我的王后……可怕啊，可怕！

——《哈姆莱特》第一幕第五场

这一次幽灵的出场不再沉默不语，它一开口就讲述了一个惊人的秘密，这个秘密在现实世界中除了残忍的谋杀者克劳狄斯之外无人知晓，只能依靠老哈姆莱特的幽灵从幽灵世界将真相带回现实世界，带回给现实世界之中的儿子哈姆莱特，这也使哈姆莱特陷入了永远为幽灵保持秘密的深渊之中。在这里，来自幽灵世界的老哈姆莱特的幽灵和生活在现实世界的哈姆莱特之间存在着一种时间和空间上的错位。由于时间上的错位，幽灵不仅能够详细地讲述过去发生的谋杀事件，也能知晓丹麦国内当下的具体情况，"那毒害你父亲的蛇，头上戴着王冠呢"，"他有的是过人的诡诈，天赋的奸恶，凭着他的阴险的手段，诱惑了我的外表上似乎非常贞淑的王后，满足他的无耻的兽欲"，老哈姆莱特的幽灵衔接了过去和现在之间的缝隙。作为秘密的持有者之一，同时又不能违犯地狱中的禁令，它只能将秘密告知哈姆莱特一人，在讲述的过程中老哈姆莱特的幽灵不断地催促哈姆莱特认真聆听他的言语——

鬼魂：听我说。

……

鬼魂：不要可怜我，你只要留心听着我要告诉你的话。

……

鬼魂：你听了之后，也自然要替我报仇。

……

鬼魂：……听着，听着，啊，听着！要是你曾经爱过你的父亲……你必须替他报复那逆伦惨恶的杀身的仇恨。

——《哈姆莱特》第一幕第五场

所谓幽灵的"不在场"就是隐形，指的是老哈姆莱特的幽灵没有出现在哈姆莱特面前，却在地下发出了声音和指令，因此才有了哈姆莱特将幽灵比作老鼹鼠这一著名的比喻。

鬼魂：（在下）宣誓！

哈姆莱特：啊哈！孩儿！你也这样说吗？你在那儿吗，好家伙？来：你们不听见这个地下的人怎么说吗？宣誓吧。

……

哈姆莱特：永不向人提起你们所看见的这一切。把手按在我的剑上宣誓。

鬼魂：（在下）宣誓！

哈姆莱特："说哪里，到哪里"吗？那么我们换一个地方。过来朋友们。把你们的手按在我的剑上，宣誓永不向人提起你们所听见的这件事。

鬼魂：（在下）宣誓！

哈姆莱特：说得好，老鼹鼠！你能够在地底下钻得这么快吗？好一个开路先锋！好朋友们，我们再来换一个地方。

……

鬼魂：（在下）宣誓！（二人宣誓）

哈姆莱特：安息吧，安息吧，受难的灵魂！好，朋友们，我以满怀的热情，信赖你们两位；要是在哈姆莱特的微弱的能力以内，能够有可以向你们表示他的友情之处，上帝在上，我一定不会有负你们。让我们一同进去；请你们记着无论在什么时候都要守口如瓶。这是一个颠倒混乱的时代，唉，倒霉的我却要负起重整乾坤的责任！来，我们一块儿去吧。（同下）

——《哈姆莱特》第一幕第五场

在起誓的时刻，在哈姆莱特要求霍拉旭和马西勒斯共同宣誓保守有关老哈姆莱特幽灵出现的秘密的时刻，老哈姆莱特的幽灵不止一次地从地下或舞台下发誓，显示了老哈姆莱特的幽灵与现实世界之间关于空间的错位。老哈姆莱特的幽灵来自地下并且还要回归地下，它在现实世界和地下一次又一次地返回，在"在场"和"不在场"之间重复自身、隐藏自身，纵使清晨到来，老哈姆莱特的幽灵还是可以对现实世界中的哈姆莱特等人投射注视的目光，无论哈姆莱特换到什么地方宣誓，都无法阻挡老哈姆莱特幽灵的跟随，哈姆莱特意识到这一点后，贴切地将来自地下的这种跟随的幽灵形容为地底下钻得最快的老鼹鼠。

我们看到，哈姆莱特的父亲并不是作为令人欢欣鼓舞的幽灵回归的，他萦绕在哈姆莱特的周围，不停地离去，又猝不及防地返回，他强加给他的儿子一系列指令，"你听了之后，也自然要替我报仇"，"要是你曾经爱过你的亲爱的父亲……你必须替他报复那逆伦惨恶的杀身的仇恨"，"要是你有天性之情，不要默尔而息，不要让丹麦的御寝变成了藏奸养逆的卧榻"，并提醒他不要忘记替自己复仇。对待父亲的幽灵所发出的指令，哈姆莱特成了这一指令的继承者，他必须承担他的责任。"记着你！是的，我要从我的记忆的碑版上，拭去一切琐碎愚蠢的记录、一切书本上的格言、一切陈言套语、一切过去的印象、我的少年的阅历所留下的痕迹，只让你的命令留在我的脑筋的书卷里，不掺杂一些下贱的废料；是的，上天为我作证！"（第一幕第五场）而且老哈姆莱特已故国王的身份，还使得这一复仇指令突破了个人范畴，不可逃避地具有了重整丹麦王国和修复时代脱节的意义。

由此，哈姆莱特随着已故国王的重新返回开始了一系列思考，也开始了他的复仇计划和行动。虽然哈姆莱特通过幽灵的形貌以及幽灵的话语"我是你父亲的灵魂（I am thy father's spirit）"，完成了对幽灵身份的辨认，但是他对幽灵依然存有怀疑，"幽灵也许是魔鬼的化身""要把我引诱到沉沦的路上"，他选择在得到切实证据之后，再采取其他行动。

第三次出现是在第三幕第四场的王后寝宫，当哈姆莱特严厉地责怪母亲的不贞时，幽灵再一次出现，哈姆莱特这样形容幽灵的这次出现："他！他！您瞧，他的脸色多么惨淡！看见了他这一种形状，要是再知道他所负的沉冤，即使石块也会感动的。"而幽灵则又一次叮咛哈姆莱特，"不要忘记。我现在是来磨砺你的快要蹉跎下去的决心。可是瞧！你的母亲那副惊愕的表情。啊，快去安慰安慰她的正在交战中的灵魂吧！最软弱的人最容易受幻想的激动。去对她说话，哈姆莱特"。幽灵的这次显形只对着哈姆莱特一人，王后并没有看到幽灵出现，没有看到幽灵穿着生前的衣服从门口走出，也没有听到幽灵对哈姆莱特的嘱咐，在王后看来哈姆莱特把眼睛视着虚无，向空中喃喃说话，这一切都是哈姆莱特发疯的表现。幽灵的随时出现和无处不在的目光，无一不是对复仇一事的提醒，这使哈姆莱特身心俱疲。

哈姆莱特：您不是来责备您的儿子不该消磨时间和热情，

把您煌煌的命令搁在一旁，耽误了应该做的大事吗？啊，说吧！

——《哈姆莱特》第三幕第四场

在复仇大业没有完成之前，父亲的幽灵将会一直萦绕下去，永久困扰哈姆莱特的精神，以在场或不在场的方式督促并刺激哈姆莱特尽早完成指令的内容。

在《哈姆莱特》中老哈姆莱特的幽灵不只单纯起到烘托气氛或者吸引观众的作用，它还是作品的有机组成部分，克劳狄斯杀兄罪行的先行存在，才有了幽灵的出场，正是幽灵向哈姆莱特讲述了克劳狄斯的不为人知的罪恶，才会有这出悲剧。另外，莎士比亚安排老哈姆莱特的幽灵在脱节的时代归来，赋予幽灵以超越普通鬼魂的特性和价值。

莎士比亚的剧作中幽灵（Ghosts）可以说是频频出现，除了《哈姆莱特》之外，《理查三世》《裘里斯·凯撒》《麦克白》《冬天的故事》《辛白林》中都有幽灵的戏份，这些幽灵在戏剧中扮演着严肃而重要的角色，它们是已死之人的幻影，是幻影的神秘显形，大都是传统观念中的正面人物，通常是被谋杀或被迫害的冤魂，幽灵或幽灵们的显现始终带有某种目的。我们可以将《哈姆莱特》中老哈姆莱特幽灵与莎士比亚笔下其他幽灵形象进行一下对比，以揭示老哈姆莱特幽灵的特点。

幽灵最早出现在莎士比亚的历史剧《理查三世》中。在波士华斯（Bosworth）战场寒冷刺骨的夜晚，理查王和里士满纷纷入睡之后，被理查王杀死的人们在两个营帐之间缓缓升起，开始了它们的讲述。亨利六世之子爱德华亲王的幽灵，亨利六世的幽灵，克莱伦斯的幽灵，利佛斯、葛雷及伏根的幽灵，海司丁斯的幽灵，两王子的幽灵，安夫人的幽灵，勃金汉的幽灵，一个接一个地出现，它们对理查王的血腥暴行和阴谋残害进行了申诉，并重复强调理查王将会从骄横的高峰上坠落，将会在第二天的战场上绝望而死，对里士满它们则纷纷送上了赞美的言辞和战争胜利的祝福。众幽灵散去之后，舞台场面由梦境重新回归到现实，理查王从噩梦中惊醒，里士满在美梦中平静的苏醒，他们各自醒来后这样描述了他们的梦境：

> 理查王：我似乎看到我所杀死的人们都来我帐中显灵；一个个威吓着明天要在我理查头上报仇。……有使徒保罗为证，这一夜的浮影惊动了我理查的魂魄，胜于上万个里士满手下的戎装铁甲的兵卒。
>
> 里士满：你们辞退后，我的大人们，我就觉得困倦，不觉进入了最甜蜜的、最吉祥的梦境。我似乎看见理查所杀害的人们都来到我帐中显灵，欢呼着胜利；说真话，那样的美梦我回想起来真叫我心里十分欢乐。
>
> ——《理查三世》第五幕第三场

可见，幽灵虽然同时出现在理查王和里士满的梦境中，却显现出了不同的形态，理查王梦中的幽灵形象令人恐惧战栗，而里士满梦中的幽灵却是祥和的和欢欣鼓舞的。

这些幽灵有秩序地排列登场，依次来到理查王和里士满的帐前，虽然规模庞大，但是它们的影响范围较小，只是对睡梦中的两位主要将领造成了或惊恐或鼓励的印象。老哈姆莱特的幽灵则不同，它出现在清醒的现实世界，马西勒斯、勃那多、霍拉旭、哈姆莱特都是幽灵显形的见证人，幽灵的出现激发了人物的下一步行动，影响着整个剧情的发展方向，首先是勃那多和马西勒斯找来了有学问的霍拉旭，然后是霍拉旭将幽灵的确实出现告诉了丹麦王子哈姆莱特，哈姆莱特听了幽灵的讲述之后，一步步实施了装疯、安排戏中戏、调包计、最终完成对国王克劳狄斯的复仇等一系列行动。如果没有老哈姆莱特幽灵的出场，克劳狄斯的罪恶也许永远不会被发现，王子哈姆莱特将继续因为父亲的死亡和母亲的改嫁阴郁下去，幽灵有力地改变了现实世界的进展。

在《裘里斯·凯撒》中，首先是凯撒遇刺前的夜晚，雷电交作，狂风暴雨，街上出现了来来去去的鬼魂们，凯尔弗妮娅这样向凯撒转述巡夜的人看到的景象："……坟墓裂开了口，放鬼魂出来；凶猛的骑士在云端里列队交战，他们的血洒到了圣庙的屋上；战斗的声音在空中震响，人们听见马的嘶鸣、濒死者的呻吟，还有在街道上悲号的鬼魂。"（《裘里斯·凯撒》第二幕第二场）。鬼魂的出现预示着重大变故将要出现，有趣的是，在《哈姆莱特》中霍拉旭也提到了凯撒遇害前的幽灵出没的场景："从前在富强繁盛的罗马，在那雄才大略的裘里斯·凯撒遇害以前不久，披着殓衾的死人都从坟墓里出来，在街道上啾啾鬼语，星辰拖着火尾，露水带血……"（《哈姆莱特》第一幕第一场）并指出在老国王哈姆莱特的幽灵出现之前，这些预报重大变故的征兆已经在丹麦国内屡次出现了，而老哈姆莱特的这次出现具有同样的预兆作用。而且由于预兆变故的幽灵是已故国王气宇轩昂的幽灵，而不是普通的满街悲号的鬼魂，幽灵被赋予了新的期望，霍拉旭进一步说道"要是你预知祖国的命运，靠着你的指示，也许可以及时避免未来的灾祸"（《哈姆莱特》第一幕第一场），期望幽灵凭着国王的身份给出避免国家灾祸的指示。

其次，在《裘里斯·凯撒》中莎士比亚让被勃鲁托斯刺杀而死的凯撒幽灵出现在勃鲁托斯面前，预先告诉勃鲁托斯他将死于腓利比：

凯撒幽灵上。

　　勃鲁托斯：这蜡烛的光怎么这样暗！嘿！谁来啦？我想我的眼睛有点昏花，所以会看见鬼怪。它走近我的身边来了。你是什么东西？你是神呢，天使呢，还是魔鬼，吓得我浑身冷汗，头发直竖？对我说你是什么。

　　幽灵：你的冤魂，勃鲁托斯。

　　勃鲁托斯：你来干什么？

　　幽灵：我来告诉你，你将在腓利比看见我。

　　勃鲁托斯：好，那么我将要再看见你吗？

　　幽灵：是的，在腓利比。

　　勃鲁托斯：好，那么我们在腓利比再见。（幽灵隐去）我刚鼓起一些勇气，你又不见了；冤魂，我还要跟你谈话……

　　　　　　　　　　　　　　——《裘里斯·凯撒》第四幕第三场

　　战场和营帐是幽灵经常出现的场所，死沉沉的寂静的夜晚是幽灵经常出现的时间，凯撒幽灵的出现和《理查三世》中众幽灵的出现一样，都是死者向生者预言战争的结果。有所区别的是，凯撒的幽灵出现之前，勃鲁托斯已经准备入睡，他的随从路歇斯为他弹奏了一支乐曲，不过乐曲还没有结束路歇斯就已经昏昏睡去，勃鲁托斯轻轻拿走了他手中的乐器之后，拿出了一本看到一半的书打算继续阅读。凯撒的幽灵隐去之后，勃鲁托斯叫醒了他帐中的随从们，问他们是否在梦中见到了什么或听到了什么，勃鲁托斯想借助其他人来判断凯撒的幽灵究竟是他梦中的幻象还是切切实实出现在现实场景中，很显然，无论是幽灵来之前还是幽灵隐去之后，勃鲁托斯都处于非睡眠状态，勃鲁托斯是在清醒的状态下看到凯撒的幽灵并和凯撒的幽灵进行对话的。而且根据勃鲁托斯在最后一场的台词，我们得知凯撒的幽灵不止一次向勃鲁托斯出现过，在腓利比战场上凯撒幽灵似乎又一次向着勃鲁托斯现身过。凯撒幽灵的返回完成了萨狄斯夜晚的预言，"你将在腓利比看见我"。

> 勃鲁托斯：是这样的，伏伦涅斯。凯撒的鬼魂曾经两次在
> 夜里向我出现，一次在萨狄斯，一次就是昨天晚上，在这儿腓
> 利比的战场上。我知道我的末日已经到了。
>
> ——《裘里斯·凯撒》第五幕第五场

不同于《理查三世》《裘里斯·凯撒》《哈姆莱特》剧中负责
预言人物命运或传递信息的幽灵或幽灵们，《麦克白》中班柯的幽
灵是从麦克白内心的恐惧中萌发出来的，是一种幻觉鬼，并不具有
上述功能。① 《麦克白》第三幕宴会一场班柯的幽灵两次出现，都
只有麦克白一人看到。在麦克白面前显现的班柯幽灵没有以"粗暴
的俄罗斯大熊""披甲的犀牛"或"舞爪的猛虎"的形状出现，也
没有采取拿起剑向麦克白复仇的行动，班柯的幽灵摇着染着血的头
发，一声不发，仿佛刚从坟墓中走回人世，像是可怕虚幻的影子一
样追随着麦克白，正是这种虚幻和死亡气氛的笼罩吓坏了麦克白。
而且这一幕的台词很清晰地告诉我们，班柯的幽灵从未开口说话，
短暂地出现又迅速地消失，麦克白的表现更多地像是在对着自己幻
想的鬼魂自言自语，像麦克白夫人说的那样，"这不过是你的恐惧
所描绘出来的一幅图画；正像你所说的那柄引导你去行刺邓肯的空
中的匕首一样"，麦克白自己也承认"我的疑神疑鬼、出乖露丑，
都是因为未经历练、心怀恐惧的缘故"，班柯的鬼魂不过是麦克白
头脑中产生的幻象。

《冬天的故事》和《辛白林》中登场的幽灵和老哈姆莱特的幽
灵一样都在剧中提出了自己的要求，由于幽灵身份的不同和幽灵要

---

① 曹萍：《莎剧中的鬼魂研究》，载《阜阳师范学院学报》2000 年第 6 期。

求对象的不同，这些来自幽灵的要求显现出了不一样的特征。

在《冬天的故事》中，王后赫米温妮的幽灵在夜晚显形，请求安提哥纳斯将孩子丢在波希米亚，并嘱咐安提哥纳斯给孩子取名潘狄塔。安提哥纳斯详细地描述了他所看到的幽灵场景。

> 安提哥纳斯：我听人家说死人的灵魂会出现，可是却不敢相信；要真有那回事，那么昨晚一定是你的母亲向我出现了，梦境从来没有那样清楚的。我看见一个人向我走来，她的头有时侧在这一边，有时侧在那一边；我从来不曾见过一个满面愁容的人有这样庄严的妙相。她穿着一身洁白的袍服，像个神圣似地走到了我的船舱中，向我鞠躬三次，非常吃力地想说几句话；她的眼睛像一对喷泉。她痛哭一阵之后，便说了这几句话："善良的安提哥纳斯，命运和你的良心作对，使你成为抛弃我的可怜的孩子的人；按照你所发的誓，你要把她丢在一个辽远的地方，波希米亚正是那地方，到那边去，让她自个儿哭泣吧。因为那孩子已经被认为永远遗失的了，我请你给她取名潘狄塔。你奉了我丈夫的命令做了这件残酷的事，你将永远再见不到你的妻子宝丽娜了。"这样说了以后，便尖叫几声，消失不见了。我吓得不得了，立刻定了定心，觉得这是实在的事，不是睡着做梦。
>
> ——《冬天的故事》第三幕第三场

据安提哥纳斯所说，他那晚看到赫米温妮是死人的鬼魂，他不认为那是一场梦，而是实在发生的事情。不过，看过《冬天的故事》结尾的人都知道，赫米温妮并没有真正死亡，她相信宝丽娜所说的神谕，一直等着和女儿的相见，而且从最后一场赫米温妮和女儿潘狄塔的对话来看，赫米温妮并不知道女儿是如何获救，是在什么地方过活的，这与赫米温妮的幽灵指示安提哥纳斯将孩子丢在遥远的波希米亚相矛盾。所以这是一个存疑的幽灵形象，我们无从知晓安提哥纳斯所见的是否为赫米温妮的幽灵，安提哥纳斯遇到的所谓幽灵更像是一种神谕，一种假借赫米温妮幽灵之口发出的神谕。特别是在赫米温妮的幽灵消失之前，幽灵还预示安提哥纳斯"你奉了我丈夫的命令做了这件残酷的事，你将永远见不到你的妻子宝丽娜了"，随后不久安提哥纳斯就被一头大熊生吞活剥了。

赫米温妮的幽灵一开始是庄严神圣的，她因为女儿的被抛弃而愁苦流泪，在对安提哥纳斯讲述完自己的要求之后，悲痛的幽灵忽然转向惊悚恐怖，尖叫了几声（with a shriek）再消失不见，幽灵的尖叫带给安提哥纳斯的惊吓和老哈姆莱特的幽灵所呈现出可怕的景象，明显属于两种不同的恐怖①。

涉及幽灵要求的还有《辛白林》中的幽灵形象。波塞摩斯以为妻子伊摩琴已死，为了拔除自己的罪孽，他主动被俘，在监狱中要求神明拿走他的生命。此时波塞摩斯之父、波塞摩斯之母的幽灵，以及波塞摩斯战死的两个哥哥的幽灵相继在波塞摩斯熟睡后出现。他们质问朱庇特为何让一个意气才情无双的人遭受到如此多的不幸，并请求朱庇特伸出援手，拯救波塞摩斯，由此引出了朱庇特的神谕"你们的爱子他灾星将满，无限幸运展开在他眼前"，朱庇特满足了它们的要求之后，众幽灵才纷纷隐去。

老国王哈姆莱特的幽灵对哈姆莱特发出的是要求，是神谕般的指示，它对哈姆莱特说"听着，听着，啊，听着！要是你曾经爱过你的父亲……你必须替他报复那逆伦惨恶的杀身的仇恨"，（第一幕第五场）它在宣誓的时刻反复出现，催促哈姆莱特宣誓报仇，老国王哈姆莱特的幽灵发出的是一种指令，是复仇的指令，是重整丹麦

---

① See Kristian Smidt, "*Spirits, Ghosts and Gods in Shakespeare*", *English Studies*, Sep. 96, Vol. 77, Issue 5.

社会秩序的指令。

　　通过与莎士比亚笔下其他幽灵形象进行对比参照，老哈姆莱特幽灵的特点就更加凸显出来了。老哈姆莱特幽灵和其他的幽灵一样出现在漆黑寂静的夜晚，但它不是梦中的幽灵，也不是头脑中幻想出来的幽灵，而是行走在现实世界的真实幽灵，是一种具有可见性的存在，他显形于哈姆莱特、霍拉旭与士兵们的面前。老哈姆莱特幽灵的出现和其他幽灵一样预兆着即将出现重大变故，克劳狄斯毒死了自己的亲兄弟，破坏了丹麦王国原有的秩序，整个丹麦王国陷入了一片恶的阴影之中，不过不同于其他被谋杀的幽灵，他没有向杀死他的克劳狄斯显形，预示克劳狄斯死亡的来临，而是向既是儿子又是丹麦王子的哈姆莱特显形，向哈姆莱特传递了自己被谋杀的信息，并且发出了幽灵的指令。和其他幽灵形象相比，老哈姆莱特的幽灵具有更多的话语权力和行动权力，老哈姆莱特幽灵与其他幽灵的另一区别在于：“莎士比亚剧中所有的幽灵，只有哈姆莱特父亲的幽灵得以自由来去（comes and goes），包括凯撒、班柯、勃金汉、海司丁斯等其他的幽灵都不能自由来去（comes and goes），而只是在梦中或是超自然现象中出现和隐去（appear and disappear）。”[1] 这赋予了老哈姆莱特的幽灵两大特征，一是老哈姆莱特的幽灵来去匆匆，却又似乎一直就在哈姆莱特身边不远处，注视着哈姆莱特的一举一动。二是老哈姆莱特的幽灵在脱节的时代里身负重任，它不仅仅预兆着重大的变故，也不仅是起到传递信息的作用，它还发出指令的声音，作为父亲，它对哈姆莱特发出了复仇的指令，作为丹麦国王，它对哈姆莱特发出了重整乾坤的指令。

　　老哈姆莱特的幽灵是归来的幽灵，故事从等待它的再次显形而开始；老哈姆莱特的幽灵和生活在现实世界的哈姆莱特之间存在着

---

[1]　M. D. Faber, "*Shakespeare's Ghosts*", *American Notes & Queries*, May 67, Vol. 5, Issue 9, p. 132.

时间和空间上的错位，幽灵连接了过去和现在，而且时隐时现，不可预知；老哈姆莱特的幽灵在脱节的时代归来，对哈姆莱特发出了指令；老哈姆莱特的幽灵在哈姆莱特完成宣誓、完成指令之前，都将萦绕不散。从幽灵角度来阅读《哈姆莱特》这个剧本，不仅可以使我们认识到莎士比亚赋予老哈姆莱特幽灵角色的特性，而且还可以帮助我们理解马克思笔下的幽灵。

第二节　比喻性的"幽灵"——马克思 笔下的幽灵

马克思对幽灵存有一种特别的痴迷，它们在马克思那里被用来表述革命，表述脱节的颠倒的时代，表述货币和金钱的幻影性和迷惑性，表述交换价值的不可见性与显形等等。"马克思文本中幽灵比比皆是：《共产党宣言》以共产主义幽灵开篇；《德意志意识形态》批施蒂纳被幽灵附体；《路易·波拿巴的雾月十八日》批 1848年的法国革命者被死人梦魇压得喘不过气来，只能在幽灵出没之所苟且于一种下降路线的革命；《资本论》批商品拜物教，说是木桌因为受到交换价值的幽灵附体而自动起舞。"① "幽灵"在马克思的文本中总是具有一种渗透进事物本质的能力，马克思笔下的幽灵作为一种独特的表述话语仿佛是万能的，我们必须对马克思文本中关于幽灵的独特表达有所认识。

莎士比亚笔下的人物角色为马克思提供了丰富的形象论据，莎士比亚笔下的老哈姆莱特幽灵同样如此。一开始我们就要明白，马克思文本中比比皆是的"幽灵"是建立在莎士比亚的"幽灵"基础之上的，是建立在众所周知的老国王哈姆莱特的幽灵之上的，是

---

① 王金林：《幽灵出没的激进批判与解放允诺——德里达论马克思与马克思主义》，载《苏州大学学报》2011 年第 1 期。

一种诗意化了的幽灵。马丁·哈里斯（Martin Harries）、皮特·斯达利布拉斯（Peter Stallybrass）、雅克·德里达（Jacques Derrida）等学者都相继发现了马克思文本中的"幽灵"与莎士比亚的关联。哈里斯在《对莎士比亚骇人意象的引用：马克思、凯恩斯和艺术语言》（Scare Quotes from Shakespeare: Marx, Keynes, and the Language of Reenchantment）中指出莎士比亚对超自然事物的描写，为马克思提供了特定的表述方式，详细分析了《路易·波拿巴的雾月十八日》中马克思对莎士比亚《哈姆莱特》剧中场景和幽灵形象的引用，提到了马克思在《德意志意识形态》中对黑格尔等幽灵的指认，认为《哈姆莱特》为马克思提供了一个"德意志思想界背后的幽灵"这一思考线索①；斯达利布拉斯同样致力于《路易·波拿巴的雾月十八日》与莎士比亚"幽灵"的分析，还挖掘出了《马克思在〈人民报〉创刊纪念会上的演说》中革命是哈姆莱特父亲幽灵的表达；德里达在《马克思的幽灵》中不只追溯了《哈姆莱特》与《路易·波拿巴的雾月十八日》的关联，思考了马克思在《共产党宣言》的开头对"共产主义的幽灵游荡在欧洲上空"的表述，还追溯了在《德意志意识形态》第三部分中对幽灵的修辞和《资本论》第一卷中论述商品的章节，向我们讲述了这些文本中的"幽灵"与莎士比亚的关联。

可见，将马克思文本中出现的"幽灵"和莎士比亚联系起来是可以得到很多教益的，可以阐明莎士比亚的"幽灵"是如何激发了马克思观察政治动态，建立革命理论和揭露资本主义世界的灵感。

马克思细细地咀嚼了《哈姆莱特》的开头，即老哈姆莱特幽灵的回归。马克思当然不会忽略这一有意义的归来，《共产党宣言》《路易·波拿巴的雾月十八日》都对幽灵的回归进行了进一步的

---

① See Martin Harries, Scare Quotes from Shakespeare: Marx, Keynes, and the Language of Reenchantment, Stanford: Stanford University Press, 2000.

思考。

众所周知，马克思和恩格斯的《共产党宣言》的开头是这样的："Ein Gespenst geht um in Europa—das Gespenst des Kommunismus"①（译文：一个幽灵，共产主义的幽灵，在欧洲游荡。）② 这句话曾无数次令欧洲的资产阶级势力瑟瑟发抖，马克思一开始就借用资产阶级把共产主义比作"幽灵"的说法，将共产主义形容为游荡在欧洲上空的幽灵，为《共产党宣言》设置了极具戏剧性的开场。像《马克思和世界文学》的著者柏拉威尔观察到的那样，"它（《共产党宣言》）从一开头就充满了可以正当地称为'文学上的'形象化的比喻的东西：从口头和书写的文学，从出版物，从舞台演出中取得的比喻和形象。那著名的开端语宣称'一个幽灵……在欧洲徘徊'。"③ 和《哈姆莱特》一样，《共产党宣言》也是由"幽灵"出现开始的，而且在马克思写作《共产党宣言》之前，共产主义的幽灵就已经反复出没在欧洲的上空，如同老哈姆莱特的幽灵一开始就附体于丹麦的艾尔西诺城堡，一切即将由于"幽灵"的显形而拉开序幕。

幽灵的威胁力量来自一种无休止的徘徊，老哈姆莱特的幽灵不断出场—退场—再出场，看似安然的丹麦王国由于幽灵的出现充满了诡异色彩，共产主义的幽灵一直在欧洲的上空徘徊，被旧势力污蔑打击和武力镇压之后依然会涌起一波又一波的工人运动。幽灵无

---

① 《共产党宣言》是马克思和恩格斯为共产主义者同盟起草的党纲，于 1848 年用德文写成，此处引用为德文版本。而最常见的英文版本则是 "A spectre is haunting Europe—the spectre of communism"。

② 关于《共产党宣言》第一句话的中文译法多达 9 种，Gespenst 一词被译为怪物，巨影，怪影，魔怪，幽灵等等，不同的译文只是译者的理解和表达问题，哪种更好也是见仁见智，详细论述可以参见王学东：《〈共产党宣言〉第一句话的几种译法》，《北京日报》2009 年 6 月 15 日。本文依照的是〔德〕马克思、恩格斯：《共产党宣言》，载《马克思恩格斯文集》第 2 卷，中共中央马克思恩格斯列宁斯大林编译局编译，人民出版社 2009 年版，第 30 页。

③ 〔英〕柏拉威尔：《马克思和世界文学》，梅绍武译，生活·读书·新知三联书店 1980 年版，第 184 页。

所不在，并可能随时显现。"为了对这个幽灵进行神圣的围剿，旧欧洲的一切势力，教皇和沙皇、梅特涅和基佐、法国的激进派和德国的警察，都联合起来了。"① 共产主义幽灵那令人害怕的徘徊，就像驱之不散的幽灵，使得欧洲的一切旧势力惶惶不安，陷入恐怖，准备联合起来对具有威胁力的幽灵展开驱逐。

马克思和恩格斯进一步论述道："从这一事实中可以得出两个结论：共产主义已经被欧洲的一切势力公认为一种势力；现在是共产党人向全世界公开说明自己的观点、自己的目的、自己的意图并且拿党自己的宣言来反驳关于共产主义幽灵的神话的时候了。"② 共产主义者已经逐步成长为新的政治力量，被资产阶级污蔑为幽灵形态的共产主义者们，最终将用自己的《宣言》登上历史的舞台。

与老国王的幽灵由于复仇要求的归来相比，《共产党宣言》中的共产主义幽灵更像是马克思召唤而来的，德里达在《马克思的幽灵》中指出，"《共产党宣言》似乎刚一开始就在召唤或召集那沉默的鬼魂的第一次到来和那不会作答的灵魂的显形，马克思想让他们出现在当时还是旧欧洲的艾尔西诺的舞台上"③。因此同样是幽灵的显形，但是两种幽灵显形的含义有着根本的区别，老国王的幽灵是为了向哈姆莱特发出指令而主动显形的，它最终在复仇的进行中自行离去；《共产党宣言》中的共产主义幽灵经历描绘、施行、陈述、实践等步骤，共产主义幽灵最终将成为事实，并显现形态，实现幽灵真正的显现。全世界的共产党或者共产主义都将是共产主义幽灵的最终化身和实际在场，只有当这幽灵成为社会真实，我们才到达了幽灵的终结点。

---

① ［德］马克思、恩格斯：《共产党宣言》，载《马克思恩格斯文集》第 2 卷，中共中央马克思恩格斯列宁斯大林编译局编译，人民出版社 2009 年版，第 30 页。

② 同上。

③ ［法］雅克·德里达：《马克思的幽灵：债务国家、哀悼活动和新国际》，何一译，中国人民大学出版社 1999 年版，第 17—18 页。

关于回归的幽灵的论述，还有马克思的《路易·波拿巴的雾月十八日》，马克思在这篇文章中对幽灵的回归进行了令人钦佩的分析。在莎士比亚那里"回归"和"归来"更多的是指向权力主人归来，比如《一报还一报》中的公爵，《暴风雨》中的普洛斯彼罗，当然也包括老国王哈姆莱特幽灵的归来。在莎士比亚笔下他们在一个混乱失调的时代中归来，他们的出现是适时的，在时代最需要他们的时候他们才得以归来，他们的归来是为了重建世界原有的秩序，在谴责对历史的逆转的同时，恢复世界正确的运作规则，矫正恶势力的侵权行为。

《路易·波拿巴的雾月十八日》中的幽灵同样如此。在文章一开头，马克思就提到了世界历史上的一系列召唤亡灵的行动。亡灵虽然已死，但是仍然代表着既定的权威，代表着需要后人加以继承的传统，人们在从事革命的时候总不能摆脱对英雄人物亡灵的追念。"一切已死的先辈们的传统，像梦魇一样纠缠着活人的头脑。当人们好像刚好在忙于改造自己和周围事物并创造前所未闻的事物时，恰好在这种革命危机时代，他们战战兢兢地请出亡灵来为他们效劳，借用它们的名字、战斗口号和衣服，以便穿着这种久受崇敬的服装，用这种借来的语言，演出世界历史的新的一幕。"① 正是已死先辈幽灵的回归才使革命的话语成为可能，才使革命运动成为可能。

但是 1848 年的革命和历史上那些召唤亡灵的行动之间有着显著的差别，马克思把过去的资产阶级革命与 1848 年的革命进行了对照，指出克伦威尔等人的英雄的资产阶级革命是为了破除旧有的制度，创建新的社会形态，一旦革命的既定任务完成，原有的召唤出来的幽灵马上就被资产阶级真正的统帅所代替，而 1848 年的革

---

① ［德］马克思：《路易·波拿巴的雾月十八日》，载《马克思恩格斯文集》第 2 卷，中共中央马克思恩格斯列宁斯大林编译局编译，人民出版社 2009 年版，第 471 页。

命只是拙劣地模仿了旧的革命，非但没有推动国家民族向前运动，反倒将整个民族拖向了古老的形式，拖向了已经死灭的时代，马克思一针见血地指出，波拿巴 1848 年的反动政变是一场彻头彻尾的闹剧，是对 18 世纪拿破仑雾月政变的一种滑稽的下降的重复。

由此可见，在这些革命中，使死人复生是为了赞美新的斗争，而不是为了拙劣地模仿旧的斗争；是为了在想象中夸大某一任务，而不是为了回避在现实中解决这个任务；是为了再度找到革命的精神，而不是为了让革命的幽灵重行游荡。

在 1848—1851 年，只有旧革命的幽灵在游荡，从改穿了老巴伊的服装的戴黄手套的共和党人马拉斯特，到用拿破仑的死人铁面型把自己的鄙陋可厌的面貌掩盖起来的冒险家。自以为借助革命加速了自己的前进运动的整个民族，忽然发现自己被拖回到一个早已死亡的时代；而为了不致对倒退产生错觉，于是就使那些早已成为古董的旧的日期、旧的纪年、旧的名称、旧的赦令以及好像早已腐朽的旧宪兵复活起来。①

历史成了幽灵徘徊不去的场所，幽灵对历史造成了侵扰。马克思在讽刺波拿巴借用旧的革命来演出世界新场面的同时，进一步指出这种波拿巴的行为是革命的倒退："民主派又全靠资产阶级共和派双肩的支持。资产阶级共和派刚刚感到自己站稳脚跟，就把这个麻烦的伙伴抛弃，自己又去依靠秩序党双肩的支持。但秩序党耸了耸肩膀，抛开资产阶级共和派，自己赶忙站到武装力量的双肩上去；它还一直以为它是坐在武装力量的肩膀上，却忽然有一天发现肩膀变成了刺刀。每个党派都向后踢那挤着它向前的党派，并向前伏在挤着它后退的党派身上。无怪乎它们在这样可笑的姿势中失去平衡，并且装出一副无可奈何的鬼脸，奇怪地跳几下，就倒下去

---

① ［德］马克思：《路易·波拿巴的雾月十八日》，载《马克思恩格斯文集》第 2 卷，中共中央马克思恩格斯列宁斯大林编译局编译，人民出版社 2009 年版，第 472 页。

了。革命就这样沿着下降的路线行进。二月革命的最后街垒还没有拆除，第一个革命政权还没有建立，革命就已经这样开起倒车来了。"①

也就是说革命已经变成了党派之争，成了各党派为了保全自身的利益而互相倾轧的闹剧。这也是马克思判断革命走下降的路线并被拖回了旧的幽灵世界的理由。

鉴于对上述革命的分析，马克思指出未来的革命必须完全抛弃过去的幽灵的纠缠："19 世纪的社会革命不能从过去，而只能从未来汲取自己的诗情。它在破除一切对过去的迷信以前，是不能开始实现自己的任务的。从前的革命需要回忆过去的世界历史事件，为的是向自己隐瞒自己的内容。19 世纪的革命一定要让死人去埋葬他们的死人，为的是自己能弄清自己的内容。从前是辞藻胜于内容，现在是内容胜于辞藻。"②

过去的革命打着"召唤亡灵"的"辞藻"，拼命隐藏他们的"资产阶级"革命"内容"，"辞藻"和"内容"之间存在着明显的不对称，马克思在这里所宣告的未来的社会革命必须终结这种不对称，内容要胜于辞藻。

在《路易·波拿巴的雾月十八日》中马克思通过革命重复过去和召唤亡灵展示了自己对两种性质不同的革命的理解，与此同时幽灵还不时被用来指称巴黎人民眼中路易·波拿巴政变的虚幻性和不真实性，将政变的真正实施当作为波拿巴及其跟随者的一种幻想或者是一种谣言，形容为见不得白日之光的幽灵，只适合在夜晚显形或者在报纸上叫嚣，但是让人始料不及的是 1848 年政变还是以成功的姿态出现在巴黎。

---

① ［德］马克思：《路易·波拿巴的雾月十八日》，载《马克思恩格斯选集》第 1 卷，中共中央马克思恩格斯列宁斯大林编译局编译，人民出版社 2009 年版，第 495 页。

② 同上书，第 473 页。

每逢议会发生风波时，波拿巴派的报纸就以政变相威胁；危机愈是接近，它们的声调就愈放肆。在波拿巴每夜和打扮成绅士淑女的骗子举行的狂宴上，一到午夜，当豪饮使他们畅谈起来并激起他们的幻想时，政变总是指定在第二天早晨举行。剑拔出来，酒杯相碰，议员被抛出窗外，皇袍加在波拿巴身上，而一到早晨，幽灵（spook）便又消失，吃惊的巴黎从直率的修女和不慎重的武士们的口里才知道它又度过了一次危险。……政变始终是波拿巴的固定观念。他是抱着这个观念重回法国的。他为这个观念所控制，以致经常流露于言谈之间。他十分软弱，因此又经常放弃这个观念。对巴黎人来说，这个政变的影子像幽灵（spectre）一样习以为常，以致最后当这个政变有肉有血地出现时，巴黎人还不愿意相信它。①

马克思将 1848 年 2 月 24 日到 1851 年 12 月的法国革命划分为三个时期，社会共和国在二月革命时期由词句、预言形态，也就是幻影的形态迅速发展为实体，但是随着无产阶级被排挤出法国社会舞台，特别是六月事变之后，社会共和国被资产阶级扼杀在无产阶级的血泊之中，失去了躯干，但是事情并没有结束，社会共和国同老哈姆莱特的幽灵一样，在法国革命这个舞台上不断徘徊出现，试图重新获得话语权力和阶级基础，实现再次显形。

社会共和国在二月革命开始的时候是作为一个词句、作为一个预言出现的。1848 年六月事变时，它被扼杀在巴黎无产阶级的血泊中，但是它像幽灵（stalks about a spectre）一样出现在戏剧的下几幕中。民主共和国登上了舞台。它在 1849 年 6 月 13 日和它那些四散奔逃的小资产者一同消失了，但是它在逃走时却随身散发了自吹自擂的广告。议会制共和国同资产阶级一起占据了全部舞台，在它的整个生存空间为所欲为，但是 1851 年 12 月 2 日事件在联合的保

---

① ［德］马克思：《路易·波拿巴的雾月十八日》，载《马克思恩格斯文集》第 2 卷，中共中央马克思恩格斯列宁斯大林编译局编译，人民出版社 2009 年版，第 554 页。

皇党人的"共和国万岁!"的惊慌叫喊声中把它埋葬了。①

《路易·波拿巴的雾月十八日》的最后一个章节,和《共产党宣言》的开头一样,激进的无产阶级被马克思形容为在地下迅速行动的老田鼠,形容为正在来临的幽灵,就像在宣誓一场中哈姆莱特将父亲的幽灵看作一只老田鼠,无论哈姆莱特走到哪里,幽灵都紧跟其后,在地下发出"在场"的声音。马克思想象中的无产阶级革命具备十足的幽灵特质,首先革命在经历着苦难的考验,经历着老哈姆莱特式的炼狱的磨难,被一次次扼杀在无产阶级的血泊之中,但是它依然在有条不紊地进行着自己的事业,以一个挖掘者的身份,以资本主义掘墓者的身份,它像幽灵似的在地底工作,它是人民的开路先锋!

马克思并不仅仅关注幽灵、讲述幽灵、唤起幽灵,同时也在驱逐幽灵。其实从《德意志意识形态》的副标题就可以看出,整本书都在描写德国意识形态领域的各种思想和观点,是对费尔巴哈、布·鲍威尔和施蒂纳所代表的现代德国哲学以及各式各样先知所代表的德国社会主义的批判,批判的是徘徊在德意志思想界的幽灵,这些幽灵由于施蒂纳等人的宣扬开始游荡,在马克思看来对待这些各式各样的幽灵般的存在,就必须要驱逐幽灵,对幽灵问题紧追不放,在大规模的驱魔过程中建立自己的哲学。

1845年施蒂纳发表了《唯一者及其所有物》,在书中极力宣扬对精神力量的信仰,大量引用《圣经》中精神统治世界的部分,《德意志意识形态》第一卷第三篇"圣麦克斯"写作的直接原因就是这本书的问世,而且《德意志意识形态》的绝大部分都是对施蒂纳思想的批判,对唯心主义的一种批判,在书中马克思对施蒂纳所

---

① [德]马克思:《路易·波拿巴的雾月十八日》,载《马克思恩格斯文集》第2卷,中共中央马克思恩格斯列宁斯大林编译局编译,人民出版社2009年版,第560页。

谓的"怪影"和"幽灵"进行了无情的追逐和围剿。我们现在来看看马克思是如何驱逐施蒂纳的幽灵的。

施蒂纳的观点是：思想作为"我"的产物，具有自己的形体，一直萦绕着"我"，因此这个时候的思想或精神已经不是我的精神，成了有别于我的某物，成了具有形体的怪影，如神、皇帝、教皇、祖国等。"我"将具备形体性的自我思想和观念摧毁，把思想收到自己的形体中，将诸精神内化到自我之中，就可以达到"成人"阶段。对此，马克思认为施蒂纳将思想和精神幽灵化了，"这样，历史便成为单纯的先入之见的历史，成为关于精神和怪影的神话，而构成这些神话的基础的真实的经验的历史，却仅仅被利用来赋予这些怪影以形体，从中借用一些必要的名称来把这些怪影装点得仿佛真有实在性似的。在这种实验中，我们的圣者经常露出马脚，写出关于怪影的露骨的神话。"① 马克思认为施蒂纳将人的概念化为彻底的鬼魂般的抽象。在施蒂纳那里，思辨的观念、抽象的观点、神圣的精神像怪影一样在游荡着。马克思批判施蒂纳将历史书写成了观念的历史，成了有关精神和幽灵的历史，而忽略了构成这些幽灵历史基础的真实的经验的历史，真实的历史被简单地当作只具有赋予幽灵形体的作用。在施蒂纳那里，世界以"无"为基础，"我"在"无"的基础上创造了自身的精神、创造了整个世界，世界因此成为"我"认为的那种东西，成为"我"的世界，整个世界都被"我"的精神所占据，"我"的精神成为具有形体性的自我精神，而自我精神的产物就是"各种精神"，也就是马克思在《德意志意识形态》中反复论述的"诸精神"，由于自我精神的不断创造，"诸精神"化身为诸幽灵游荡在整个世界中，施蒂纳把一切都变为了幽灵，"从言辞变成形体时起，世界就精神化了，就变幻形体了，

---

① ［德］马克思、恩格斯：《德意志意识形态》，载《马克思恩格斯全集》第3卷，中共中央马克思恩格斯列宁斯大林编译局编译，人民出版社1960年版，第132页。

就是幽灵了。"①

　　《德意志意识形态中》的"怪影"和"幽灵"指向为"客观的、对人们来说具有对象性的诸精神",抛开"怪影"和"幽灵"这些观念的现实基础,这些观念就成为人头脑中的思想了,就从实体提升到自我意识了,这些观念就是"怪想"。马克思试图将施蒂纳的这些怪影和幽灵加以整理和排列,力图把这些怪影和幽灵全部辨认清楚,最终马克思发现,施蒂纳的幽灵和怪影、怪想概念是建立在思辨哲学家们对怪影的传统信仰上的,特别是建立在黑格尔哲学形体之上的,"施蒂纳式的人们以及他们的世界的各种'转变'只不过是全部世界史转变为黑格尔哲学的形体,转变为怪影,而这些怪影只在外表上是这位柏林教授的思想的'异在'。"② 只不过这些内在的联系在施蒂纳的《唯一者及其所有物》中是悄无声息的,黑格尔和费尔巴哈等德国思辨哲学家们一直徘徊在施蒂纳的论述中。马克思也指出,施蒂纳诸幽灵的概念一方面是对黑格尔父亲的继承,施蒂纳关于幽灵和怪想的语言是"所有这一切都是大家早就知道的正统黑格尔派的词句"③;另一方面施蒂纳又没有完全理解黑格尔,"在任何一种特性的发展中,某物是通过某物从某物中创造出来的,而决不像在黑格尔的'逻辑学'中所说的,是从无通过无到无的。"④ 这些都是引发施蒂纳书中精神向幽灵变形的深层原因。

　　马克思认为对怪影和幽灵的驱逐,仅仅在脑中幻想是不够的,人们还是不能赶走现实中依然存在的教皇或祖国,施蒂纳在摧毁观念和思想的怪影的时候,只是把真实的历史转换为虚幻的思想观念的历史,完全没有触及构成幻影的现实基础,消除了历史的实在

---

　　① ［德］马克思、恩格斯:《德意志意识形态》,载《马克思恩格斯全集》第3卷,中共中央马克思恩格斯列宁斯大林编译局编译,人民出版社1960年版,第162页。
　　② 同上书,第163页。
　　③ 同上书,第156页。
　　④ 同上书,第158页。

性。施蒂纳通过自我来改变幽灵是徒劳的。马克思为了不把"诸精神"变成施蒂纳式的虚构，着重区别了施蒂纳混用的"精神"和"幽灵"：幽灵是游荡着的怪影般的躯体。在对施蒂纳的诸精神作出围剿之后，马克思还重建了财产、资产、商品等的逻辑，马克思的重建是建立在驱逐幽灵的基础之上的，只有在驱赶并追逐幽灵的过程中才能接近幽灵的本质，才能在幽灵被驱赶后的空间里建构自己的理论。

在《资本论》中，马克思深入到资本主义经济的内部机制中来揭示商品、货币、资本的魔法妖术，关于商品、货币、资本神秘性的论述马克思实际上参照了莎士比亚笔下幽灵的某种魔力。在《商品的拜物教性质及其秘密》一章的开头，马克思通过自动起舞的桌子来描述商品的神秘性，在描述商品神秘特征的时候我们仿佛看到了萦绕在木桌身上的幽灵。

就商品是使用价值来说，不论从它靠自己的属性来满足人的需要这个角度来考察，或者从它作为人类劳动的产品才具有这些属性这个角度来考察，它都没有什么神秘的地方。很明显，人通过自己的活动按照对自己有用的方式来改变自然物质的形态。例如，用木头做桌子，木头的形状就改变了。可是桌子还是木头，还是一个普通的可以感觉的物。但是桌子一旦作为商品出现，就转化为一个可感觉而又超感觉的物。它不仅用它的脚站在地上，而且在对其他一切商品的关系上用头倒立着，从它的木脑袋里生出比它自动跳舞还奇怪得多的狂想。①

木头即使被做成桌子，也还是普通的可感觉的木头，但是当它变成商品时便改变了面貌，成为可感觉又超感觉的物，其中超感觉的部分就是附着在物品身上的没有躯体的幽灵的存在，商品的幽灵

---

① ［德］马克思：《资本论》（第一卷），中共中央马克思恩格斯列宁斯大林编译局编译，人民出版社 2004 年版，第 88 页。

总是徘徊在物体之中，幽灵的显形将物体变作了商品。马克思随后指出"商品的神秘性质不是来源于商品的使用价值。这种神秘性质也不是来源于价值规定的内容"①，那么，劳动产品一旦采取商品形式就具有的谜一般的性质究竟是从哪里来的呢？马克思直接给出了答案，"显然是从这种形式本身来的"，商品形式"把生产者同总劳动的社会关系反映成存在于生产者之外的物与物之间的社会关系。由于这种转换，劳动产品成了商品，成了可感觉而又超感觉的物或社会的物"②，人们在商品那里看不到自身的劳动的社会关系，商品的幽灵是不可见的，物品经过商品形式的幻影化成为商品的幽灵，社会关系也经历了一种幻影化或者说幽灵化。

其实马克思《资本论》中探讨商品价值的时候，也提到了这种幽灵般的对象性。劳动产品被抽去使用价值之后，它的可感知的属性就都消失了，它不再是桌子、房屋、纱或者别的有用物，也不再是木匠劳动、瓦匠劳动、纺纱劳动或其他某种一定的生产劳动的产品了，劳动的具体形式也消失了，"现在我们来考察劳动产品剩下来的东西。它们剩下的只是同一的幽灵般的对象性，只是无差别的人类劳动的单纯凝结。"③

不同于老哈姆莱特幽灵的自我言说，作为商品无法言说自身的幽灵，马克思特意指出，"假如商品能说话，它们会说：我们的使用价值也许使人们感到兴趣。作为物，我们没有使用价值。作为物，我们具有的是我们的价值。我们自己作为商品物进行的交易就证明了这一点。我们彼此只是作为交换价值发生关系。"④ 资本和金钱同商品一样，幻影开始于交换价值和商品形式。

---

① ［德］马克思：《资本论》（第一卷），中共中央马克思恩格斯列宁斯大林编译局编译，人民出版社 2004 年版，第 88 页。

② 同上书，第 89 页。

③ 同上书，第 51 页。

④ 同上书，第 101 页。

马克思在《资本论》中同时认为，只有当商品生产完结的时刻，在商品生产基础上笼罩着的一切商品的幽灵才会消失。"这种种形式恰好形成资产阶级经济学的各种范畴。对于这个历史上一定的社会生产方式即商品生产的生产关系来说，这些范畴是有社会效力的、因而是客观的思维方式。因此，一旦我们逃到其他的生产形式中去，商品世界的全部神秘性，在商品生产的基础上笼罩着劳动产品的一切魔法妖术，就立刻消失了。"①

从马克思的这四个文本中可以看出，马克思认真地思考了老哈姆莱特的幽灵：在《共产党宣言》中马克思借用老哈姆莱特幽灵徘徊不去的特性将共产主义描绘为游荡在欧洲上空的幽灵；在《路易·波拿巴的雾月十八日》中，老哈姆莱特幽灵来自过去并萦绕于现在的特性，激发了马克思观察政治事件的灵感和对革命的思考；在《德意志意识形态》中马克思思考了老哈姆莱特幽灵的台词：我是你父亲的灵魂（I am thy father's spirit），将其"幽灵"与"精神"联系在一起，批判了施蒂纳的"幽灵"概念；在《资本论》中马克思更是参照了老哈姆莱特幽灵的魔力，来揭示商品和货币的魔法妖术。

马克思笔下的幽灵既具有老哈姆莱特幽灵在脱节时代回归，萦绕不散，在过去和现在之间徘徊，时隐时现等特性，又具备自己独特的言说方式，马克思在莎士比亚老哈姆莱特幽灵的基础上重新建构了自己的幽灵学。

首先，马克思并没有像莎士比亚一样去描写一个具体的幽灵形象，马克思文本中无论是共产主义的幽灵还是旧革命的幽灵，或是德意志思想界的诸幽灵和商品的幽灵都是比喻性的"幽灵"。马克思从现存的老哈姆莱特幽灵身上分离出了幽灵的概念，通过对幽灵

---

① ［德］马克思：《资本论》（第一卷），中共中央马克思恩格斯列宁斯大林编译局编译，人民出版社 2004 年版，第 93 页。

意象和幽灵特殊性质的把握，马克思展开了对共产主义、对革命、对德意志思想界、对商品的政治、哲学和政治经济学的论述。

其次，莎士比亚笔下的"幽灵"是死去的某一个人的鬼魂，是老哈姆莱特死后鬼魂的归来，而马克思笔下的幽灵可以是某个人，也可以是物，甚至是某个"主义"，马克思更注重的是"幽灵"归来和徘徊等特征，而不仅仅拘泥于"幽灵"原本的指涉对象，因此在马克思笔下的幽灵获得了更宽广的言说内容。如果说莎士比亚创造了不朽的老哈姆莱特幽灵形象，那么马克思则是借用莎士比亚的老哈姆莱特幽灵进行了卓越的社会批判。

再次，与老哈姆莱特的幽灵相比，马克思笔下的幽灵增加了老旧过时的、可笑的含义。在莎士比亚那里老国王哈姆莱特的幽灵始终威严而庄重。从幽灵出现时的外在形象来看，它穿着已故国王出征时的甲胄，以一个军人的形状，准确地说是以国王的形状庄严地走过露台，霍拉旭几次向它提问，它都昂然不顾地走开了。从幽灵表现出的神态来看，它面色惨白，脸上带着悲哀和愤怒的神情，直盯着在场的霍拉旭等人。而在马克思的笔下并非全然如此，马克思发现了施蒂纳幽灵概念的可笑和荒谬之处才对其进行追逐和围剿的，商品的幽灵一旦经过马克思的剖析也失去了其原本的神秘性。特别是在《路易·波拿巴的雾月十八日》中，拿破仑的幽灵由于政变的需要而被侄儿路易·波拿巴召回，法国革命重复上演了老旧的、属于18世纪的拿破仑雾月政变，它的出现不合时宜，与19世纪的革命形势和革命要求格格不入，甚至将整个法国民族拖回了破旧的时代，拿破仑英勇的幽灵在19世纪复活后成为漫画式的、可笑的形象。

又次，马克思和莎士比亚笔下幽灵的区别还在于：从过去的幽灵到未来的幽灵的转换。毫无疑问，老哈姆莱特的幽灵来自过去，是死去的老国王哈姆莱特的亡灵，是过去的老国王哈姆莱特的幻影，据幽灵自己所说，它终将"回到硫黄的烈火里去受煎熬的痛苦"（《哈姆莱特》第一幕第五场）。而共产主义幽灵和《路易·波拿巴的雾月十八日》中的社会共和国幽灵、无产阶级幽灵，并不属于过去，它们之所以被马克思形容为幽灵，更多的是由于它徘徊不散的特点，这种徘徊不散恰恰说明了幽灵的未成形状态，在马克思看来无论是共产主义的幽灵还是无产阶级的革命都在等待着显形，都将从幽灵的形态迅速发展成为实体。

最后是幽灵归来方式的不同，显然老哈姆莱特的幽灵是自行归来的，而马克思文本中出现的基本上都是被召唤而来的幽灵，共产主义幽灵被马克思召唤而来，并将实现最终的显形；拿破仑的幽灵由路易·波拿巴召唤而来，路易·波拿巴试图给自己戴上正统性的帽子，试图重复过去的革命；施蒂纳无意识地召唤出德国思辨家们的幽灵来展开自己对思想或精神的论述。

综上所述，马克思所论述的幽灵不是对莎士比亚笔下幽灵的简单挪用，其中还包含了大量的马克思自己对幽灵的新的理解，我们不得不承认"幽灵"增加了新的内容之后具有了更广泛的解释力和批判性。《共产党宣言》开篇幽灵场景的设置，有力地宣告了共产主义的诞生；在指涉法国革命时，幽灵出色地诠释了过去对现在的一种缠绕；在《德意志意识形态》中费尔巴哈和黑格尔等德国思辨哲学家作为幽灵般的父亲萦绕在施蒂纳周围，马克思抓住了这一点之后，力图追逐并驱散思想界中的诸幽灵；马克思还借用幽灵的独特内容阐释和批判了有关商品的神秘性问题。马克思在莎士比亚的剧本中寻找到了一种有力的表达方法，马克思对革命、对商品的理解因莎士比亚的"幽灵"概念而更加深刻。

第三节 对"幽灵"的互文式解读
——德里达眼中的幽灵

　　法国解构主义大师德里达毫无疑问属于马克思的"幽灵"研究中最杰出的阐释者行列，他一眼就发现了马克思文本中的"幽灵"们，在1994年出版的《马克思的幽灵》中，德里达思考了马克思在不同文本中与"幽灵"有关的表述，追溯了众所周知的《哈姆莱特》中老国王哈姆莱特的幽灵与马克思的"幽灵"之间的关联，赋予了"幽灵"解构的意义，并且形成了一个专门的幽灵论题。该书出版后在西方国家掀起了轩然大波，如何理解马克思文本中频繁出现的"幽灵"，如何认识马克思主义"幽灵诗学"（spectropoetique）、"幽灵政治学"（spectrapolities）和"徘徊学"（hauntology）一时间成为众多马克思主义者、理论家和学者广泛探讨的问题，与此同时人们也对马克思的幽灵与莎士比亚之间的关系产生了前所未有的兴趣，幽灵这一意象的介入使得马克思主义莎评产生了更大的言说空间，该书也被视为马克思主义莎评最重要的代表著作之一。

　　《马克思的幽灵》中所言及的幽灵世界既深奥又庞杂，其中至少涉及了三个系统的幽灵：首先是莎士比亚的《哈姆莱特》所引发出的一系列幽灵问题，然后包括马克思几个文本中有关"幽灵"的话语，最后在对这两个幽灵系统的互文式解读过程中，德里达建构了自己的幽灵世界，论述了当今世界中马克思和马克思主义的幽灵形式。要了解德里达在《马克思的幽灵》中是如何阐释"幽灵"，对"幽灵"进行再思考的，我们就必须试图接近诸幽灵们。

　　第一步我们先要进入《马克思的幽灵》中德里达对《哈姆莱特》的思考和解读。

　　德里达的《马克思的幽灵》其论述笔法非常独特，跟以往哲学家的论述完全不同，他不是靠逻辑推理和概念演绎来进行的，正如何一在《马克思的幽灵·译者序》中所言："他的论述并不是以一种逻辑的推论的方式向前推进，而是以跨时空的异质性文本的互文性并置来打开文本潜在的意义维度，或者说是通过文字游戏来炸裂文本表层的叙述结构，在意义的不断异延中来显现那不可表征的东西。"① 在异质性文本的互文中，运用得最多的当推莎士比亚的《哈姆莱特》。

基于对《哈姆莱特》的解构式阅读，德里达将《哈姆莱特》削减成为一个简单的纯粹的幽灵的故事，从而展开了对幽灵概念的探讨和追逐。《马克思的幽灵》第一章"马克思的指令"是《哈姆莱特》出场次数最多的部分，在这一章里充满了对老国王的幽灵、对哈姆莱特、霍拉旭和对掘墓人的引用和对其意义的延伸。

关于老国王哈姆莱特的幽灵，加拿大学者弗莱切曾细致地观察道，"哈姆莱特的幽灵父亲在舞台上第一次出现时已然是'再现'，这是戏剧角色第二次登场"②。德里达当然不会遗漏这一点，他指出"更确切地说，一切都是在重现的临近中开始的，但是那幽灵的重现在那场戏中却是第一次显现"③。那鬼魂是通过回归而到来的，我们无法提前预知他回归和离去的时间，只能等待，但是幽灵的徘徊是毫无疑问的。

德里达还通过详细讲述国王鬼魂的甲胄，阐明了幽灵特有的"面甲效果"："人们根本看不见这个东西的血肉之躯，它不是一个物。在它两次显形的期间，这个东西是人所瞧不见的；当它再次出

---

① ［法］雅克·德里达：《马克思的幽灵：债务国家、哀悼活动和新国际》，何一译，中国人民大学出版社 1999 年版，第 4 页。

② ［加］弗莱切：《记忆的承诺：马克思、本雅明、德里达的历史与政治》，田明译，华东师范大学出版社 2009 年版，第 91 页。

③ ［法］雅克·德里达：《马克思的幽灵：债务国家、哀悼活动和新国际》，何一译，中国人民大学出版社 1999 年版，第 9 页。

现的时候，也同样瞧不见。然而这个东西却在注视着我们，即便是它出现在那里的时候，它能看见我们而我们看不见它。在此，一种幽灵的不对称性干扰了所有的镜像。它消解共时化，它令我们想起时间的错位。我们将此称为面甲效果：我们看不见是谁在注视我们。"① 那甲胄覆盖着幽灵的全身，使人看不到幽灵的躯体，但又完成了幽灵的显形。

在德里达看来，老哈姆莱特的幽灵注视着我们，"按照一种绝对不可控制的不对称性注视着我们"，与此同时，这幽灵又是为我们制定法律、向我们发出指令的人，"它将规定着所有其他人的行为"，其中正是幽灵的头盔"取代了盾形徽章，指示着首领的权力，就像他的贵族徽章一样"②。德里达借此论述了分解着灵魂或幽灵的"三样东西"：哀悼（mourning），哈姆莱特等活着的人对死去的幽灵的建构，弄清幽灵的归属，并将幽灵进行还原；精神的存在需要以语言或声音作为载体；最后是精神的运作，或是精神本身起到的作用，不论精神是在变革还是在改变自己，也不论它是在设置还是在离析它自己。

关于哈姆莱特，德里达将其看作是担负"重整乾坤"使命的继承者。《马克思的幽灵》的第一章"马克思的指令"是以鬼魂、霍拉旭、马西勒斯的宣誓和哈姆莱特"重整乾坤"的独白作为开场的：

> 哈姆莱特：安息吧，安息吧，受难的灵魂！好，朋友们，我以满怀的热情，信赖着你们两位；要是在哈姆莱特的微弱的能力以内，能够有可以向你们表示他的友情之处，上帝在上，

---

① ［法］雅克·德里达：《马克思的幽灵：债务国家、哀悼活动和新国际》，何一译，中国人民大学出版社1999年版，第12页。

② 同上书，第13—14页。

我一定不会有负你们。让我们一同进去；请你们记着无论在什么时候都要守口如瓶。这是一个颠倒混乱的时代，唉，倒霉的我却要负起重整乾坤的责任！来，我们一块儿去吧。（同下）

——《哈姆莱特》第一章第五场

盛宁在他的一篇文章中指出，哈姆莱特这段著名的独白是德里达写作《马克思的幽灵》的切入点，有几个地方需要引起我们的注意，一个是"Time"（时间，时代）；一个是"Out of joint"（脱榫，脱节），再一个就是"That ever I was born to set it right"（偏偏把我生出来，要我去把它修复好）。① 德里达挖掘出了这几个关键词所能赋予他的所有灵感，哈姆莱特所处的时代是一个颠倒混乱的时代，哈姆莱特接到的指令是要重整时代中的不公正和混乱无序，哈姆莱特诅咒自己的命运，却又无法摆脱对国王父亲指令的服从，他不得不追随那个幽灵。德里达论述道："正是他的这一出身带给他的致命的打击和悲剧性的错误，正是在他的出生地的这一不可忍受的堕落秩序的假设，使得他，哈姆莱特，就是为了正义——从正义的观点看——而存在，而出生，并由此要求他去重整乾坤，公正行事，匡扶正义，纠正历史或者历史的错误（侵权）。"②

第二步，我们需要明白德里达是如何对马克思文本中的"幽灵"话语进行阐释的。

首先要指出的一点是，德里达是通过借用《哈姆莱特》和其他莎士比亚作品中的人物和台词进入自己对马克思的"幽灵"话语的论述的，与此同时也对《哈姆莱特》和《雅典的泰门》等作品做出了德里达式的解读。

---

① 盛宁：《"解构"：在不同文类的文本间穿行》，载《外国文学评论》2005年第3期。
② ［法］雅克·德里达：《马克思的幽灵：债务国家、哀悼活动和新国际》，何一译，中国人民大学出版社1999年版，第31页。

比如，关于《共产党宣言》中马克思为什么要将共产主义形容为游荡在欧洲上空的幽灵，为《共产党宣言》设置如此具有戏剧性的开场，在德里达看来，这显然与老国王哈姆莱特的幽灵紧密相关："就我个人而言，把《共产党宣言》中最为醒目的东西忘得如此彻底，这肯定是一个错误。那一开始就显露出来的东西乃是一个幽灵"①，"就像《哈姆莱特》中，那个堕落国家的王子，所有的一切都是从一个幽灵显形开始的，更确切地说，是从等待这一显形开始的"②。德里达指出这种等待幽灵显形的过程既急切、焦虑而又极度迷人，因为"它没有确定的日期"，人们无法控制它的到来和归去，马克思写作《共产党宣言》的时候，共产主义的幽灵也是这样来到了欧洲的上空，一切即将由于幽灵的显形而拉开序幕。在德里达看来，马克思的灵感来自于莎士比亚，他将共产主义幽灵搬上欧洲舞台，开启了一场轰轰烈烈的运动。

《马克思的幽灵》第四章"以革命的名义——双重街垒（不纯粹的'不纯粹的——不纯粹的诸幽灵史'）"和第五章"隐形者的显形（现象学的'花招'）"中，莎士比亚虽未直接出场，但是还是可以看出德里达是在莎士比亚笔下老国王式幽灵的基础上，选取了马克思的几个文本进行了自己的解读。虽然只是马克思文本中短短的几段话，但是德里达却借由莎士比亚从中延伸出了一个庞大的幽灵体系。

马克思文本中充斥着大量的未加区分的"幽灵"和"精神"，无论是直接阅读马克思文本还是从德里达互文式的解构入手，都可以清晰地看出马克思的幽灵与一般意义上的鬼魂具有很大的区别，这些幽灵们具有自己的幽灵逻辑。马克思对待幽灵的态度充满了矛

---

① ［法］雅克·德里达：《马克思的幽灵：债务国家、哀悼活动和新国际》，何一译，中国人民大学出版社1999年版，第20页。
② 同上书，第11页。

盾、摇摆和犹疑的，甚至有些模棱两可，一方面马克思致力于召唤幽灵；另一方面马克思又不遗余力地驱逐幽灵，力图达成对幽灵的驱魅。对此德里达试图对此作出了他的解释："……马克思并不比他的反对者们更喜欢鬼魂。他不愿意信任它们。但是他又只能思考它们。他更愿意相信那被假定能区分它们与实际现实性或者说有生命的实在性的东西。他相信他能反对它们，如同生反对死，幻影的空洞表象反对实际的在场。他完全相信这种对立面的分界线也想要否定、驱逐或驱除幽灵们，但需要借助于批判性的分析，而不是某种反魔术。"① 也就是说，马克思在驱逐幽灵的时候，也在追求和靠近幽灵，当马克思在召唤共产主义幽灵的时候，是为了帮助其摆脱幽灵性，实现真正显现。

第三步，我们进入的是德里达的幽灵世界。

在德里达的讲述中，我们始终在莎士比亚和马克思两者之间来回穿梭，每个部分都像是对《哈姆莱特》这一故事的梳理，对老国王哈姆莱特幽灵的描述，或是对哈姆莱特的台词进行解读，但是当我们沿着德里达的思路继续往下走的时候，我们又忽然发现德里达已经带领我们进入了另一重幽灵世界——德里达的幽灵世界，德里达带领我们讨论的主题也变成了如何对马克思主义的遗产进行再阐释。我们在幽灵世界的不断转换中领会到了老哈姆莱特的幽灵与马克思的幽灵之间的连接，德里达在莎士比亚的著作中找到了一种对马克思幽灵的有效的解释。德里达的主要观点是：马克思和马克思的精神已经幻化成幽灵的幻影的形式，盘旋在资本主义世界的上空。

德里达首先对"幽灵"与"精神"在概念上进行了区分，"那精神，那幽灵，并不是一个东西。我们必须强调这个差异"，"那幽

---

① ［法］雅克·德里达：《马克思的幽灵：债务国家、哀悼活动和新国际》，何一译，中国人民大学出版社 1999 年版，第 65—66 页。

灵乃是一种自相矛盾的结合体，是正在形成的肉体，是精神的某种现象和肉身的形式。它宁愿成为某个难以命名的'东西'：既不是灵魂，也不是肉体，同时又亦此亦彼。"① 幽灵是由精神生成的，精神变成幽灵需要经过一个肉体化的过程，既不是纯粹的隐形，也不是纯粹的显现。

从"幽灵"与"精神"的关系延伸开来，德里达所说的马克思的幽灵们，起码包括了两种含义：第一是上面分析过的马克思文本中以"幽灵""鬼魂""怪影""幻影"等面目出现的事物，像革命、货币和意识形态等。第二指的则是马克思的诸精神，指的是马克思的思想所衍生出的众多继承者。"如果那帮幽灵一直是从一种精神获得生命的话，人们就会思忖有谁敢讨论一种马克思的精神，或者更严肃地说，谈论一种马克思主义的精神。"②

德里达借用哈姆莱特的著名感叹"这是一个颠倒混乱的时代，唉，倒霉的我却要负起重整乾坤的责任！"（The time is out of joint：——O cursed spite，/That ever I was born to set it right！）作为讲述马克思的幽灵们的切入点，德里达认为"这是一个颠倒混乱的时代"，不仅指向哈姆莱特的时代，也指向莎士比亚和马克思的时代，更是当今世界和历史所处的现状，这样的一个断裂和错位的时代是"重整乾坤"指令的先行条件。而"倒霉的我却要负起重整乾坤的责任"，则指向了一种责任，不仅是作为复仇的王子的责任，也是作为欧洲知识分子的哈姆莱特的责任。德里达在"脱节的时代"里大声呼唤马克思精神的归来，急迫地渴望马克思的幽灵带着自身指令归来。

① ［法］雅克·德里达：《马克思的幽灵：债务国家、哀悼活动和新国际》，何一译，中国人民大学出版社1999年版，第11页。
② 同上书，第8页。

"德里达是一位不断穿越文本并在文本中到处'流浪'的思想家，他以古往今来的著名著作的文本作为他思想和创作的'田野'，从中他一再地得到启示和灵感，进行无止境的反思和创造……"①盛宁曾指出法国学者高宣扬的这段话，在他看来是对于德里达和他的"解构"阅读法的最好解释。②德里达的思考时常围绕多重文本而展开，在《马克思的幽灵》中德里达选择马克思的《共产党宣言》《德意志意识形态》《路易·波拿巴的雾月十八日》《资本论》和莎士比亚的《哈姆莱特》《雅典的泰门》等文本进行了独具特色的互文式阅读。除此之外，德里达还建构了一个超越"在场与不在场、现实性与非现实性、生命与非生命之间的对立"③的幽灵世界，正是这一幽灵世界的介入给予了德里达无限的启示和灵感，也是这一幽灵世界使马克思和莎士比亚的文本结合在一起。德里达通过两种文本中的幽灵世界获得了谈论马克思、马克思主义以及马克思的精神们的言说空间，莎士比亚笔下的老哈姆莱特幽灵也就成了德里达解说马克思文本的一种话语工具。

从德里达的这本书里，我们学到了太多的东西。德里达认真阅读并理解了莎士比亚和马克思笔下的幽灵，他选择在诸幽灵的意义上来理解马克思和马克思主义的精神，德里达的这种幽灵逻辑帮助我们重新认识了莎士比亚和马克思，反过来通过这种认识又可以了解德里达对幽灵的态度，以及德里达对马克思的态度。

---

① ［法］高宣扬：《德里达的"延异"和"解构"》，见冯俊等著：《后现代主义哲学讲演录》，商务印书馆 2003 年版，第 290 页。

② 盛宁：《"解构"：在不同文类的文本间穿行》，载《外国文学评论》2005 年第 3 期。

③ ［法］雅克·德里达：《马克思的幽灵：债务国家、哀悼活动和新国际》，何一译，中国人民大学出版社 1999 年版，第 20 页。

第四节 对"幽灵"的再思考——斯达利布拉斯和
哈尔本眼中的幽灵

一些马克思主义学者也意识到了莎士比亚"幽灵"在马克思文本或在德里达文本中的徘徊，出现了一些思考萦绕在这些文本中的莎士比亚"幽灵"的文章，提供了多种解读莎士比亚"幽灵"的模式。按照脉络关系细细地梳理了从莎士比亚到马克思再到德里达文本中的诸幽灵之后，在这样一种"幽灵"的语境中，我们势必能够更加顺利地进入到这些文章之中。

美国的两位学者皮特·斯达利布拉斯（Peter Stallybrass）和理查德·哈尔本（Richard Halpern）都是潜心于马克思文本的莎士比亚专家，对马克思与莎士比亚有着精彩的阐述。斯达利布拉斯的《"掘得好，老田鼠"：马克思、〈哈姆莱特〉和固定（或不固定）的表述》（"Well grubbed, old mole": Marx, Hamlet, and the (un) fixing of representation）和哈尔本的《不纯粹的幽灵史：德里达、马克思、莎士比亚》（An impure history of ghost: Derrida, Marx, Shakespeare）更是由于成功地建构了马克思与莎士比亚"幽灵"之间的关系而被收录在论文集《马克思主义莎评》中，在这两篇文章中他们都将问题指向了马克思文本中的幽灵和《哈姆莱特》中老哈姆莱特的幽灵，指出了这些徘徊在不同文本之中的幽灵的具体含义，并借由莎士比亚剧作的人物和场景意象对马克思的文本和德里达的文本提出了新的理解。

皮特·斯达利布拉斯的《"掘得好，老田鼠"：马克思、〈哈姆莱特〉和固定（或不固定）的表述》主要围绕"掘得好，老田鼠"这一独特表述，就马克思的《路易·波拿巴的雾月十八日》和莎士比亚的《哈姆莱特》之间的关系阐发了富有价值的观点，他在文章中强调马克思对莎士比亚的阅读影响了马克思本人的写作，马克思的《路易·波拿巴的雾月十八日》中存在着明显的对老哈姆莱特幽灵的挪用，除此之外，《路易·波拿巴的雾月十八日》中还充满了马克思对《哈姆莱特》的戏仿和对莎士比亚闹剧手法的借用。

首先，斯达利布拉斯在解读马克思文本的过程中，表现出了明确的马克思主义批评方法，强调文本与历史之间的相互塑造，注重《路易·波拿巴的雾月十八日》的写作过程和历史背景。

在进入对"掘得好，老田鼠"这一表述的具体论述之前，斯达利布拉斯先是向我们展示了他观察到的一个矛盾的现象，即《路易·波拿巴的雾月十八日》的出版历史和恩格斯1885年为它写的第三版序言之间的差异。斯达利布拉斯指出在序言中恩格斯称赞马克思"不仅特别热衷于研究法国过去的历史，而且还考察了法国时事的一切细节。因此，各种事变从来也没有使他感到意外"[1]，在恩格斯看来1851年的事件是在马克思的意料之中的，《路易·波拿巴的雾月十八日》只不过是肯定了马克思预先知晓的关于阶级的历史规律。斯达利布拉斯通过对比马克思的第二版序言和文章的出版历史指出这篇文章其实是马克思在经济和政治的偶然事件下写成的，并由再版时文章题目的改变，分析了马克思对偶然事件和不确定事件的敏锐度。

1852年在《革命报》发表时，题目是《路易·拿破仑的雾月十八日》；1869年变成了《路易·波拿巴的雾月十八日》。这是一个很小的改变，尽管如此，依然惹人注目，它透露了马克思对历史偶然事件和不确定的事的敏锐度。当马克思第一次出版《路易·波拿巴的雾月十八日》时，路易·波拿巴还没有就任皇帝这一官方头

---

① ［德］恩格斯：《路易·波拿巴的雾月十八日》1885年第三版序言，载《马克思恩格斯文集》第2卷，中共中央马克思恩格斯列宁斯大林编译局编译，人民出版社2009年版，第469页。

衔，他在 1852 年 12 月时才担任该职位。作为一个帝王，他成为拿破仑三世。如果保留较早的书名，看上去好像是授予了路易称其为拿破仑的正当合法性。在新的事态中，马克思需要宣称路易·波拿巴盗用他叔叔名义的非法性，他通过坚持姓氏是波拿巴而不是拿破仑做到了这一点。①

　　就此引出了"对历史的同步理解，必然要强调那些打扮成历史必然性的偶发事件"这一观点，在斯达利布拉斯看来这也是阅读《路易·波拿巴的雾月十八日》这篇文章的关键。

　　其次，斯达利布拉斯论述了马克思在《路易·波拿巴的雾月十八日》中对老哈姆莱特幽灵的思考和挪用。他认为，马克思通过老哈姆莱特的幽灵，思考了法国革命中对"过去"的重复；马克思通过哈姆莱特对父亲幽灵的称谓由高到低的变化，思考了从拿破仑到路易·波拿巴的倒退；马克思还认真思考了哈姆莱特的台词"说得好，老田鼠"，将革命的准备工作比喻为"老田鼠"和"光荣的工兵"。

　　像王子哈姆莱特被父亲的幽灵缠绕一样，马克思在《路易·波拿巴的雾月十八日》中指出法国革命同样被过去的革命幽灵所缠绕，斯达利布拉斯认为莎士比亚和马克思的这两个文本都是借"幽灵"问题探讨了"过去"如何萦绕于"现在"，而且指出"马克思看起来是最先提出重复过去这一问题，从而区分 17、18 世纪英雄的资产阶级革命和路易·波拿巴反动政变的"②。在早期的法国革命中，路德将他自己装扮为使徒保罗，克伦威尔装作是古老的先知，1789—1814 年的革命依次穿上了罗马共和国和罗马帝国的服装，他们召唤出过去的"幽灵"，是为了实现当代的任务。路易·波拿巴

---

　　① Peter Stallybrass, "Well grubbed, old mole: Marx, *Hamlet*, and the (un) fixing of representation", in *Marxist Shakespeares*, ed. Jean E. Howard and Scott Cutler Shershow, London and New York: Routledge, 2001, p. 17.

　　② Ibid. , p. 18.

的政变虽然以同样的形式召唤出了拿破仑的幽灵，但是这次政变非但没有起到推动历史前进的作用，反而是一种严重的倒退。斯达利布拉斯认为，在《路易·波拿巴的雾月十八日》的第一章中，马克思通过这种对比"指出了纯粹的幽灵和真正的精神之间的差别"①。

斯达利布拉斯发现，马克思对老哈姆莱特幽灵的挪用，不只是出现在《路易·波拿巴的雾月十八日》的第一章，在《路易·波拿巴的雾月十八日》的最后一个章节，马克思又一次通过老哈姆莱特的幽灵来表述革命，这一次老哈姆莱特的幽灵指向了无产阶级革命，像在《共产党宣言》的开头中宣称的那样，激进的无产阶级会以幽灵的形式得到最终的爆发。

> ……斗争的结局，好像是一切阶级都同样软弱无力地和同样沉默地跪倒在枪托之前了。
> 然而革命是彻底的。它还处在通过涤罪所的历程中，它在有条不紊地完成自己的事业。1851 年 12 月 2 日以前，它已经完成了它的前一半准备工作，现在它在完成另一半。……而当革命完成自己这后一半准备工作的时候，欧洲就会从座位上跳起来欢呼说：掘得好，老田鼠！②

斯达利布拉斯针对马克思此处的论述在文章中提出了两个问题："马克思为什么通过哈姆莱特父亲的幽灵来表达革命呢？他为什么通过哈姆莱特奇异地降低父亲的威严，称其为田鼠来祈求幽灵

① Peter Stallybrass, "Well grubbed, old mole: Marx, *Hamlet*, and the (un) fixing of representation", in *Marxist Shakespeares*, ed. Jean E. Howard and Scott Cutler Shershow, London and New York: Routledge, 2001, p. 23.
② ［德］马克思：《路易·波拿巴的雾月十八日》，载《马克思恩格斯文集》第 2 卷，中共中央马克思恩格斯列宁斯大林编译局编译，人民出版社 2009 年版，第 469 页。

和革命"①，并指出在考虑这两个问题和马克思对革命的看法之间的关系时，问题就变得复杂起来了。

斯达利布拉斯首先回答的是第二个问题，他分析了哈姆莱特对父亲幽灵的称谓的变化，这些称谓由高到低。

一开始哈姆莱特，将父亲的形象比喻为亥伯龙神和太阳神，将父亲与好色之徒克劳狄斯相比较，哈姆莱特想象出了一个理想化的父亲，而且当老哈姆莱特幽灵重新归来时，也是采用了最英雄化的方式，穿着他讨伐野心的挪威王时的盔甲，这正好固定了哈姆莱特对父亲的记忆。

对哈姆莱特来说，像对他的一些朋友马西勒斯、勃那多、霍拉旭一样，幽灵在一开始不是"他（him）"而是"它（it）"。斯达利布拉斯认为，幽灵仅仅是通过哈姆莱特自己的命名行为而从"它"开始转化为"他"的：

> 哈姆莱特：我要叫你哈姆莱特，君王，父亲。
>
> ——《哈姆莱特》第一幕第五场

但是到了宣誓一场，哈姆莱特开始用一种嘲弄和亲昵的口吻来指称父亲的幽灵：

> 啊哈！孩儿！你也这样说吗？你在那儿吗，好家伙？来；你们不听见这个地下的人怎么说吗？
>
> ——《哈姆莱特》第一幕第五场

---

① Peter Stallybrass, "Well grubbed, old mole: Marx, *Hamlet*, and the (un) fixing of representation", in *Marxist Shakespeares*, ed. Jean E. Howard and Scott Cutler Shershow, London and New York: Routledge, 2001, p. 23.

斯达利布拉斯就哈姆莱特此处对父亲的称谓："孩儿""老实可靠的人""家伙"进行了语义层面的分析。

"孩儿"：一个未到青春期的小男孩；当然，在文艺复兴时期，是指一个仆人或奴隶，流氓或无赖，作为一种贬低的术语。"老实可靠的人"：一个诚实的家伙，但是一般是下级自以为高人一等的术语。"家伙"：同伴或伙伴；但是通常用来指仆人，带有轻蔑意味，指一个没有价值的人。君王和父亲不再位居王位而是"在地窖中"，同时也在地下，用剧院的专业用语来说，在舞台之下，字面上意味着从属，即便在他令人恐怖的归来时。①

父亲最后被哈姆莱特看作是一只老鼹鼠："说得好，老鼹鼠！你能够在地底钻得这么快吗？好一个开路的先锋。"

斯达利布拉斯认为在被形容为鼹鼠时，老哈姆莱特经历了一种身份的变化：从人类到动物，从拥有无限权力的君主到看不到的地下挖掘者；从思想的领袖到地下的工人。

斯达利布拉斯又进一步举例，在寝宫的这场戏中，当哈姆莱特斥责他的母亲的时候，舞台说明写道"鬼魂披着睡袍进场"。一个国王不再穿着全是钢铁的盔甲，而是脱去了衣物只穿着准备睡觉的长袍。想象中的过去英雄已经被在家的文弱的表现所颠覆。马克思自己打开了一条通道，将正统的父亲/国王变成为不正统的，其意图是比喻先前的革命是光荣的革命，而后来的路易·波拿巴的滑稽模仿则是一种闹剧。

然后斯达利布拉斯回答了第一个问题，他引用了马克思在1856年对"老鼹鼠"进行重新加工的演讲稿："在那些使资产阶级、贵族和可怜的预言家惊慌失措的现象当中，我们认出了我们的勇敢的

---

① Peter Stallybrass, "Well grubbed, old mole: Marx, *Hamlet*, and the (un) fixing of representation", in *Marxist Shakespeares*, ed. Jean E. Howard and Scott Cutler Shershow, London and New York: Routledge, 2001, pp. 24 – 25.

朋友、好人儿罗宾，这个会迅速刨土的老田鼠、光荣的工兵——革命。"①

马克思在这里借用了两个形象来论述革命，分别是《仲夏夜之梦》第二幕第一场中狡诈的精灵和《哈姆莱特》第一幕第四场在地下发出声音的老哈姆莱特幽灵。马克思有意地将哈姆莱特对父亲幽灵所讲的"说得好！老鼹鼠"变成了《路易·波拿巴的雾月十八日》里的"掘得好，老田鼠"，将无产阶级革命比喻为"会迅速刨土的老田鼠、光荣的工兵"，象征着连根拔起的挖掘者。因为老哈姆莱特的幽灵像地下的田鼠一样悄悄地活动，而革命在发生之前也是在悄悄地酝酿，而且像老田鼠一样会把土地刨掘，革命则会动摇现有的社会制度，这两者活动的潜在性和否定性是相通的，因此马克思很自然地挪用哈姆莱特对父亲的比喻来形容革命。斯达利布拉斯的文章题目是"固定（或不固定）的表述"，所谓"固定的表述"是指马克思与哈姆莱特都用老田鼠来比幽灵，所谓"不固定的表述"是指哈姆莱特夸幽灵"说得好"，而马克思夸幽灵"掘得好"，动作不同，事件不同，哈姆莱特的话是指老国王幽灵所说的话，而马克思的话是指无产者的革命运动。这个表述适用于不同的、甚至相互矛盾的概念和意义。这一比喻的修辞手法其实也是一种戏仿，斯达利布拉斯成功地将我们的注意力集中到了"老田鼠"身上。

另外，斯达利布拉斯还着重关注了《路易·波拿巴的雾月十八日》中的闹剧和戏仿形式，指出这也是马克思对莎士比亚"幽灵"的另一种继承。

斯达利布拉斯发现马克思在《路易·波拿巴的雾月十八日》的第一章节考察了历史上的闹剧："科西迪耶尔代替丹东，路易·勃

---

① ［德］马克思：《在〈人民报〉创刊纪念会上的演说》，载《马克思恩格斯文集》第2卷，中共中央马克思恩格斯列宁斯大林编译局编译，人民出版社2009年版，第580页。

朗代替罗伯斯比尔，1848—1851 年的山岳党代替 1793—1795 年的
山岳党，侄子代替伯父。在使雾月十八日事变得以再版的种种情况
中，也可以看出一幅同样的漫画！"①他指出马克思眼中的路易·波
拿巴的"革命"是一种滑稽的重复，仅仅是对过去的拙劣模仿，模
仿了其死去的叔叔拿破仑，路易·波拿巴将一出滑稽可笑的闹剧搬
上了资本主义社会的舞台，在这场闹剧中，拿破仑的幽灵觉醒了，
但是是作为可笑的漫画而觉醒的。

　　斯达利布拉斯认为马克思对闹剧和戏仿的兴趣来自于莎士比亚
的戏剧，认为马克思是"通过把《哈姆莱特》当作戏仿或闹剧间
接地重新阅读"②写出了《路易·波拿巴的雾月十八日》。他指出
马克思不仅戏仿莎士比亚，也特别注意莎士比亚作品中的戏仿，
"马克思一生中都在持续地引用和挪用《特洛伊罗斯与克瑞西达》
中的令人不快的丑角忒尔西忒斯。"③他引用保罗·拉法格的回
忆——马克思找出了所有莎士比亚用过的独特的表达，分析到如果
说这种举动部分是为了扩展马克思的英语，也因为马克思在莎士比
亚式的怪诞中获得了愉悦，在福斯塔夫、忒尔西忒斯和闹剧形式中
获得了愉悦。马克思赞赏莎士比亚戏剧将"崇高和卑贱、恐怖和滑
稽、豪迈和诙谐离奇古怪地混合在一起"④，对莎剧中独特的混合和
独特的表达特别感兴趣，闹剧在马克思的写作中也是被关注的一个
点，这种滑稽闹剧的手法也是一种艺术的"幽灵"被马克思所
捕捉。

---

　　① ［德］马克思：《路易·波拿巴的雾月十八日》，载《马克思恩格斯文集》第 2 卷，中共
中央马克思恩格斯列宁斯大林编译局编译，人民出版社 2009 年版，第 470 页。

　　② Peter Stallybrass, "Well grubbed, old mole: Marx, *Hamlet*, and the (un) fixing of repre-
sentation", in *Marxist Shakespeares*, ed. Jean E. Howard and Scott Cutler Shershow , London and New
York: Routledge, 2001, p. 19.

　　③ Ibid. , pp. 19 - 20.

　　④ ［德］马克思：《议会的战争辩论》，载《马克思恩格斯全集》第 10 卷，中共中央马克
思恩格斯列宁斯大林编译局编译，人民出版社 1962 年第 1 版，第 188 页。

　　斯达利布拉斯抓住了马克思写作时的文本策略，在带领我们重新阅读《哈姆莱特》中闹剧和戏仿的基础上，对《路易·波拿巴的雾月十八日》进行了细腻而准确的把握，围绕老哈姆莱特幽灵的重复过去和身份的下降进行了再思考，这就是斯达利布拉斯的贡献所在。

　　理查德·哈尔本则在《不纯粹的幽灵史：德里达、马克思、莎士比亚》一文中指出德里达的《马克思的幽灵》不仅研究马克思和马克思主义，也是对莎士比亚的《哈姆莱特》的一种有意义的、延伸的沉思。哈尔本为我们打开了一种研究德里达的新思路，同时也是一种研究《哈姆莱特》的新尝试。

　　哈尔本在文章中指出像莎士比亚批评家茱莉亚·陆佩登（Julia Lupton）和肯尼斯·莱因赫（Kenneth Reinhard）观察到的那样，"批评家从不纯粹客观地阅读《哈姆莱特》，判定其中的问题，或用一种纯粹的主观主义批评将他们的幻想投射到剧中，但是通过对戏剧的展示可以看出他们占用了幻想中的位置（position in fantasy）"[1]，德里达并没有纯粹客观地阅读《哈姆莱特》，而是用一种相对的主观主义解构了《哈姆莱特》的故事，而《哈姆莱特》作为一部既成的作品，并不是被动地接受德里达的阐释的，特别是当这种阐释是强加的或者是有限的阐释。哈尔本认为，德里达在通过《哈姆莱特》中的人物讲述自己观点时，也经由剧中的某一角色反射出了自己所处的政治坐标，阅读《哈姆莱特》可以帮助我们厘清德里达在论述马克思时所采用的一系列策略。

　　在阐明了他的主要论述逻辑之后，哈尔本仔细地审视了德里达在《马克思的幽灵》中对《哈姆莱特》台词的引用和对剧中角色的论述，哈尔本发现德里达在讲述马克思的幽灵时与莎士比亚笔下

的哈姆莱特、老国王的幽灵、掘墓人和头盖骨之间存在着错综复杂的关系，通过文本分析哈尔本向我们展示了德里达对《哈姆莱特》的阅读与对马克思的阅读是如何联系在一起的，进而挖掘出了德里达解构式阅读背后的策略。

首先，哈尔本将德里达对马克思和马克思精神的过滤与哈姆莱特对父亲幽灵的过滤联系起来，批评德里达过度"净化"的问题。

文章一开始哈尔本就引用了斯皮瓦克的担心：德里达在《马克思的幽灵》中过度使用《哈姆莱特》，使其削减为一个简单的、纯粹的幽灵的故事，会招来莎士比亚研究者的挑剔。提出了过度削减的问题之后，哈尔本接着用"互文性"的手法和比较的方法，着重论述了"净化/过滤（purge）"这一关键词。

哈尔本先严密地论述了德里达试图通过解构，从本体论那里还原并保护马克思的幽灵们，然后通过分析德里达的马克思和莎士比亚的哈姆莱特来指出，像哈姆莱特过度地强调父亲的纯净，德里达在试图保持马克思精神的异质性的同时，也陷入了一种对马克思主义精神过度的清洁和净化。

关于哈姆莱特对父亲的过滤，我们不得不对比一下老国王哈姆莱特对自身的叙述和哈姆莱特对父亲的叙述。

> 鬼魂：我是你父亲的灵魂，因为生前孽障未尽，被判在晚间游行地上，白昼忍受火焰的烧灼，必须经过相当的时期，等生前的过失被火焰净化以后，方才可以脱罪……
>
> 鬼魂：……甚至于不给我一个忏罪的机会，使我在没有领到圣餐也没有受过临终涂膏礼以前，就一无准备地负着我的全部罪恶去对簿阴曹。
>
> ——《哈姆莱特》第一幕第五场

在这里，老哈姆莱特的幽灵向我们讲述了自己由于生前的孽障，自身的罪恶而在炼狱受苦难的经历。虽然哈姆莱特也曾承认过父亲是由于罪恶而经历炼狱火焰净化的事实，"他（克劳狄斯）用卑鄙的手段，在我父亲满心俗念、罪孽正重的时候乘其不备把他杀死；虽然谁也不知道在上帝面前，他的生前的善恶如何相抵，可是照我们一般的推想，他的孽债多半是很重的。"（《哈姆莱特》第三幕第三场），但是出现得最为频繁的还是哈姆莱特对父亲的称赞：

> 瞧这一幅图画，再瞧这一幅；这是两个兄弟的肖像。你看这一个的相貌多么高雅优美；太阳神的卷发，天神的前额，像战神一样威风凛凛的眼睛，像降落在高吻穹苍的山巅的神使一样矫健的姿态；……现在你再看这一个：这是你现在的丈夫，像一株霉烂的禾穗，损害了他的健硕的兄弟。
>
> ——《哈姆莱特》第三幕第四场

哈姆莱特先是强调父亲的幽灵正在炼狱中经历痛苦的洗涤，正在经历炼狱式的净化，然后再通过和克劳狄斯的比较，完成了对父亲幽灵的净化，已死国王的罪孽仿佛逐渐消失，变成了纯净的值得哈姆莱特尊崇的父亲。哈姆莱特过度地强调了父亲幽灵的纯净，通过"过滤"和"净化"，哈姆莱特创造了一个纯粹的、远离人世罪恶、远离腐烂的丹麦的父亲，是这样一个伟岸的、无可指摘的父亲向哈姆莱特下达了指令。哈姆莱特希望通过炼狱对父亲幽灵的净化和自己对父亲幽灵的过滤，使父亲幽灵的指令更具有威信和说服力。哈尔本认为哈姆莱特的"过滤"是没有必要的粗鲁的做法，因为哈姆莱特所描述的不是纯粹的症状，而是自相矛盾的观点，因为丹麦国家的腐败混乱、奸臣当道、时代脱节、是非颠倒，作为国王的老哈姆莱特是应该负有责任的，他是一位好父亲，但不是一位明察秋毫的英明的国王。

哈尔本认为德里达在引用哈姆莱特这些台词，思考哈姆莱特的话语的同时，不知不觉进入了对哈姆莱特的认同，我们将会在哈尔本的文章中看到德里达与哈姆莱特有着同样的完成任务的紧迫感，德里达和哈姆莱特一样对所要继承的幽灵的精神有着同样的矛盾的看法。

一方面，德里达同意布朗肖特对马克思哲学的、政治的和科学的三种声音的看法，即"三种声音结合在一起形成了一种力量和形式，这三种声音全都是必要的，但又是相互分离甚至相互对立的"①；另一方面，德里达强调马克思的精神是复数的诸精神，强调马克思主义遗产的异质性。德里达急切地向我们讲述了马克思主义的遗产必须保持多重性和离心化，在《马克思的幽灵》中批判那些将马克思的作品降为传统的、一致的和科学的体系的人，批判那些试图借科学的名义统一或纯化马克思文本的意识形态，试图通过解构的方法还原马克思的精神。但是哈尔本指出，当德里达赞美马克思的异质性的时候，他同时又认为这种混合的遗产必须是"有选择的"和"过滤的"，以便将更有价值的成分与其他的成分分开，这就不可避免地导致了与之前论述的一种矛盾。作为继承马克思遗产的知识分子，德里达认为不加以仔细审查和判断就全盘地接受马克思的遗产，是不负责任的行为。哈尔本认为德里达对马克思的净化将马克思精神中可以被接受继承的部分，与社会主义和工人运动的真正历史相分离，这段历史被德里达当作专制的、极权主义的观念而被理解。德里达对马克思精神异质性的顾虑并没有阻止他在对马克思精神进行净化的道路上前进。

哈尔本指出：就马克思和马克思主义来说，德里达煞费苦心地

---

① ［法］雅克·德里达：《马克思的幽灵：债务国家、哀悼活动和新国际》，何一译，中国人民大学出版社 1999 年版，第 26 页。

把知识分子责任感和对整个知识分子传统和政治运动的不予理会同时并存，就像哈姆莱特一样，德里达的顾虑并没有阻止他盲目地刺破帐幕，没有考虑到底是谁藏在了其背后。

其次，哈尔本认为德里达使用老哈姆莱特的幽灵来深思继承遗产、责任和决定的困境，这显露了德里达自己具有的老国王幽灵发出指令等特征。

哈尔本指出德里达在书中论述到老哈姆莱特的幽灵回归后，对儿子哈姆莱特下达了复仇的指令，在幽灵无所不在的注视目光和监视目光下，哈姆莱特作为儿子和丹麦的王子不得不担负起责任，幽灵的凝视在其不可见的情况下控制着我们。德里达在论述责任的时候，更是详述了幽灵的这种凝视和我们必须承担的责任。德里达论述的责任，不只包括对马克思及其遗产的继承，还包括了对所处时代状况的认识，在这样一个时代里充满了不公和歪曲，德里达以自己的方式对世界这种可悲的状况进行了描述。哈尔本认为，"这部分是为了对福山和其他新世界秩序拥护者的还击，部分使读者对德里达的认真留下深刻印象"①。但是仍然无法遮蔽德里达在政治上的故作姿态。从遗产继承的角度进入《哈姆莱特》中，对比分析德里达的角色，哈尔本指出德里达并不是哈姆莱特，不是一种指令的接受者，他是发出指令或命令的主体，是哈姆莱特父亲的幽灵，对知识分子们发出指令，而且通过将这些指令加以客观安排，哈尔本认为德里达似乎将自己的权威妖魔化了。

德里达在书中花费了大量时间试图通过编写世界问题的目录，展示脱了节的可悲世界的现状，详细地列出了折磨新世界秩序的十种灾害：失业、对无家可归的公民的驱赶和放逐、国家间的经济战

---

① Richard Halpern, "*An impure history of ghosts: Derrida, Marx, Shakespeare*", in *Marxist Shakespeares*, ed. Jean E. Howard and Scott Cutler Shershow, London and New York: Routledge, 2001, p. 41.

争、控制自由市场矛盾的无能、外债和其他相关机制的恶化、军火工业和贸易、核武器的扩散、民族间的战争、日益增长的幽灵般的国家、国际法及有关机构的现存状态。① 德里达向知识分子们发出了时代已经脱节的信号，这需要有人进行矫正，德里达成为命令他人、给他人指令的主体。但是在哈尔本看来，德里达并没有把自己安置在这些知识分子之中，所表现的不过是知识分子式的在政治原因和话题之间的随意漂泊。

最后，哈尔本探讨了掘墓人、头盖骨与幽灵的关系，从而揭示这三者对哈姆莱特和德里达的意义。哈尔本还指出《哈姆莱特》一剧中的"头盖骨"是"幽灵"的另一种存在形态，这可以说是哈尔本文章中最有创意之处。

哈尔本观察到"头盖骨"（Skull）在德里达的论述中一直出现，德里达还曾详细地论述《哈姆莱特》中的掘墓人，特别是掘墓和识别头盖骨的场景。于是哈尔本抓住这一点，通过分析《哈姆莱特》和《德意志意识形态》中的"头盖骨"和"掘墓人"完成了对《马克思幽灵》中德里达的定位。

哈尔本先是对《哈姆莱特》中弄人郁利克的头盖骨与老哈姆莱特的幽灵进行了详细的对比分析。在分析中哈尔本发现其实头盖骨和幽灵都是以死去的人作为开始，它们代表着过去，却又缠绕住了当下，而且它们都具有德里达意义上的"面甲效果"，能够不被发现地看见，区别在于幽灵可以对我们讲述，头盖骨则不一样，它自身不能说话，只能通过掘墓人被简单认知（指认这是郁利克的头盖骨），然后通过哈姆莱特被赋予意义（由头盖骨引发出对郁利克生前形貌的回忆），这其实也说明了头盖骨和幽灵在回归方式上的不同。再一层区别在于，对于哈姆莱特来说头盖骨承载着回忆中的童

① ［法］雅克·德里达：《马克思的幽灵：债务国家、哀悼活动和新国际》，何一译，中国人民大学出版社1999年版，第115—119页。

年场景，以及郁利克已经死亡的事实；对于掘墓人来说，同样是死去的人，头盖骨不过是简单的自然的事物，指向死去的身体的腐烂，没有幽灵所具有的神秘的特性。

接下来哈尔本试图使用头盖骨和幽灵的上述区别来对德里达进行定位。德里达曾阐明说"幽灵是矛盾的结合，是形成的身体，是一种确定的精神的现象和肉体的形式"，"是不可见的可见"，在哈尔本看来，德里达所说的"幽灵"无疑是被净化过的，是精神化的，是哈姆莱特理想化的想象。而"头盖骨"则相反，它是身体骨头部分的腐烂，它与盔甲和幽灵结合后表现出来的不易腐蚀的特性完全不同。哈尔本借此指出，头盖骨的腐坏和恶臭"导致要求过高的哈姆莱特迅速推开头盖骨，就像德里达对真正的社会主义的令人讨厌的尸体所做的那样"①。

哈尔本还从《哈姆莱特》中的"头盖骨"过渡到了《精神现象学》和《德意志意识形态》中提及的骨相学，指出黑格尔提示了骨相学的荒谬："当然，像哈姆莱特对于郁利克的头盖骨那样，人们也能因一个头盖骨而发生种种联想，但是头盖骨自身究竟是一种漠不相干、天真无私的东西，从它那里直接地看不到也想不出它自身以外的任何其他的东西"②。《德意志意识形态》的开头部分，马克思和恩格斯幽默地重新制定了骨相学"精神的具体特性是头盖骨"的原理，认为残渣/骷髅是由社会关系中的抽象事物造成的，是死去的唯物主义，它因腐烂得以重新进入生产和交换的循环，马克思和恩格斯认为黑格尔的绝对精神同样如此，是可循环的，反对德国哲学批评中理想化的抽象观念。进而指出德里达虽然具有整整一排头盖骨，却没有一种政治的紧迫性，如果德里达真的想扮演

---

① Richard Halpern, "*An impure history of ghosts: Derrida, Marx, Shakespeare*", in *Marxist Shakespeares*, ed. Jean E. Howard and Scott Cutler Shershow, London and New York: Routledge, 2001, p. 46.

② Ibid., p. 44.

《哈姆莱特》中掘墓者这一角色，有必要缩减他无止境的过滤和净化计划，掘墓者必须能够不时地探究令人不快的真实历史中的污物，转向实用主义，转向真实的历史。

哈尔本不仅致力于理解幽灵本身，还试图挖掘角色背后所隐藏的东西，进而对上述幽灵进行了最终的、彻底的阐释，指出德里达讲述了马克思在文本中尝试驱除和控制鬼魂或幽灵，也讲述了新自由主义运动试图驱除马克思的精神的努力，在德里达看来，这两种驱魔都不免重新回归到诸幽灵之中的怪圈。哈尔本认为德里达在讲述马克思的时候也同样避免不了这种驱魔的循环逻辑。整篇文章具有很强的逻辑性，论证细密，通过对文章的阅读，我们跟着哈尔本游走在莎士比亚、马克思和德里达的文本之间，被带向了新的认识高度。

综上所述，两位学者在论述老哈姆莱特幽灵问题的同时分别注意到了马克思的论述策略和德里达的论述策略。通过对《哈姆莱特》中"说得好，老鼹鼠"的化用和闹剧手法的戏仿可以看出马克思在《路易·波拿巴的雾月十八日》中隐含的命题，如同哈姆莱特称父亲为"孩儿""老实可靠的人""家伙"，路易·波拿巴对叔父拿破仑的滑稽模仿同样起到了一种降低身份、动摇固有血统观念的作用；而通过对《哈姆莱特》戏剧的展示可以看出德里达在《马克思的幽灵》中有意识地利用了哈姆莱特、幽灵、掘墓人的角色，透露出德里达在书写过桯中对马克思思想和马克思主义的过度净化，德里达解构式的策略消解了马克思主义。

在马克思主义语境下的莎士比亚评论中，莎士比亚的文本不断激发批评家的灵感，德里达从幽灵语境中延伸出独具新意的见解，已经成为一种具有代表性的诠释方法。德里达通过莎士比亚和马克思的眼睛观看到了幽灵世界，这也恰恰是传统的马克思主义莎评缺失的视角。马克思主义莎评专家斯达利布拉斯和哈尔本又通过莎士比亚进入马克思或者德里达的文本，对马克思和德里达作出新的评判。这些见解之所以重要不仅在于见解本身，而且还在于这些见解是同马克思主义理论和马克思对文学的看法联系在一起的。一方面莎士比亚创造了老国王的幽灵；另一方面莎士比亚自身也幻化为一种幽灵，被马克思、德里达和众多学者所继承。莎士比亚仍然可以作为我们的阅读资源，提供解读他人文本的可能途径。

第二章

女性的物质生产与文化生产

关注女性的社会地位向来是马克思主义批评的一个重要方面，恩格斯在《家庭、私有制和国家的起源》等文章中有专门的论述。莎士比亚评论者也往往涉猎这一领域。美国雪城大学的教授邓普纳·卡拉汉（Dympna Callaghan）曾发表论文《留心照看织物：〈奥赛罗〉和莎士比亚时代英国的女性和文化生产》，从《奥赛罗》中的关键道具"手帕"入手，阐发英国文艺复兴时期的女性手工织绣和文化生产的关系，文章不仅探讨莎士比亚时代的女性状况，而且与之后的妇女状况加以对照，说明女性物质生产与文化生产的关键和困境。

第一节　女性的针织与写作

文章一开始，卡拉汉并没有直接从莎剧入手，而是讲述闻名遐迩的《莎士比亚戏剧故事》的作者玛丽·兰姆（1764—1847）的一段匪夷所思的事情，1789 年正在缝纫的兰姆残忍地用缝纫剪刀袭击和谋杀了自己的母亲。她在给萨拉·斯托达特（Sarah Stoddart）的信里说：当时她正忙于缝纫背心和继续写《莎士比亚戏剧故事》。她与母亲的具体冲突为何？我们不得而知，这也不是我们讨论的重点，我们要探讨的是：当时的女性既从事高级的文化生产——写

作，也从事普通的物质生产——做针线活，而且这两种生产有时会
发生冲突。"对兰姆来说，跟19世纪她同时代的人一样，写作是自
愿的创作和审美劳动，而缝纫是必要的经济劳动，是'以手工技巧
的名义来进行的女性装饰品训练的'一部分。玛丽·兰姆的劳动既
体现为针织，又体现为写作。"① 邓普纳·卡拉汉之所以从她开始写
起，一是因为兰姆跟莎士比亚研究有关，并不是由于她的弑母罪。
二是由于兰姆提供了一个例子，女性物质生产与文化生产的关系。
兰姆缝制的背心标志了一般的生产——每天都在使用的东西，这种
生产可感地与文化生产相联系，事实上，女性在针织领域的劳动是
写作和生产的联结，是一种独特的现象。历史上女权主义活动家都
和织品生产相联系，她们既写作，又做针线活；针线与笔既类似，
又对照，编织跟写作也类似而对照。在早期近代语境中，许多妇女
写作小曲、旋律、祈祷文等，这些与文学有许多共同点。

　　兰姆的故事反映针线活与文学生产摩擦冲突达到顶点，这种摩
擦冲突自从文艺复兴时期妇女开始用针线与笔交换就开始了，许多
贵妇人取悦她们的诗人情人，留下袜子、针线，并尝试用笔和书。
然而，现在女人的写作优于编织，这对兰姆和我们来说都是不证自
明的，但是在文艺复兴时期情况并非如此。马丁·比林斯利（Mar-
tin Billingsley）在《出色的笔》（Pen's Excellencie）中认为写作是典
型的男性活动，本质并不优于编织。随着资本主义的到来，工作和
休闲、生产和消费的矛盾开始加剧。各个阶级的识字的女人和不识
字的女人都从事缝纫、刺绣、纺纱、做衣。对富裕的女子来说，刺
绣的针线对低阶级的女子来说就像纺锤和织布机一样是女人物质生
产的工具。然而，许多这样的活动者仅仅因为她们从事女人的活，
在17世纪语境中不被定为工作。在17世纪没有比纺织领域有更大

---

① Jean E. Howard and Scott Cutler Shershow, *Marxist Shakespeares*, London and New York：
Routledge, 2001, p. 53.

的变化了，资本主义纺织的最大规模形式出现了，尤其贫穷妇女劳动合伙经营的创新，最终点燃英格兰棉厂的工业革命。

文学描写女性针织品的现象时常出现，最著名的例子是《奥赛罗》中的关键性道具"手帕"和"床单"，那些"由女性纺织、编织、缝纫、刺绣"遗留的物品深刻地揭示了我们继承的规范式结构所遮蔽的东西，也就是女性的物质和文化产物，遗憾的是：织品常常被学者们所忽视。《奥赛罗》的主要情节是：黑人将军奥赛罗赠给意大利贵族少女苔丝狄蒙娜一块手帕，作为定情信物，然而婚后苔丝狄蒙娜不慎将手帕遗失。出于对奥赛罗的嫉恨，旗官伊阿古将捡到的这块手帕故意放在副将凯西奥房间内，让奥赛罗以为两人偷情。愚蠢的奥赛罗轻信了伊阿古的谎言，杀害了自己贞洁的妻子苔丝狄蒙娜。

《奥赛罗》中妇女劳动的成品对莎士比亚的观众来说比对我们来说要更显见。莎士比亚写作《奥赛罗》时，被女性制作的手工艺品惊人地迷住了，这些手工艺品都是富有美感的、珍贵的。手绢和婚床的床单都是精心制作和厚重装饰的文化物品，而不是简单的生产性的劳动，这点对女性文化研究来说非常重要。

像莉娜·奥林（Lena Orlin）指出的那样，贵族妇女的刺绣工艺是一种文化形式，而不是特别要紧的生产。他在1521年写给法国人文主义者、人类学者布德·伊拉兹马斯（Bude Erasmus）的信中说"你不会看到任何一个无所事事的女孩，或是忙碌于女性特别喜欢的琐事的女孩，她们手中拿着罗马历史学家李维的书"。① "琐事"指属于女性的物体和活动，女性们特别喜欢它们。阅读，将书籍当作物品消费，被男性监督，被社会认为是不亚于甚至高于生产性劳动的传统女性纺织劳动。罗伯特·布顿（Robert Burton）赞许

---

① See Jean E. Howard and Scott Cutler Shershow, *Marxist Shakespeares*, London and New York: Routledge, 2001, p. 64.

将智力劳动和手工劳动并置对照，"现在对妇女们来说，她们不努力地学习，做稀奇古怪的针线活，剪裁，纺织，梭结花边，用很多她们自己制造的漂亮图案来装饰她们的房间。"①

对妇女们进行温和教育的显著模式是人文主义式的教育方法，这培育了有学识的女性，虽然有学识的女性对教育她们的男性来说是一种装饰品。人文主义式的教导本来是更宽大仁慈，但是其结局仍然是一样的：对女性规矩的教诲。女性的消遣——不论是针线的、女红的，还是书写方面的——都是训导的一种方式，通过这种既本能又智性的方式，将女性活力置于控制之下。根据人文主义者理查德·海德（Richard Hyrde）的说法，缝纫和为女性读写的辩护给了女性一种机会，思考从男性身边脱离："读书和学习也占据了思想，没有闲暇在其他的幻想中沉思或获得快乐，男人们认为手工劳动对女性更适合，身体可以在一个地方忙碌而思想却游走在其他方面，当女性们坐下来用她们的手指缝纫和纺纱时，她们的头脑被幻想所迷住和包围。"② 女性会有空闲去思考，或体验愉悦，但是过多的缝纫很可能会是乏味和费力的。文艺复兴时期重新改写雅典娜女神和凡人少女阿拉克涅之间的织绣比赛的故事，阿拉克涅善于织绣，但是对神不敬，于是雅典娜把她点化成了一只蜘蛛，终生纺织。女性织工被理解为能工巧匠，男性写作中经常会赞扬织绣。

从文化角度看，文本和纺织相似的本性在《奥赛罗》中有表现，手帕充当了视觉文本，被当作印刷的书籍，这使针线活与写作特别相似，作为体力活动创作出了"手稿"。确实，在那个时代，为写作辩护，说写作胜过机械的手艺，来反对那些人认为"写作是一种手工劳动"。作为一件针线活，像写作一样，手帕具有相同的

① See Jean E. Howard and Scott Cutler Shershow, *Marxist Shakespeares*, London and New York: Routledge, 2001, p. 64.

② Ibid., p. 71.

文化功能，比如，年轻的伊丽莎白公主，给她的父亲和凯瑟琳·帕尔新教徒作家译文的书写原稿，用一块刺绣品覆盖着，从而把针线艺术和作为女性美德的装饰品的写作结合了起来。

陷入自身嫉妒折磨中的奥赛罗不得不承认，"让她死吧！我不过说她是怎么样的一个人。她的针线活儿是这样精妙！"（第四幕第一场）然而在上下文中，奥赛罗似乎把衡量他妻子的技艺作为她美德的证据，以反对伊阿古的指控。这种插话像在《泰特斯·安德洛尼克斯》中马库斯对拉维尼亚灵巧的针线活的评论一样意义非凡，他发现侄女被强奸、被砍掉双手后，特别地哀叹她针织能力的丧失：

> 美丽的菲罗墨拉不过失去了她的舌头，
>
> 她却会不厌其烦，一针一线地织出她的悲惨的遭遇；
>
> 可是，可爱的侄女，你已经拈不起针线来了，
>
> 你所遇见的是一个更奸恶的忒柔斯，
>
> 他已经把你那比菲罗墨拉更善于针织的娇美的手指截去了。
>
> （第二幕第四场）

菲罗墨拉选择针线来揭露强奸犯身份，这段台词的意义在于：丧失了谈话和写作并没有比丧失了针织的能力来得重要。詹姆士一世回应那种现象，即一个年轻女士假装懂拉丁文、希腊文、希伯来文，但"唉，她会纺纱吗？"在詹姆斯一世眼里，女子会纺纱比懂各种语言来得重要，这是女性应具备的基本能力。马库斯的台词还意味着针线和笔是并列重要的工具。沃恩（F. Vaughan）在 1651 年写下训诫"放下你们的针线，女士们，拿起笔米"①，嘱咐贵族妇女享有男性创作模式的特权，女性写作是特权阶级中的性别分化的

---

① F. Vaughan, *Injunction for Women to Write*, See Jean E. Howard and Scott Cutler Shershow, *Marxist Shakespeares*. London and New York：Routledge, 2001, pp. 69 – 70.

文化产物。同样地，艾米德·库特（Edmid Coote）的读写手册《英语学校老师》（*The English Schoole Master*）建议说："如果你不懂意思、规则或词语真正的使用，手边也没有可以帮助你的，那就用笔或针在那里做出记号，直到你遇到自己的大主教或其他博学的学者。"① 针和笔在这种活动中可以互换，都是手工劳动。约翰·泰勒（John Talor）在《针线范例》（*The Needles Excellency*）中指出那些精通文字的人同样精通刺绣，如果有什么区别的话，那么写作与针织相比，是一种更容易的、后天习得的艺术。

然而奥赛罗更欣赏织品艺术，甚至对此着迷。莎士比亚给予奥赛罗对织绣领域女性普遍存在的劳动以最美丽的语言描述：

> 这一方小小的手帕，却有神奇的魔力织在里面；
> 它是一个二百岁的神巫在一阵心血来潮的时候缝就的；
> 它那一缕缕的丝线，也不是世间的凡蚕所吐；
> 织成以后，它曾经在用处女的心炼成的丹液里浸过。
>
> （第三幕第四场）

不只是吉卜赛妇女劳动制造出了这种魔力的东西，女性在她们的创造性劳动、她们的情感上，花费了很大的心血。在奥赛罗拥有这块手帕之前，手帕是在一个女性世界交换圈中流传："那方手帕是一个埃及女人送给我的母亲的；她是一个能够洞察人心的女巫。"（第三幕第四场）在这里我们引用马克思主义的概念"商品拜物教"（commodity fetishism），这一术语是马克思常用来描述物品具有控制人的力量，人的价值与物的价值被等同起来。生产这物体的妇女劳动被神秘化，它意指精神劳动而不是手工劳动，神秘的灵感

---

① See Jean E. Howard and Scott Cutler Shershow, *Marxist Shakespeares*, London and New York: Routledge, 2001, p. 70.

内在于创造性的生产进程，而不是机械的呆板的生产进程。然而在心理学意义上，手帕无疑是一种被崇拜的对象：苔丝狄蒙娜"随时把手帕带在身边，一个人的时候就拿出来把它亲吻，对它说话。"（第三幕第三场）巫师知道手帕作为一件物品的力量，它不只参与了体力劳动，关键的是还参与了制造它的那种精神的力量，这种力量在奥赛罗手帕历史中是明显可感的。

针织构成艺术，绣品被当作仿制品，具有自然的创造性能力。赫米亚和海伦娜在《仲夏夜之梦》中"曾经像两个巧手的神匠，在一起绣着同一朵花，描着同一个图样，我们同坐在一个椅垫上。"（第三幕第二场）她们合作创作的绣品就是艺术品。

第二节 "手帕"的性别符码

邓普纳·卡拉汉关注苔丝狄蒙娜的物质层面"绣着草莓花样的手帕"和结婚的床单，注意力转移到制造它们并维持它们的女性劳动上，并且表现出女权主义对两性冲突的高度敏感。托马斯·赖默（Thomas Rymer）在1693年的《悲剧短论》（*A Short View of Trage-dy*）中下了一道滑稽的指令——"这也许是对所有好妻子的一个警告，她们需要照看好自己的亚麻织品。"[①] 这是赖默的道德说教对《奥赛罗》下的结论，也就是说，如果苔丝狄蒙娜能看管好手帕，兴许悲剧可以避免发生，她的悲剧就是因为她没看管好她的手帕。与布拉德雷将《奥赛罗》理解为"伟大的人"的悲剧不同，赖默对悲剧有另一种理解，他紧紧抓住丢失手绢的情节，苔丝狄蒙娜掉落了手绢，弄皱了婚床的床单，她躺在自己的婚床上，有魔力的手帕本来在奥赛罗将她窒息致死的时候可能会解除他的暴怒，止住他

---

① Thomas Rymer, *A Short View of Tragedy*, London, 1693, p. 138.

的胡言乱语，可是手帕找不到，意味着"贞洁"的失去，死是不可避免的。

　　手帕和结婚床单既是物质，又具有象征意义。苔丝狄梦娜的手绢是婚礼织品的缩影，绣着血一样红的草莓，就像结婚蹂躏了处女。这令我们想起莎士比亚把家中第二张好的床和织品遗赠给妻子安妮·哈莎薇，这很有意味。这件事，虽然不是很多人知道，但却很重要，因为这张床是他们夫妻生活的床，有特殊的意义。有时床单和手帕这两个术语可被交换着使用。例如罗伯特·伯顿（Robert Burton）在《忧郁的解析》（*The Anatomy of Melancholy*）中提到婚礼的床单像"带血的手帕"。[1] 他告知读者，就是因为床单是处女夜的可见的证据，古希腊人、非洲人、犹太人不把这高潮完成的视觉证据洗掉。那时，有一个传统的仪式意识，血滴在布料上构成了神秘的表征。对奥赛罗来说，手帕成了具体的符号，不是性高潮的符号，而是苔丝狄梦娜性犯罪的符号，"万一失去了，或是送给别人，/那就难免遭到一场巨大的灾祸/别的东西都比不上它。"（第三幕第四场）奥赛罗的影子——克莱尔二世伯爵在1689年发表了一篇冗长的、激烈的长篇演说，责怪他妻子坚持把织品给粗心的洗衣女去洗，而不是自己亲自洗，因此破坏了女性祖先的规矩。

　　通过一代又一代的床单、枕头套、床幔、垫子、毛巾、手帕和桌布——这些日常生活不可缺少的织品，女性的劳动被产生、保存，真正勤劳的主妇生产这些织品，并洗涤它们。托尔夸托·塔索（Torquato Tasso）在《主妇哲学》（*The Householders Philosophy*）一书中宣称：一个好的主妇的手时时刻刻干活，不在厨房和其他的地方，这些地方可能会弄脏她们的衣服，这些事务不会被高贵的主妇所为，她们不会接触这些恶臭污秽的东西，而纺锤以及其他纺织的

---

① See Jean E. Howard and Scott Cutler Shershow, *Marxist Shakespeares*, London and New York: Routledge, 2001, p.57.

工具对她是合适的。最引人注目的理由是塔索为家庭妇女设计了如何避免"弄脏她的衣服"的方法，这是出于对织品的保护，而且那些活动者被视作适合纺织、缝纫。约翰·泰勒（John Talor）的《洁净织品的颂歌》（*The Praise of Cleane Linnen*）（1624年）认为：文明如果没有女人的劳动产品是不可想象的。有趣的是，从语源学上讲，家庭中的"东西（stuff）"指物质和实物，对家庭生活来说意味着珍宝和必需，尤其是女人的织品，被褥、日用织品和那些家具用品都是女人生活中的东西，玛莎·豪厄尔（Marhta Howell）说，"这些都是女人的专属"。伊丽莎白·巴斯比（Elizabeth Busby）曾在1633年为了一个羽绒垫子和她的兄弟打官司，继承到了一张洗礼巾，一个西装背心。一条毛巾，她用它改了条围裙；一块台布，她用它改了件罩衫；两条绉领，她剪裁到自己衣服上；一个睡帽，她在上面加了条头巾；还有一块布，她用它做了一条围巾。我们看到她用布料改做成各种新式样的东西，它们有时候像钱一样被当作"货币"流通。一个伊丽莎白一世时代的曼彻斯特的寡妇留下了34幅床单，那她的遗产就算很可观了。

《奥赛罗》中的手绢不仅在于它作为爱的象征承载着社会文化价值，而且在于它部分的经济价值。手绢是附属于这世界中的客观物，成为在性物品的资本流通中的显著东西。苔丝狄蒙娜焦虑道："我究竟在什么地方丢失了那块手帕？相信我，我宁愿失去我的一袋金币。"（第三幕第四场）手帕的悲剧性，不但在于它像爱一样被带走，也在于它的特殊的经济价值，手帕所在的环境是一个资本流通加剧、物质需求强烈的社会。这方手帕的价值远远胜过一袋黄金。

卡拉汉指出：莎士比亚时代的观众都知道织物的象征作用和经济价值，织物特别容易被偷窃。伊阿古让爱米莉亚偷窃手帕更多的是为了它的象征意义而不是经济价值。但是在《冬天的故事》中情况不同，奥托吕科斯（Autolycus）表示："被单是我的专门生意，在鹞子搭窠的时候，人家少不了要短些零星布屑……他也是一个专门注意人家不留心的零碎东西的小偷"，他的目的很明显是金钱方面的。他的言辞在《奥赛罗》中和赖默那里得到了回应，"我们发现它进入了我们的诗人的头脑中，写了这么个关于琐事的悲剧"。赖默考证季审法院中的记录：大部分偷织物的贼并不是男性，而是贫穷的女人，偷窃床单的则称为特殊的女性小贼。比如沃尔克写道：在 1612 年 3 月 4 日，霍恩西的克里斯蒂娜·约翰逊（Christiana Johnson）和玛格丽特·理查生（Margaret Richardson）都是"老姑娘"，她们因为偷窃了一条价值 10 便士的床单和价值 5 先令的 5 件衣服而受到鞭打和监禁。偷窃织物常常是女性的行为，因为床单是一种特殊的女性财产："衣服、织物和家庭用品的偷窃通常发生在女性居住的地方：女性偷盗、女性接受、女性处置、女性搜索、女性将信息和商品传递给其他女性。"① 这些不是勤勉的手工家庭妇女，而是贫困的女人。

奥赛罗对苔丝狄蒙娜的爱也像手帕一样，没有基础，容易失去。我们都知道：实际上是奥赛罗在拒绝苔丝狄蒙娜安抚他头痛时把手帕弄掉了，他应该对此负责，但作为负责这些家具织品、这些家务事的管家——苔丝狄蒙娜受到了指责。虽然最后手帕的罪恶是伊阿古的，但当时的矛头直指爱米莉亚：

> 我很高兴我拾到了这方手帕；
> 这是她从那摩尔人手里第一次得到的礼物。
> 我那古怪的丈夫向我说过了不知多少好话，
> 要我把它偷出来。

（第三幕第三场）

---

① G. Walker and J. Kermode eds. *Women*, *Crime and the Law Courts in Early Modern England*, Chapel Hill: University of North Carolina Press, 1994, p.97.

　　于是有人责怪爱米莉亚，尽管她不是伊阿古的帮凶，但她明知这块手绢的重要性，捡到了居然不还给苔丝狄蒙娜，她的粗心也是导致悲剧的一个原因。

　　赖默的《悲剧短论》的批评基础是社会常识（common sense），赖默创造了批评术语"诗性公正（poetic justice）"，虽然这一术语外延模糊，但主要讨论善恶报应，具有探求"真实"的目的。例如，他在《悲剧短论》中抨击莎士比亚的《奥赛罗》是一部血腥的闹剧，充斥着许多不可信之处，"本质上再没有什么比毫无可能性的谎言更加令人厌恶。毋庸置疑，从来没有一本剧本像《奥赛罗》那样具有那么多不可信的内容"，为了证明这一论点，赖默的批评方式与前人有所不同，他抛弃了诗艺的抽象思维，而更看中文本细节和具体的作品；他大胆断言，并同时引用段落进行分析；以细节推动作品的鉴赏。赖默引用了奥赛罗质问妻子手帕去向的一段对白后说："在一块手帕上，居然有那么多烦恼，那么多紧张，那么多激情和反反复复。何不干脆称为《手帕悲剧》？"[①] 赖默引用了古罗马昆体良的一句名言：把一些无足轻重的例子用悲剧处理，就像大力神赫拉克勒斯的头盔和靴子给小儿穿戴；赖默进而讽刺说："倘若是苔丝狄蒙娜的袜带，或许那个嗅觉灵敏的摩尔人尚能感觉不妙，而一块手帕实在是个缥缈的小东西，在毛里塔尼亚这边没有哪个笨蛋可以搞出什么名堂来。"在赖默之前，没有批评家如此具体过，也没有人会注意这一块小小手帕的牵强之处。

　　琳达·布斯（Lynda Boose）曾指出，在《奥赛罗》中，手帕上的刺绣是最经常地被称作"工作"的。尽管比央卡和生产相联系，她会刺绣，但是她缺少美德。凯西欧说"那花样我很喜欢，我想趁失主没有来问我讨还以前，把它描下来，请你拿去给我描一

---

① Thomas Rymer, *A Short View of Tragedy*, London, 1693, p. 145.

描"……针线活（needlework），经常被简称为"工作（work）"，既意味着性活动（比如伊阿古的双关语，在床上工作），也意味着劳动。

卡拉汉认为：手帕被拿到比央卡那里、被复制，说明了卖淫不是她唯一的或基本的职业，它是对针线活的补充。尽管比央卡和苔丝狄蒙娜都是家庭主妇，这标志着比央卡与苔丝狄蒙娜不同的阶级地位。比央卡是一位"靠着出卖风情维持生活的雌儿"，不清楚比央卡是否用自己卖淫的收益去做衣服或买衣服成品。在这种情况下，她为顾客精心做的可能是未经加工的材料，就像给自己穿的衣服。因为做高等妓女很有可能是对她自己作为刺绣工的一种补充，而不是相反。比央卡和那些出身于受尊敬家庭的未婚女性的外形相符，她们实际上特别容易受到卖淫的吸引。

卡拉汉指出：很大程度上由于纺织工业不付给妇女哪怕是起码的生存薪资，妇女们不得不卖淫。在 16 世纪的奥格斯堡（Augsburg）大量妇女受到卖淫的控告，很多是纺纱工和针织工。像比央卡一样，安娜·林马尔（Anna Linmaer）是熟练的裁缝，制作头巾和好的手帕，她就将工作和卖淫联系在一起。奥尔温·霍夫顿（Olwen Hufton）指出："从事卖淫的一群人，在困难的时候，或结束了一天的缝纫或其他工作之后，求助于商业性行为，这点在这个时期非常普通。"[1]

在工资经济出现之后，有许多方式能减少对男性劳动的依赖，女子可以去洗涤，去喂奶，从事裁缝工作。要不是伊阿古把比央卡定位为一个出卖自己的女人，也许我们不应该把她的身份当作一个卖脸相的妓女。但是人物列表确实将她归类为"高等妓女"（courtesan）。瓦莱丽·韦恩（Valerie Wayne）论述道："在早期近代英国

---

[1] Olwen Hufton, *The Prospect before Her: A History of Women in Western Europe 1500—1800*, New York: Vintage, 1998, p. 332.

这是唯一可能对一个失身于不是自己丈夫的女人可用的描述性绰号。经常与不是自己丈夫、能给她带来一定经济支持的男人发生性关系，可能会使一个女人成为高等妓女，但是这没必要把她的性服务的环境等同于南华克区的妓院。"①

虽然比央卡的环境不可能和《亨利四世》《亨利五世》中的桂嫂的环境相同，但他们同是从事缝纫活的角色。桂嫂宣称，她这边住了"十三四个贵妇人——尽管人家都是好女人，规规矩矩，靠做针线过日子"。（《亨利五世》第二幕第一场）她是一个女裁缝，制作日常的衣物，而不是像比央卡做精美的、装饰性缝纫。在《亨利四世》上篇中，她要求福斯塔夫偿还她的款项：

> 您欠了我的钱，约翰爵士，
> 现在您又来跟我寻事吵架，
> 想要借此赖债。我曾经给您买过一打衬衫。
> 福斯塔夫：谁要穿这种肮脏的粗麻布？
> 我早已把它们送给烘面包的女人，让她们拿去筛粉用了。
> 桂嫂：凭着我的良心起誓，那些都是八先令一码的上等荷兰麻布。

（第三幕第三场）

桂嫂显然买了布料，不管是不是像福斯塔夫声称的那么粗糙，只适合给烘面包的女人筛粉用，还是她反击时说的上等的织物（holland），福斯塔夫理应还钱。比央卡既做针线又做高等妓女，双份收入，而桂嫂只有一份收入。

实际上，作为勤勉标志的女性生产——缝纫，因为它是女性活

---

① See Jean E. Howard and Scott Cutler Shershow, *Marxist Shakespeares*, London and New York: Routledge, 2001, p. 65.

动，用德里达的话来说：早已经有可疑的性暗示。针刺和男性器官的对照在整个欧洲的社会被认同。缝纫提供了一系列下流的双关语，在这些双关语中，根据上下文，针成了危险的或滑稽的阴茎的一种工具。当然，一方面针线活对忠贞的、品德好的、文静的、顺从的女性来说是适当的职业；另一方面又是放荡的女性的象征。这些矛盾的方面在约翰·泰勒的样书《针线范例》中表现了出来。这本书宣称是"一本新的令人羡慕的有关针线活的书，为勤勉的人们新发明和刻的铜制的书"，卷头的插图中，描绘了三个女人，中间坐在一棵树下做针线活的女人代表了勤勉，一边是一个读书的女人，代表智慧，另一边是芙丽，无所事事，只会让她的勤勉的姐姐分心。芙丽是一个迷人的女性形象，她既不缝补又不读书，是斯塔布斯笔下的女性消费者的真实写照。

安东尼·菲茨赫伯特（Anthony Fitzherbert）爵士在他的《务农耕种手册》（*Book of Husbandrye*）中，解释了近代早期女性纺织劳动的特征化描绘中的显著的矛盾：很显然一个妇女无法通过在卷线杆上纺织来诚实地维持生存，菲茨赫伯特承认女性缝纫和刺绣的劳动是不可缺少的，但是她能做的只是稍微补充家庭收入，或者像比央卡，像奥格斯堡的众多妓女一样，通过出卖她的性服务而增加收入，但却使自己"不诚实"。即使早在16世纪50年代，在资本主义制度统治之前，她要独立于男人的经济也只有少量或根本没有社会空间。

尼古拉斯·布里顿（Nicholas Breton）在《巴斯基尔主妇：或有价值与无价值的妇女》（*Pasquils Mistresse*：*Or The Worthie and Unworthie Woman*）一书中写道：珍视她所有的好心情，不让她缺少丝织品、线或亚麻织品，聪明地指示她所做的事：如果她学习用功，劝说她去从事翻译，这会使她远离懒惰，这是一种巧妙的任务；如果她不学习，那么命令她做家事，让她非常心细……让她使用你的金钱但是不能知情你的财产……在外面要对她好，永远爱着她，永不使她痛苦。女人们是新鲜的、血色红润的，虽然有些不智慧和不理性。布里顿的论述是自相矛盾的，女人们应该被允许自由，但又认为她们不智慧和不理性，当众非难她们，比如奥赛罗在威尼斯的使者洛多维科面前打苔丝狄蒙娜，这震惊了苔丝狄蒙娜，她的尊严受到严重的侮辱。

苔丝狄蒙娜被婚姻幼儿化了，这和当时流行文化中所设想的一种纪律和教训的方式有关。

小孩子做了错事，
做父母的总是用温和的态度，
轻微的责罚教训他们；
他也可以这样责备我，
因为我是一个该受管教的孩子。

（第四幕第二场）

在父亲勃拉班修的监护下，苔丝狄蒙娜在处理家事艺术方面已经十分熟练了，但是她似乎期待进一步的教育和训练，只不过教育的严格程度困扰着她。通过这种方式，人们认为女人们较差的道德和思想能力可以得到提高，使她成为对社会有用的人。

奥赛罗承认苔丝狄蒙娜的针线活是其生产劳动的象征，当她字面上被比喻成文本时，她自己成为客体——一张床单——"这一张皎洁的白纸，这一本美丽的书册，是要让人家写上'娼妓'两个字的吗？"（第四幕第二场）注意：这里把床单比作白纸，也很好地说明针织品与印刷纸张的关系。这部剧把亚麻床单和纸张作为普遍的双关语，比如"床 bed"和"床单 sheet"也被打印店用作对纸张和其压着的东西的"技术"专门术语。同样地，在《无事生非》

的笑话中，里奥那托和克劳迪奥虚设一局，说贝特丽丝如何爱恋培尼狄克，让培尼狄克动心，其中谎称贝特丽丝有一次写了一封信，把它读了一遍，发现刚巧把贝特丽丝与培尼狄克写在了一块儿（She found Benedick and Beatrice between the sheet），前面说一张纸"a sheet of paper"，sheet 也可做床单解，于是这句话也可理解为：发现刚巧贝特丽丝与培尼狄克在一个床单上，意即睡在一起，这是莎士比亚故意巧用双关语所制造的喜剧效果。奥赛罗把手帕当作苔丝狄蒙娜贞洁的标志，丢失手帕就是罪恶的确证。丢掉了手帕的苔丝狄蒙娜请求爱米莉亚，"请你今夜把我结婚的被褥铺在我的床上，记好了"。卡拉汉认为床单是悲剧的预兆，引起了结婚的被褥和裹尸布之间的联想，象征交配和死亡，似乎是一种心理补偿，就像是丢失爱情纪念品之后用身体来代替：

> 爱米莉亚：我已经照您的吩咐，把那些被褥铺好了。
>
> 苔丝狄蒙娜：很好。天哪！我们的思想是多么傻！要是我比你先死，请你就把那些被褥做我的殓衾。
>
> （第四幕第三场）

女性织品最后成了女性的殉葬品，这是怎样的悲哀！女性被男性束缚在织品的世界中，这是她们主要的物质劳动，偶然有女性读书、写作，那也只是作为消遣，并不被冠冕堂皇地作为事业，如男性所做的那样被尊重。

第三节　私人世界和公共世界

《奥赛罗》第四幕第三场是一场闺房戏，是私人世界的缩影，女人们的王国，它不只是显示床用织物的时刻，还是脱衣的场景，苔丝狄蒙娜说"先替我取下这儿的扣针",针在这里也是男性器官的双关语,然后穿她的"睡衣"。《哈姆莱特》中,奥菲利亚描述道:当她在自己的小房间里缝纫的时候,看到哈姆莱特"跑了进来,走到我的面前;他的上身的衣服完全没有扣上扣子,头上也不戴帽子,他的袜子上沾着污泥,没有袜带,一直垂到脚踝上"。在第一对开本中,幽灵也穿着睡袍来到乔特鲁德的房间。睡衣、卧室,这些都是私人世界。但我们不能想象哈姆莱特穿着睡衣说出"生存还是毁灭"的哲理名句。有些批评家观看了马克·瑞兰斯(Mark Rylance)的戏剧作品,非常愤慨,因为在这个演出中哈姆莱特身着睡衣用英文发表了这段最著名的独白。

卧室是私人世界,而舞台是公共世界,如何把私人世界公共化,如何表现出性别的特点?要知道:苔丝狄蒙娜只是穿着最贴身的衣服——亚麻内衣。皮特·斯达利布拉斯(Peter Stallybrass)在一篇重要的论文中讨论当时这一场景的演出情况,因为当时女性角色是由男童扮演,他提出:当苔丝狄蒙娜脱衣服时,观众们到底看到了什么?看到了男孩演员的男性的胸部和身体。那么如何体现女性的特点呢?必须依靠织品衣物!戏剧安排也许要更多地依靠苔丝狄蒙娜的内衣物,也就是依靠衣物而不是演员的身体。有趣的是这些织品是女性生产的,又被用来塑造出女性标志。这种服装通常是公共审视对象,这一点在乔治·惠茨通(George Whetstone)的《民间话语七日谈》(*Heptameron of Civil Discourses*)中非常明显:"尽管她的身体是平坦的,但她穿着的衣物必须是精巧的、美好的:她会用丝绸来装扮:如果她的袖子、打褶绣花的紧身小衫和其他的衣物是粗糙的、破的、很久没洗的,她绝不会被陌生人称赞,甚至连她的丈夫也不会高兴。"惠茨通敦促妻子们应该穿着干净的贴身内衣:"妻子穿得干净是值得表扬的。"这并不只是他一个人的观点,托尔夸托·塔索认为女性们不仅要注意她们自己的贴身衣物,还要注意家中其他人的衣物："除了保持家庭、为家人提供饮食等，英国妻子还必须学会怎样在自己的事务之外，外在和内在都要装扮自己，抵御寒冷的同时也要在人前显得好看，为了皮肤的清洁和光滑，必须远离肮脏的汗液和寄生虫；首先就要考虑毛纺衣物，其次考虑亚麻衣物。"①

亚麻织品与皮肤接触，层层衣服建构了早期近代女性的身份，贴身衣物要远离肮脏，尽责的家庭主妇从而成为对家庭成员身体上和精神上的卫生都要负责的人。演员爱德华·阿莱恩（Edward Alleyn）在旅途中写信给留在充斥着瘟疫的泰晤士南岸区的妻子琼（Joan），提醒道："我可爱的小老鼠，保持家里的清洁和干净，我知道你会这样做的；每天晚上在你的多尔镀金画前和屋后洒水，储存芸香和恩赐的鲜草。"②

由亚麻织品等一些私人物品，卡拉汉进一步向私人世界引申，她认为私人世界与公共世界的交融不仅体现在卧室与舞台的有机结合，而且体现在剧中人物在私人生活和公共生活中的穿梭。男人在战场上叱咤风云，而在私人卧室里却未必得心应手。《理查三世》中写道：

> 那面目狰狞的战神也不再横眉怒目；
> 如今他不想再跨上征马去威吓敌人们的心魄，
> 却只顾在贵妇们的内室里伴随着春情逸荡的琵琶声轻盈地舞蹈。

（第一幕第一场）

---

① George Whetstone, *Heptameron of Civil Discourses*, 1582, pp. 73 - 74.

② See Jean E. Howard and Scott Cutler Shershow, *Marxist Shakespeares*, London and New York: Routledge, 2001, p. 74.

　　奥赛罗是将军，为威尼斯南征北战，立下大功，但不能在调情弄爱的卧室和战争世界之间进行角色转换。"我言语是粗鲁的，一点不懂得那些温文尔雅的辞令，因为自从我这双手臂长了七年的膂力以后，直到最近九个月时间在无所事事中蹉跎过去以前，它们一直都在战场上发挥它们的本领，对于这一个广大的世界，我除了冲锋陷阵以外，几乎一无所知。所以我也不能用什么动人的字句替自己辩护。"（第一幕第三场）正因为他在私人生活方面严重缺乏自信，强烈的自卑感使他轻易地相信了伊阿古的鬼话，怒斥苔丝狄蒙娜。面对这突如其来的辱骂，苔丝狄蒙娜百思不得其解，她天真地解释"一定是什么国家大事，或是他在这儿塞浦路斯发现了什么秘密的阴谋，扰乱了他的清明的神志。"（第三幕第四场）在她看来私人世界不会有任何的问题，她问心无愧，只有公共世界的事才能使他乱了心绪。爱米莉亚说："谢天谢地，但愿果然像您所想的，是为了些国家的事情，不是因为对您起了疑心。"（第三幕第四场）爱米莉亚正确地理解了两性之间的嫉妒比威尼斯人与土耳其人关于塞浦路斯的纷争更重要，"私人的"愤怒使奥赛罗不能胜任"公共的"事务。这也证明了并不能把国家大事与私人事务分离，两者紧密相连，甚至有因果联系。

　　《奥赛罗》展示的公共世界和私人世界之间是矛盾的，男性的城墙、堡垒的世界与女性织品的世界是矛盾的。织品代表了私人世界的脆弱、可渗透性，而且至关重要地代表了女性的物质文化所不稳定地支撑着的公共世界的可渗透性，床单证明了即使最私人的空间也有效地表明人物在公共空间中的地位。

　　女性被禁止穿越男性全部政治世界的界限。例如，苔丝狄蒙娜因为试图参与丈夫的事务，请求奥赛罗给凯西欧复职，因而她不仅被劝阻，而且被杀害。很少有证据证明早期近代文化欢迎女性介入公众事务。卡拉汉考证：1625 年有一个名叫伊丽莎白·凯丽（Elizabeth Cary）的女子，她不麻烦丈夫，不麻烦社会，她从事文学活动，创作《婚姻的悲剧》，而不是试图参与公众事务。她的丈夫回信给都柏林的康韦勋爵说："我以为女性不适合做处理国家事务的律师，因为尽管有时她们会有不错的智力，但通常结果是她们有好管闲事的性格。对我来说，我感到更令人欣慰的是，她安静地回到她乡下母亲那里，而不是在法庭获得了一套制服。"① 在第三幕第四场，苔丝狄蒙娜屡次为凯西奥复职求情，奥赛罗对此一次又一次地说"拿手帕来"（"The handkerchief！"）奥赛罗重复的话就是将她限定在家庭领域中的"城墙和边界"中，不要管军中的事情，公共世界的事情只能由男人掌管。当然，苔丝狄蒙娜犯了把军中纪律、公共伦理当作家庭伦理来处理的错误，她不该干预公务，尤其是军中之事。但卡拉汉认为把整个女性都排斥在公共世界之外、认为女性没有资格参与公共世界，这是剥夺了女性的人权，是社会的不公平，是对女性的歧视。卡拉汉从女性主义的角度批判当时社会对女性的压制，批判性别的不平等现象。

第四节　女性的生产与消费

消费是女性与每个生产领域发生关系的重要方面，消费必定存在于生产动态中，消费不能和生产合并。手帕本身不仅是奥赛罗给苔丝狄蒙娜的爱情的象征物，还是一种奢侈消费的符号。当爱米莉亚坚称，她不会"为了几丈细麻布，或是几件衣服、几条裙子、一两顶帽子，以及诸如此类的小玩意儿"而背叛丈夫，但可以为了得到"整个的世界"而背叛丈夫。因此从女性消费的角度来讲，爱米莉亚明确有力地表达了一种对婚外情的姿态。她毫不怀疑地将自己

---

① See Jean E. Howard and Scott Cutler Shershow, *Marxist Shakespeares*, London and New York: Routledge, 2001, p. 77.

与那些女人区分开来，与那些像比央卡一样通过委身来交换物质，比如床单、衣服、手帕、内衣、装饰品等的女人区分开来。

托马斯·塔塞（Thomas Tusser）的《家庭主妇的一百个妙处》（*A Hundred Good Points of Housewifery*）将节俭的家庭妇女与悠闲的女性消费主义进行了对比：

> 好裁缝传播好的漂亮的技法，
> 好的家庭妇女应该缝补她们的衣服，
> 制造和缝补是家庭妇女的生活，
> 及时缝补的家庭妇女应该被赞扬。
> 虽然女士们每天可能把衣服穿破和购买新衣服，
> 但好的家庭主妇必须缝补，必要时再购买新衣物。[①]

从事生产的女性是值得赞扬的，而消费或撕破衣服并购买新衣的女性在道德上是要受到质疑的。

伊阿古把女性家务与性生活扯在一起，在"码头"一场他强调：她们在家庭和性别方面的作用加剧了工作和性快感之间的区别，"叫你们管家，你们只会一味胡闹，一上床又十足像个忙碌的主妇……你们起来游戏，上床工作。"（第二幕第一场）这段话很下流。卡拉汉认为：这里可能有古罗马诗人奥维德的回音：奥维德悲叹女性在性生活时还想着她们的针线活。伊阿古对家庭主妇的批评，是让奥赛罗将贞洁的苔丝狄蒙娜看作是取代勃拉班修家里的家庭主妇，而不是看作尊贵的夫人。

菲利普·斯塔布斯（Philip Stubbes）在《恶习的剖析》（*The Anatomy of Abuses*）中对女性闲暇消费进行严厉攻击：一些女性每

---

① See Jean E. Howard and Scott Cutler Shershow, *Marxist Shakespeares*, London and New York: Routledge, 2001, p. 61.

天在床上躺到9点或10点，被叫醒后，需要用2、3个小时去穿衣服，穿好以后，她们开始吃午饭，吃清淡可口的肉和酒。然后她们的身体得到了满足，头脑因为喝了酒而昏头昏脑，她们出去走一段时间，或者与她们的密友谈论。然后消磨时间直到夜晚。另一些女性把一天中大部分时间花在站在门口，展示她们，让大家知道她们的美貌，注视路过的行人，观看衣服和时尚，给自己招来追求者。如果不是这些原因，我认为她们再也没有别的原因从早到晚坐在自己家门口，懒惰、罪恶、徒劳地消磨她们珍贵的时间。这些都是老生常谈的对女性懒惰、卖弄的诽谤。即便200多年后的玛丽·沃尔斯托克拉夫特（Mary Wollstonecraft）也依然抨击在上午穿晨袍的女性。男性被理解为从事生产活动的人，与自然角斗；女性则相反，被设想为一种自然慵懒的人。象征劳动和工业的纹章图案是男性的手、强壮的动脉、肌肉和筋腱。评论家对女性再生产的劳动提出了质疑，宣称这种劳动被认为是不比"鹅生蛋"费力气。斯塔布斯描述了颓废的女性消费典型，追求奢靡，在17世纪这种消费很有势力。比如，在詹姆斯·雪莉（James Shirley）的《愉悦的太太》（The Lady of Pleasure）中，鲍威尔（Bornwell）责备他的妻子，因为她更换过分浮华的意大利大师的家具和荷兰人的图画。

在资本主义思想意识的操纵下，男性与良性生产联系在一起，女性与奢侈的消费、闲暇、懒惰联系在一起，结果使一些女性的懒惰过于明显，而抹去了女性消费和女性工作的历史事实，包括生产性的和再生产性的，这些都是经济增长不可缺少的成分。马克思当然强调以消费为代价的生产。因为女性的劳动在过去没有被定义为生产，结果是整体上阻拦了女性与生产之间的联系，包含生产和使用，比如整理床铺、洗涤、保管和修补床单织物，防霉防蛀，在狭义的劳动方面这些都不是"生产性的"。

最后卡拉汉得出结论：《奥赛罗》关于手帕的段落，不只是因为它和针线活有关而值得注意，而是作为英国文学中最引人注目的创造性的范例，手帕起码展示出了看不见的女性工作、审美劳动与生产劳动之间的绝对不同的创造。文学话语在其自身审美实践和难以处理的物质、社会、散漫的生产和生活的实践范围之间的分歧中来回移动。在历史进程中，女性身份的确定是和生活有关，而不是与文字有关。莎士比亚戏剧中强调女性劳动的实体物质证明了：规范的写作与关于床单、主妇的不规范的小诗一样，占据了文学的范围，也就是说那些对于话语和实践的审美修辞使它们成为文字领域的不言而喻的部分，包括亚文学、家庭文学。《奥赛罗》中的手帕象征了写作和非写作、物质生产与文化生产的中间地带。

卡拉汉的这一研究巧妙地通过《奥赛罗》中的针织品"手帕""床单"，透视莎翁时代女性社会地位的具体表征，反映当时女性的物质生产和文化生产的状况，考察织物如何被写入文化生产的剧本。针织类似于写作，是一个个编织的符码，在那个时代，男性瞧不起妇女写作，甚至剥夺女性写作的权利，而织品比写作更有一层象征意义，它成为女性的标志性物品，男性将女性锁定在这一个框架内，即女性应该大门不出，二门不迈，相夫教子，缝缝补补，织织绣绣，一旦女性越界或超越本分，不拘泥于私人世界，要涉足公共世界，那么就是失贞，不守妇道，就要被扼杀。卡拉汉以早期近代英国大量的史料为坚实的依据，令人信服地论证了马克思主义对妇女在历史上被男权社会压制的本质，正如恩格斯所指出的"为了保证妻子的贞操……妻子便落在丈夫的绝对权力之下了；即使打死了她，那也不过是行使他的权利罢了"①。卡拉汉的文章是一篇唯物主义女权主义的佳文。

---

① ［德］马克思、恩格斯：《马克思恩格斯文集》第4卷，中共中央马克思恩格斯列宁斯大林著作编译局编译，人民出版社2009年，第70页。

第 三 章

早期近代英国的经济与
地理在莎剧中的表征

　　莎士比亚的戏剧是英国早期近代戏剧的杰出代表，那时期戏剧如此繁荣，并不仅仅受惠于政治和文学传统，而且受惠于经济发展和地理发现，英国的贸易已经遍布全球，成为当时的世界强国，这不可避免地影响莎士比亚的创作。美国莎评家瓦尔特·科恩（Walter Cohen）运用马克思主义的唯物主义观念，探讨经济、地理对莎士比亚的影响，他的论文《未被发现的国度：莎士比亚和商业地理》是一篇考证夯实、论证充分的力作。

　　在海外扩张中经济是决定性角色，那个时代的批评都低估了经济的作用。欧洲经济扩张主要依靠资本主义农业的出现，在英格兰依靠地主和雇农体系。本土的经济变革增加了从海外获得商品的可能性，推动了增加进口的要求，刺激了海外事业，不是追求奢侈物品，而是追求富裕。在莎士比亚出生前不久，英格兰发起了在伦敦商业精英领导下从事海上全球贸易的现代帝国冒险。除了国家政策之外，经济利益，特别是商业，推动了欧洲尤其是英格兰在文艺复兴时期对全球的统治，在学界对文艺复兴时期文学和剧场的社会讨论中，关于这一方面的讨论一直是缺失的，那些讨论往往强调其中君主和贵族的文化，总是低估中间社会团体和阶级的影响。我们将会看到，创新的特点和动因不仅通过独特的主题，而且通过新视野，来孕育莎士比亚戏剧。

第一节　英国海外扩张的版图

海盗、进口和新航道的开辟。从 15 世纪晚期开始，皇家特许的，以伦敦为基地的英国商人冒险公司控制了英国的国际贸易，将布匹输出到欧洲的西北部，特别是安特卫普（比利时港市）。在莎士比亚的最后生涯中，这一公司及其以"老布匹"而出名的毛纺织品仍然处于民族商业团体的中心地位。

但是有两点是 16 世纪下半叶的标志。首先，在那个时代德雷克、霍金斯和其他的私掠船远征攫取了一些利比亚半岛的新的世界财富。这些掠夺既是 1585 年到 1603 年英格兰和西班牙之间的海上之争的原因，又是结果。英国进行战争，强夺战略品的主要方式不只是利用国家的力量，而且采取了完全的海盗行为和日常的海外商业贸易。尽管这场战争在军事上并非决定性的，但它削弱了西班牙的经济和海运，从而加强了英国的经济与海运，使英国取得了海上霸权，同时，它提升了英国的民族主义热情。

其次，伦敦的商业集团组织了一系列新的皇家特许的公司，这些公司致力于进口，包括所有的丝织品、无籽葡萄干和香料，还有其他各种物品，而不是出口，目标是新的地理方向——朝着西班牙、葡萄牙、西非、俄国、威尼斯和黎凡特，朝着波斯和东印度。无论生产扩张的范围，还是增长的数量都显示兴旺的态势，他们最大的利润来自于土耳其帝国。在 16 世纪 70 年代早期，英国商人返回到地中海，最初是为了与意大利人贸易，后来退出地中海，几十年后他们的重返也许是因为威尼斯和土耳其争夺塞浦路斯岛，也许是由于新的海上掠夺浪潮（1569—1572），两者都削弱了英国的欧洲贸易竞争对手，后者使英国海运（包括它的军事能力）和商业组织装备精良，具备抵御能力。土耳其的贸易开始于 16 世纪 70 年代末 80 年代初。在 16 世纪 80 年代，英格兰在奥斯曼帝国的主要城市都设立了领事，包括阿勒波、亚历山大、阿尔及尔、大马士革、突尼斯，叙利亚的特黎波里和巴巴里的特黎波里，更重要的一步是 1592 年对威尼斯和土耳其公司的合并。

16 世纪的最后 15 年在英国的扩张当中，东印度公司成立于 1600 年，1607 年开始从塞拉利昂进口红杉树。西印度群岛的走私贸易在 1602 年开始扩张，1604 年在圭亚那地区建立了殖民地。弗吉尼亚公司成立于 1606 年，紧接着建立了詹姆斯敦殖民地。1602 年，特别是从 1606 年开始，新英格兰（现美国东北部）重新开始了勘察和贸易，为了更北部地区的事业，1610 年被特许建立了纽芬兰公司。1602 年重新开始探求西北航道通往遥远的北方。1607 年航行去俄罗斯公司的目的是为了寻找经由北极通向南海的新航道，亨利·哈德森观测到了斯匹次卑尔根群岛的西海岸，它位于南纬 76 度到 81 度之间，北极圈以北。3 年之后，他得到东印度公司和莫斯科公司还有贵族和伦敦商人们的赞助，这是他最后的航行，进入哈得孙湾寻找西北航道。

到 1620 年，所有探寻美洲的首创精神受到挫折，但是从那以后他们几乎是立刻为新的贸易浪潮准备了新的道路，当第三代商人们开始负责美国的贸易时，他们经营毛皮、殖民地居民的供应品、烟草以及后来的糖和奴隶。美洲对他们开放是因为它最初与欧洲贸易相比是更冒险、更艰巨、更少赚钱。贵族统治者、上流社会人士和伦敦的商人试图在新世界迅速获利，但是失败了。这些新的、呈上升趋势的多变的商人在那些比他们更好的人都无法成功的领域成功了。他们的贸易航线有三种方向：都铎王朝和早期斯图亚特王室的贸易方向——将"旧式的布匹"出口到西北欧；从南部和东部进口丝织品、葡萄干、香料；进口新世界的殖民扩张的新产品。

莎翁地理学来源。从16世纪80年代开始，英国的海外目标从通过在陆地上征服来反对法国的军国主义，转向在海洋上征服来进行商业的首创。理查·哈克鲁特（Richard Hakluyt）的《主要的航行》（*Principal Navigations*）（1598—1600）证实了这种转换的最重要的理性力量。莎士比亚可能看过这本书，了解他的国家的海外经济扩张。莎士比亚也可能从一些重要的商人和朝臣那里得到了信息，这些人是航海业的积极的赞助者，而且很可能与他的诗和戏剧事业或私人事务相关，他们是沃尔辛厄姆（Walsingham）、伯里（Burghley）、兰赛斯特（Leicester）、埃塞克斯（Essex）、骚桑普顿（Southampton）、索尔兹伯里（Salisbury）、拉尔夫（Ralegh）、达德利·狄金思（Sir Dudley Digges）、威廉·莱文森（William Leveson）和亨利·雷恩斯福德（Henry Rainsford）。最有力的迹象是关于骚桑普顿、狄金思和莱文森。当然"莎士比亚肯定看到了泰晤士河上不断增长的商船数量，也通过桌上的食物和临时寓所中的物品了解英国的海外贸易已经扩张到哪些地方。"①

英国的海外经济也为莎士比亚剧团提供了保障。这个剧团享受着王权所带来的垄断的好处，不必在自由市场上闯荡。众所周知，他的剧团受大臣、国王的支持和庇护，因此被称为"宫内大臣供奉剧团"，后改为"国王供奉剧团"，莎士比亚剧团获得最高荣誉，成了王家剧团。莎士比亚的收入包括演员的工资、编剧酬金以及作为剧团合伙人所应得的利润份额。

而17世纪20年代开始从事美洲商业的新商人缺乏王权的保护，他们极大地依靠奴隶制，依靠劳动的约束。人们不会忽略在这些商业开拓中内在的政治分化，17世纪40年代的革命使皇家特许

① Jean E. Howard and Scott Cutler Shershow, *Marxist Shakespeares*, London and New York: Routledge, 2001, p. 133.

的伦敦商人明白他们的利益最终与王权联系在一起，在国内战争时期，他们支持王权，皇家特许的伦敦代理公司根据同样的认识把他们看作商业的先锋派。与此相对，没有皇家许可的美洲商人在把议会里更激进的贵族联结到伦敦人中发挥着关键的作用，这些伦敦人需要灵活地支持革命事业。另外这些商人与新型军队中有激进思想的军官联系密切，这些军人最终执政，支持这些商人。从英伦三岛共和国时期以来，英格兰采取一个挑衅性的帝国外交政策，尽管在体制上依赖王权，但是垄断的海外经济尝试有助于革新，现代化的勃勃生气最终削弱旧的秩序。对莎士比亚来说，英国在海上事业的抱负和成就有助于启发他的灵感。

莎翁戏剧既写英格兰，也写其他国家，比如古代、文艺复兴时期的意大利，中世纪的或文艺复兴时期的法国，还延伸到了北非和西亚，莎士比亚将哥特人和摩尔人、西班牙人和亚马孙人、爱尔兰人和犹太人、摩洛哥人都带到了舞台上。

科恩对莎剧中的地名进行全面的搜寻和梳理，开列了一个清单："莎剧所涉及的地理对我们来说几乎造成了一种全球感觉。频繁出现的是现代英格兰、意大利、法国和古希腊、罗马。如果涉及城镇、区域、河流、地标、产物和人，会写到冰岛、爱尔兰、英格兰、苏格兰、拉普兰、北极、挪威、丹麦、低地国家（指荷兰、比利时、芬兰、布拉班特）、法国（纳瓦拉、勃艮第、布里塔尼、诺曼底和其他地区）、德国、意大利、罗马、俄国、波兰、波希米亚、奥地利、匈牙利、潘诺尼亚、特雷斯法尼亚、特雷斯、伊利里亚、大马西亚、希腊、撒丁岛、西西里、爱奥尼亚海、亚德里亚海、地中海、克里特、萨索斯岛、罗得岛、莱斯博斯岛、塞浦路斯、土耳其、君士坦丁堡、赫勒岛、艾奥纳、莉迪亚、弗里吉亚、西里西亚、卡帕多西亚、辛梅里安、彭透斯、黑海、锡西厄、鞑靼、卡尔其斯、阿美尼亚、高加索、美狄亚、帕提亚、波斯、西卡尼亚、亚述、美索不达米亚、巴比伦、叙利亚、阿勒波、大马士革、腓尼基、泰尔、约旦、以色列、巴勒斯坦、阿拉伯、奥特曼帝国、埃塞俄比亚、埃及、亚历山大、利比亚、特里波利、突尼斯、迦太基、阿尔及尔、摩洛哥、巴宝莉海岸、毛里塔尼亚、加那利群岛、马德拉群岛、葡萄牙、西班牙；百慕大、西印度、圭亚那、墨西哥、弗吉尼亚、美国和新世界、南海、东印度、印度、中国、蒙古，更带有幻想的是：食人肉的人，侏儒族和女战士族。这份列表还没有穷尽，它还不包括里斯本、耶路撒冷、尼罗河或撒克逊人。"①

　　莎士比亚大部分戏剧都包括政治冲突和军事冲突，这些经常发生在主权国家和存亡攸关的帝国雄心之间，因此总是与帝国有关。大多数作品中这种矛盾冲突有海事特点，如海洋（包括其中的鱼类和暴风雨）、轮船、航海，或者这些出现在隐喻里。旅行经常涉及冒险和贸易，也涉及从事这些活动的商人和海盗，以及木船和商船队，另外还有活动的战利品，亚麻织品、绸缎、珠宝、香料；从东方来的宝石、毒品、燃料和药物；来自中国和波斯的丝绸；来自东印度的香料，包括姜、肉豆蔻、胡椒；来自俄国的毛皮、大麻、亚麻、油脂、蜂蜡；来自纽芬兰和新英格兰的鱼类；来自中东的地毯；来自威尼斯及其所占领岛屿的红醋栗、石油、甜酒；来自葡萄牙属西非和大西洋岛屿的象牙、酒、糖、燃料；来自西班牙的油、葡萄干、杏仁、柠檬、橙子和酒（尤其是袋装的）；来自通行西班牙语的美洲国家的黄金、白银、宝石、珍珠、糖、香料、燃料和丝绸；英国出口的用来偿付这些商品的布料。正是这些来自海外的东西让莎士比亚了解了英国庞大的贸易版图。科恩这一扎实的研究是非常精彩的马克思主义唯物主义文学研究的范例，以事实说话，从莎剧中找出大量的证据来说明海外扩张及国际贸易对莎剧的影响，

① Jean E. Howard and Scott Cutler Shershow, *Marxist Shakespeares*, London and New York : Routledge, 2001, pp. 132 – 133.

反过来也说明莎士比亚迅捷地反映时代的变化发展；经济发展、地理扩展影响文学，文学反射经济。

不过，科恩认为："这种相互关系并不是因果关系，戏剧中的语言、人物和情节与英国海事扩张的商品之间的对应关系可能是偶然的或无关紧要的。"① 文学和戏剧的传统似乎很大程度上影响了莎士比亚地理学。霍林希德的《编年史》（Holinshed's Chronicles），普鲁塔克的《希腊罗马名人传》、意大利的中篇小说或戏剧、马洛的戏剧等都是莎士比亚写作借鉴的原始材料。马洛对莎士比亚的持久的影响力就特别突出，虽然莎士比亚通常总是对马洛与时代格格不入的思想的反应既迅速又谨慎，但几年后马洛反基督教的主张拐弯抹角地又重现了，有时是以地理学的形式出现，马洛的《浮士德博士》对欧洲传统精神的审视，被莎士比亚借鉴到《哈姆莱特》中，马洛的《马耳他岛的犹太人》中对犹太人的轻视，被莎士比亚部分地借鉴在了《威尼斯商人》中。在文化和宗族的边缘地带，马洛笔下的地中海岛屿重新露面在《奥赛罗》的塞浦路斯岛和《暴风雨》的荒岛中。马洛的《帖木儿》中英雄式的夸耀可能在莎士比亚最初的亨利系列戏剧中表现为爱国服务，又在《科利奥兰纳斯》和《安东尼与克里奥佩特拉》表现异国题材的作品中再次出现。莎士比亚学习马洛的写法，热衷于描绘广阔的地域范围，《安东尼与克里奥佩特拉》把海洋表现得波澜壮阔，把中亚的迷人魅力展示得淋漓尽致。

以上是经济学解释和文学解释，我们总是可以在文学解释和经济学解释之间做出选择，因为这两个选项并不是相互排斥的，而是在不同意义上起作用。就算莎士比亚遵循剧场的时尚，人们也许需要知道标准的舞台实践是否在某种程度上响应了国家推行的重商主

---

① Jean E. Howard and Scott Cutler Shershow, *Marxist Shakespeares*, London and New York : Routledge, 2001, p. 133.

义。即使在莎士比亚的戏剧中，海运事业、国际贸易的表现是不经意的结果，但国际贸易在这些剧中依然存在。

莎士比亚经常借用材料来源，又超越他的材料来源，旧瓶装新酒。通过强调贸易物品和帝国的进程、跨文化的交往、异国情调的细节、航海术语和海洋经历，来呼应海外经济扩张。莎士比亚作品中的商品清单紧密地和海上事业相匹配，而不是与文学传统相匹配，特别是表现来自欧洲文明边缘的人物形象或超出欧洲文明边缘的人物形象——《泰特斯·安德洛尼克斯》《奥赛罗》中的摩尔人，《威尼斯商人》中的犹太人，《安东尼与克里奥佩特拉》中的埃及人，《暴风雨》中的美洲人，这些可以增加远离欧洲的距离感。描写陆地上的维洛纳、米兰、帕多瓦、贝加莫，波希米亚海岸似乎在作品中表明了一种对海事的敏感性。我们把莎士比亚作品中地理位置的发现和他所有的文学材料来源和英国商人从事的贸易航线加以对照，贸易航线充实了莎剧中的地理和材料。16世纪80年代英格兰所开设领事馆的每一个城市都在莎剧和哈克鲁特的《主要的航行》中被提及。然而在那些城市里只有古代亚历山大能够在莎士比亚作品《安东尼与克里奥佩特拉》的原始资料（普鲁塔克）中找到，还有《麦克白》中的阿勒波（还顺便提到了水手和商船），也就是说莎剧虽然写的是过去的故事，却加进了他所处时代的地理大发现和国际贸易的航线，当然这是受1604—1606年的东方航线的启发。简而言之，尽管国际贸易对莎剧的确切影响估量起来有些困难，但是毫无疑问它有特殊的重要性。

第二节 莎剧类型的变化与地理转换

莎剧中地理转换伴随着时代变迁：晚期的剧作比早期的剧作显示了更大的全球范围。最初他的剧本对英格兰和意大利的强调后来越来越多地让位于古代地中海的描写，莎士比亚在早期曾放弃描绘古代地中海，晚期又回归，部分是因为全景的考虑。拓展的空间、时间，与戏剧类型的变换相一致，这种类型变化指从民族历史剧和浪漫主义喜剧转到悲剧和悲喜剧，最终是传奇剧，又和这些戏剧类型要求更大的意识形态的自由相一致。并非《安东尼与克里奥佩特拉》或《泰尔亲王配力克里斯》有空间的广度，除了《威尼斯商人》之外，没有哪部早期的意大利剧把地理的限制与自然和文化界限问题相联系，如后来两部意大利作品《奥赛罗》和《暴风雨》。莎士比亚描写范围的改变可以归于个人的经历、剧场时尚、17世纪开始时的深刻的危机感以及后来的詹姆斯一世的统治。他在剧中频繁地设置国外场景、人物和剧中的幻境，这些转变可能与1550年之后的英国海外扩张的变化有关，因为这些变化既是渐渐的，又是重叠的，人们发现几乎莎士比亚每部戏剧中都能找到多重倾向的共现。尽管编年史与地理发现并非一一对应，但毫无疑问，莎士比亚的地理遵从了这种时代的变化。

哈克鲁特有一个观点：英国历史剧几乎是不可避免地将注意力集中在描写与法国的战争上。哈克鲁特是英国的地理学家，西北航道公司创始人之一。他的这种观点表现在《亨利六世》（上）《约翰王》《亨利五世》里，这些剧作都在16世纪晚期上演，是莎士比亚早期的作品，这时英国要求扩张国家的疆域，超过加来（法国城市）的界限。《亨利六世》上篇里描写英国征服法国，夺得巴黎、安汝、缅因、诺曼底，但在《亨利六世》中篇里安汝和缅因又被还给法国。《亨利六世》中篇描写约克与兰开斯特两大名门家族仇杀，并表现了凯德起义。凯德，是爱尔兰人，他抗议英国的统治，组织人民暴动，其中有屠夫、织工等，反对英国的苛捐杂税，剧中还涉及"老布匹"的毛纺织品。凯德的部队与汉弗莱·斯塔夫德爵士的队伍狭路相逢、兵戈相向，斯塔夫德骂凯德为"叛逆的村夫，肯特郡的社会渣滓"，而凯德反唇相讥说"这几个穿绸裹缎的家伙，我不理睬他们"。斯塔夫德先生反驳说凯德是一个"裁缝师傅""剪绒毛的"（第四幕第二场），这里涉及服装制造这一经济现象。当凯德活捉执行税务制度的塞伊大官时，他一语双关地狠狠训斥塞伊勋爵："你这个穿绸缎、毛呢、麻布的大官！你现在落在我的法律管辖之下啦。"（第四幕第七场）最后下令处死塞伊。瓦特·科恩认为在这里莎士比亚通过绸缎、毛呢、麻布这些织物反映布匹工业，涉及西北欧的传统经济。凯德的理想是："在英国三个半便士的面包只卖一便士，三道箍的酒壶改成十道箍，我把喝淡啤酒的人定重罪。整个国家都是大家共有。我要在契普塞德大街上放马。只要当上国王——我一定要当国王……我们将不用货币，大家吃我的，喝我的。我要大家穿同样的制服，从而使他们亲如兄弟，一致拥护爱戴我这个国王。"（第四幕第二场）凯德暴动是想当国王，想改革英国的经济，建立一个共享的社会，使穷苦人过上好日子。不过，他的理想只是空谈，是缺乏理论、缺乏政治纲领的朴素的农民思想，他的起义注定是失败的。

英格兰的地位在莎士比亚最有特色的、最内省的、最幽闭恐惧的作品《哈姆莱特》中得到了详尽的表现。这部剧回忆了哈姆莱特父亲在挪威和波兰的胜利；将福丁布拉斯从挪威穿越丹麦攻打波兰改编进剧本，再将雷欧提斯送去了巴黎——宫廷气派的、优雅的中心，国王拒绝了哈姆莱特"回到德国威登堡大学"的要求，他的同学霍拉旭从威登堡到丹麦的埃尔西诺来参加老国王的葬礼；哈姆莱特被克劳狄斯运送到英格兰处死，幸运的是他遇到海盗，使用调包计，借英王之手除掉押送他的同学罗森格兰兹和吉尔登斯吞；最后从英国来的迟到的使者看到哈姆莱特、国王、雷欧提斯残杀的结局；而挪威的福丁布拉斯荣幸地、轻而易举地获得丹麦。这些事件的地点丹麦、挪威、德国、英国等都寓指欧洲的西北部。这个剧所涉及的空间地理位置比较广，提到了从南方到东方，有土耳其、普罗旺斯和巴巴里；有塞内卡和塔西佗；关于古地中海，有迦太基；有戏中戏的演员首次表演特洛伊的毁灭，有罗马。而这些恰恰反映了当时英国人的足迹已遍及这些地域。

《哈姆莱特》叙述海盗救了哈姆莱特，这一事件颇有意味。在文艺复兴时期，海盗掠获商船，进入全盛时期，也是商业扩张的一部分。从 16 世纪 80 年代晚期，特别是 16 世纪末，英国的、丹麦的外交、海盗行为一般都会涉及贸易，丹麦和波兰向西班牙、荷兰出口葡萄酒，英国夺取了丹麦的海运，丹麦对英国来的商人和渔夫要求收取通行费和许可证。简而言之，《哈姆莱特》通过广泛借鉴古代遗产和早期近代时期的社会情况把中世纪的复仇故事重新想象。《哈姆莱特》中地理、政治和文化的范围之广，导致了杰弗里·布洛认为莎士比亚的目的是"把整个宫廷社会和国际相联系"。

在《哈姆莱特》中有关水上的、海洋的和航海的言语非常引人注目，这跟地理有关。在雷欧提斯获得皇室允许回到巴黎时，两次都提到了他的交通方式——渡海。哈姆莱特被船遣送到英格兰的计划至少被提及了五次。瓦特·科恩认为莎翁喜欢用大海作比喻，和浪漫主义的一般模式一致，大海一般暗示不吉利。例如马西勒斯问到为什么要"向外国购买战具；为什么征集大批造船工匠，连星期日也不停止工作？"霍拉旭警告哈姆莱特鬼魂可能"会把他诱到潮水里去"。哈姆莱特犹豫是否选择"挺身反抗人世的无涯的苦难，通过斗争把它们扫清"（take arms against a sea of troubles, ／ and, by opposing, end them），把苦难比作海。格特鲁德称他"疯狂地像彼此争强好胜的天风和海浪一样"（mad at the sea and wind when both contend/ which is the mightier）。鲁莽的雷欧提斯像难以驾驭的"大海"；罗森格兰兹预言说"君主的薨逝不仅是个人的死亡，它像一个漩涡一样，凡是在它近旁的东西，都要被它卷去同归于尽"。

格特鲁德哀婉地、详尽地转述奥菲利亚溺水而死的情形。

然而有时海洋也暗示拯救的力量。当克劳狄斯决定送哈姆莱特到英格兰去的时候，他假惺惺地说"也许他到海外各国游历一趟以后，时时变换的环境，可以替他排解去这一桩使他神思恍惚的心事"（haply the seas and countries different ∕ with variable objects, shall expel ∕ This something – settled matter in his heart.）。他不久就通知哈姆莱特说：

> 哈姆莱特：到英国去！
> 国王：是的，哈姆莱特。
> 哈姆莱特：好。
> 国王：要是你明白我的用意，你应该知道这是为了你的好处。
> 哈姆莱特：我看见一个明白你的用意的天使。
>
> （第四幕第三场）

科恩认为：隐藏的威胁存在于哈姆莱特最后叙述中隐藏着的事实，船在海洋上漂荡，哈姆莱特相信他得到了上天的帮助，他偷偷地将罗森格兰兹和吉尔登斯吞的信调包，挫败了克劳狄斯的计划。在剧末，哈姆莱特能从内心里感觉到上天让他关心英国、挪威和丹麦，安排好丹麦的继承之事。这涉及欧洲的局面，海洋把这些国家联结在一起。莎士比亚巧妙地把 17 世纪的地理与文学结合在一起，地理的相关性反映到文学中来，地理现象成了文学中的隐喻和象征。

第三节　物品经济与国际贸易

16 世纪 90 年代以及之后的戏剧，再现了商业活动阶段，贸易从以出口为目的的欧洲西北部转向以进口为目的欧洲南部和东部，这一变化主要通过物品经济来体现。《亨利四世》的上篇、中篇和《温莎的风流娘儿们》主要在商品日用品的层面上记录了这一发展，有许多进口的物品。《亨利四世》中福斯塔夫的西班牙麻布袋在剧中很显眼，另外还有"一杯马德拉白葡萄酒""一品脱巴斯特德西班牙甜酒"，"Hybla 的蜂蜜"，"生姜的两个亚种"，"胡椒粉做的姜饼"和"胡椒粒"，"一便士价值的糖"。这里同样有高级的进口的物品——"西班牙烟草袋"，"像米兰商人"的伯爵商人（这样说他是因为这些物品来自米兰）拿着一个"溢香盒"（香水盒），赞美"鲸油"parmacity（因为和意大利的帕尔玛有关系），伯爵被比喻成"慷慨的，像印度的矿山一样丰富"。根据福斯塔夫所说，在"silkman（丝织品制造商）"的商店里进餐，法官"不是穿粗布衣，而是穿了新的丝绸和西班牙麻布"。女老板借给福斯塔夫"一打衬衫"，他应付说它们是"粗亚麻布的，肮脏的粗亚麻布"，但女老板反驳说它们是"八先令一码的上等荷兰布"。科恩所列举的这些食物和织品都与国外的进出口贸易有关。经济物品与性别有时构成双关语，当陶·贴席（Doll Tearcheet）控告福斯塔夫偷窃了"我们的表链和珠宝"的时候，他说"你的胸针、珍珠和扣环"，这些都是性的双关语，珠宝是花柳病的俚语，福斯塔夫淫荡地暗示他占有了陶·贴席的肉体。

《温莎的风流娘儿们》中的福斯塔夫计划诱骗培琪大娘的财富，他对培琪大娘的想象也借用地理知识和财富，"她也经管这钱财，她就像是一座取之不竭的金矿。我要去接管她们两人的全部富源，她们两人便是我的两个国库；她们一个是东印度，一个是西印度，我就在这两地之间开辟我的生财大道。……你就像我的一艘快船一样，赶快开到这两座金山的脚下去吧。"（第一幕第三场）在这里福斯塔夫把东印度和西印度拟人化、性别化了，分别比喻培琪大娘和福德大娘，含蓄地把她们变成为在国际市场上交换的物品，福斯塔夫的暗喻表明了他的主要兴趣在妇女的财富上。同一部剧中，快嘴桂嫂告诉福斯塔夫"就是叫他们中间坐第一把交椅的人来，也休想叫她陪他喝一口酒（加纳利白葡萄酒）"。店主宣布说他和福斯塔夫将会"喝加纳利白葡萄酒"（Canary），一种来自加纳利群岛的酒。快嘴桂嫂认为，就算贵族的奢侈的进口物品都不能动摇福德大娘："不瞒您说，他们的身上都用麝香熏得香喷喷的，穿着用金线绣花的绸缎衣服……还有顶好的酒、顶好的糖，无论哪个女人都会给他们迷醉的，可是天地良心，她向他们眼睛也不曾眨过一眨。"（第二幕第二场）科恩指出：这些物品是平常的，但它们的用法非常奇特，被美化了。尽管我们缺乏莎士比亚的原始材料，不知道他是如何接受这些进口的物品，但作品里来自海外的密集的商品世界理所当然地被认为是英国生活的一部分，它有助于设置跟宫廷气派相对的小酒店，有助于营造《亨利四世》系列剧的社会氛围，有助于设置《温莎的风流娘儿们》中的等级制度。尽管昂贵的商品与等级相联系，但进口生意甚至一些奢侈品超越了阶级界限，上层阶级享用，较低的阶层也享用。

商品交易在《冬天的故事》中也非常引人注目。这部剧中小丑在准备城市节日的时候自言自语道："让我看：每十一头羊可出二十八磅羊毛；每二十八磅羊毛可卖一镑几先令；剪过的羊有一千五百只，一共有多少羊毛呢？……让我看，我要给我们庆祝剪羊毛的欢宴买些什么东西呢？三磅糖，五磅小葡萄干，米——我这位妹子要米做什么呢……我要不要买些番红花粉来把梨饼着上颜色？豆蔻壳？枣子？——不要，那不曾开在我的账上。豆蔻仁，七枚；生姜，一两块，可是那我可以向人白要的；乌梅，四磅；再有同样多的葡萄干。"（第四幕第二场）这一列表中大部分是常见的——糖，葡萄干，番红花粉，豆蔻壳，豆蔻仁，生姜。这一段还解释了小丑如何获得这些进口的食物：他将会卖掉羊毛，每托德（28 磅）一英镑一先令，11 只公羊生产一"托德"，一共有 1500 只，小丑将会得到 140 多英镑（货币，不是羊毛），他将会通过传统的、未加工的材料得到这些金额。英国商人将各种半成品销售到海外，以便为增长中的国内市场提供进口资金。瓦特·科恩看出莎士比亚通过戏剧反映了当时英国出口羊毛而换取进口食品的交易。

1590 年以后的莎剧较多地关注国际贸易的进程和代理而不是商品。这里我们强调的是朝东南方的商业扩展阶段。《错误的喜剧》《驯悍记》，特别是《威尼斯商人》以戏剧形式表现了地中海地区的商业。《错误的喜剧》的开场涉及以弗所和叙拉古之间的贸易之争，叙拉古位于意大利西西里岛东岸，以弗所位于土耳其西岸，都是古希腊后期的殖民城市。叙拉古的公爵对来自以弗所的商人百般仇视，因为他们交不出赎命的钱就滥加杀戮，两邦各自制定严格的法律，禁止两邦人民的一切来往，否则以死刑论处，这导致了以弗所公爵对叙拉古商人伊勤的死刑判决。如果伊勤能交出一千马克的赎金，可以免于一死。伊勤的大儿子安提福勒斯来自叙拉古，受到了以弗所商人的帮助，和伊勤的另一个儿子、安提福勒斯失散很久的孪生兄弟——以弗所的小安提福勒斯相混淆，他同样是一名商人。这部剧以两国的商业贸易之争开场，结合了闹剧的身份错认和冥冥中命运的越界，而取得独特的效果。

婚姻交易在《驯悍记》里仅仅是一种手段。《驯悍记》中巴普提斯塔有两个女儿，大女儿凯萨琳娜是一个泼辣彪悍的女子，小女儿比恩卡美丽温柔，人见人爱，巴普提斯塔对向他小女儿求婚的人说"我必须先让我的大女儿有了丈夫以后，才可以把小女儿出嫁。"（第一幕第一场）这里显然是一种交易，虽然不是商品交易，而是谈条件。文森修是一个"五湖四海经商立业"的商人，文森修的儿子卢生梯奥秘密地向比恩卡求爱，并成功，可是无法得到巴普提斯塔的同意。彼特鲁乔想娶一位有钱的女子，即便对方再凶悍也无所谓，因此首先向巴普提斯塔询问"如果我得到令爱的垂青，您愿意给怎样的一份嫁奁？"巴普提斯塔回答"我死了以后，我田地的一半，另外再加两万克朗"。彼特鲁乔爽快地答应这一协议。当彼特鲁乔出人意料地提出迎娶巴普提斯塔泼妇似的女儿凯萨琳娜之后，巴普提斯塔解释说"我现在就像一个商人，因为货物急于出手，这注买卖究竟做得做不得，也在所不顾了"。（第二幕第一场）对特拉尼奥来说，凯萨琳娜是"一笔使你摇头的滞货（失去价值的），现在有人买了去，也许有利可得，也许人财两空（perish on the seas）"。（第二幕第一场）而小女儿比恩卡被人们当作奢侈品一样争先恐后地来争夺，霍登旭把她看成"我最珍贵的东西，我生命中的明珠"。老葛莱米奥炫耀自己的富有以便能夺得比恩卡，他说"我在城里有所房子，陈设着许多金银器皿……室内的帷幕都用古代的锦绣制成，象牙的箱子里满藏着金币……杉木的橱里堆垒着锦毡绣帐、绸缎绫罗、美衣华服、珍珠镶嵌的绒垫、金线织成的流苏，以及铜锡家具、一切应有的东西。在我的田庄里，我还有一百头乳牛，一百二十头肥公牛"。（第二幕第一场）特拉尼奥替卢生梯奥回答："我可以把我在比萨城内三四所像这位葛莱米奥老先生在帕杜亚所有的好房子都归在她的名下，此外还有每年收入两千块金币的肥沃田地，都给她作为可继承的产业。"但是老葛莱米奥的话题很快回到了他获取更多财富的工具上，"我可以给她一艘大商船，现在它就在马赛的码头边停泊着"。但特拉尼奥更厉害，他说："我的父亲有三艘大商船，还有两艘大划船，十二艘小划船，我可以把这些都划给她。"（第二幕第一场）在此，求婚之战变成了财富的比拼，特拉尼奥赢了。但是和《错误的喜剧》类似，这部剧的主题不是表现经济问题，而是转向探讨妻子和丈夫的合适关系。当彼特鲁乔骑着劣马来结婚的时候，他的装束是"戴着新帽子，穿着旧马甲、翻过三次的旧裤子；一双破洞里插过蜡烛头的靴子，一只用扣子扣住，一只用带子系住，他佩着从市镇武器库里取出来的一柄锈剑，柄也裂了，鞘也坏了，锋也钝了。"（第三幕第二场）陪同他的是"一个跟班，装束得就跟那匹马差不多，一只脚上穿着麻线袜，一只脚上穿着罗纱的连靴袜，用红蓝两色的布边做袜带，旧帽子上插根野鸡毛"。（第三幕第二场）婚礼的荒诞性通过服装的怪异和物品的不和谐而呈现出来。在这里我们看到莎士比亚通过一系列物品如田地、船舶、服饰、家禽、家具等来反映当时婚姻的交易。

科恩认为《威尼斯商人》同样利用商业作为切入点进入宗教主题和婚姻主题，安东尼奥从事海外贸易，主要经营香料和丝绸，他的4艘船开往4个不同的方向，如果一切顺利的话，他将获取9倍于3000元，即27000元的收入。但是此剧和早期的喜剧不一样，也不同于莎士比亚的其他作品，除了《雅典的泰门》确实是保持着对经济的关注外。威尼斯的商人既有高利贷商人，又有海外贸易的商人，对新型商业的高度评价是通过以安东尼奥为代表的新型商人与以夏洛克为代表的传统的高利贷商人的冲突、以基督徒与犹太人的冲突而获得的。莎士比亚叙述安东尼奥经营丝绸和香料，是威尼斯的富人之一。在早期喜剧中，地中海各种形式的贸易赋予了莎剧更丰富的社会内涵。

海外题材经由《奥赛罗》至少在两个方面得到了进一步的延伸。一是外族人的形象被给予了更多的同情，就算奥赛罗犯下了谋杀的罪行，他的悔恨和自杀还是博得人们的怜悯。摩尔人奥赛罗与《泰特斯·安德洛尼克斯》中的摩尔人艾伦形成鲜明的对比，艾伦十恶不赦，他与塔摩拉通奸，唆使塔摩拉的儿子们轮奸拉维尼亚，并嫁祸于泰特斯的儿子。他欺骗泰特斯砍下一条手臂，他是策划一系列惨剧的罪魁祸首。而奥赛罗是一个忠厚善良的人，他的悲剧由于他的愚蠢轻信所导致。二是莎士比亚煞费苦心地向着不同国家与民族交往的方向挖掘扩展其素材。塞浦路斯岛面临着土耳其舰队的威胁让人想起 16 世纪 70 年代早期威尼斯和奥斯曼帝国之间的战争，塞浦路斯有助于英国在世纪末重新进入对地中海地区贸易的控制。据科恩考证：奥斯曼的威胁不是《奥赛罗》的主要来源，辛提欧的《寓言百篇》之故事七才是。就军事背景而言，莎士比亚注意到了理查德·诺尔斯的《土耳其通史》和其他的历史和小说的资料，如年轻的詹姆斯一世写的史诗《勒班陀》（Lepanto），这一史诗出现在 1603 年的新版本里。《奥赛罗》提到威尼斯对土耳其的战争，这里映射 1571 年的勒班陀海战。塞浦路斯原是威尼斯的领土，是地中海的门户，但被土耳其强占。在勒班陀西班牙海军与威尼斯海军联合打败了土耳其，把被土耳其强占的塞浦路斯岛夺了回来，威尼斯人取得对土耳其的胜利。莎士比亚在《奥赛罗》中并没有写威尼斯与土耳其面对面的交战，而是通过想象——暴风雨摧毁土耳其的军舰，剧中叙述奥赛罗率领的意大利军队正准备迎战土耳其的舰队，突如其来的风浪咆哮着，"土耳其人遭受这场暴风浪的突击，不得不放弃他们的进攻的计划，他们的船只或沉或破，大部分零落不堪。"（第二幕第一场）这种想象可以节省掉战争的描写，淡化战争的主题，而把笔力集中到性别冲突的悲剧中——这才是该剧的核心。在奥赛罗最后的长篇演说中，他将自己比为"一个像印度人一样糊涂的人，会把一颗比他整个部落所有的财产更贵重的珍珠随手抛弃"，四开本中的这句台词将他与不懂珍珠价值的未开化的印度人联系了起来。

科恩认为：如果说《哈姆莱特》探索了英国与西北欧（丹麦和挪威）的关系，那么《奥赛罗》则对东南欧进行重新定位，探讨了地中海地区意大利、西班牙、土耳其不同文化间接触的宽广的意义。

第四节 莎剧里的地中海流域及文学意蕴

莎士比亚很可能在写完《麦克白》之后的 1606—1610 年写作了《安东尼与克里奥佩特拉》《泰尔亲王配力克里斯》《辛白林》《冬天的故事》《科利奥兰纳斯》，还有《雅典的泰门》，都是古典题材。这些故事大部分发生在地中海流域。

莎士比亚的传奇剧有大量的海上航行的情节。《暴风雨》虽然以英国商船前往美洲历险为背景，但剧中所涉及的米兰、那不勒斯、突尼斯等国显然指地中海流域，荒岛则是地中海地区的一个岛屿。哈佛大学的格林布拉特认为：当时伦敦人听说弗吉尼亚公司在詹姆斯敦（Jamestown）有殖民冒险的故事，莎士比亚似乎在一封信中得知这些冒险的细节，这封信是殖民者的秘书威廉·斯特雷奇（William Strachey）所写，手稿写于 1610 年。在 1609 年一个载着 400 多人的船队出发，去加强殖民，两艘船到达目的地詹姆斯敦，但是第三艘载着总督托马斯·盖茨（Sir Thomas Gates）的船在百慕大附近无人居住的岛搁浅了。令人惊奇的是所有的乘客和船员都幸存。新船造好，他们平安到达詹姆斯敦。这群人发现居住民士气低落：疾病猖獗、食物稀缺、和邻居印第安人原来的友好关系完全破裂，只有严格的军队纪律使英国殖民免于崩溃。莎士比亚并没有完全用这个故事来叙述，普洛斯彼罗的岛显然是在地中海。然而莎士比亚的这个剧一直在回应着百慕大船难的事件。科恩指出：《暴风雨》采取了一种不同的策略，具有预见性，不经意地揭示了英国征服世界背后的商业动机，预示英国欲从美洲新大陆获得财富，而历史的发展确实如此。科恩认为：该剧最后的结论包括国家统一性的建构，揭示了普洛斯彼罗和卡列班之间的暴力的等级关系，这种关系反映了统治者自我优越的合理性。许多学者批评这个剧所透露的殖民倾向，批评普洛斯彼罗奴役卡列班，却没有看到：这部戏剧在当时提供了殖民主义的合理性，它有传教、获取经济利润、缓解人口过剩的作用。普洛斯彼罗居住在荒岛上，一直从事自己的魔术研究，直到剧终才放弃。卡列班被允许表达反对帝国的情绪，他和爱丽儿最后的自由意味着对殖民主义的背离。剧末对贡柴罗的乌托邦思想的非正式地解构，可能反映了弗吉尼亚殖民进程在《暴风雨》时期的终止。

一种矛盾情绪在莎士比亚晚期作品中流露，他既反对罗马，又对罗马敬畏。《辛白林》叙述了不列颠对罗马帝国的成功的军事抵抗，罗马帝国从高卢入侵，不列颠岌岌可危。在培拉律斯、基特律斯、阿维雷格斯的神奇武力的帮助下，辛白林反败为胜打败了罗马。但是最后辛白林却答应"服从凯撒和罗马帝国"，答应缴纳礼金。这种服从使人想起以前罗马对不列颠的征服和凯撒在《安东尼与克里奥佩特拉》中的断言，"全面和平的时代即将到来"，（第四幕第六场）这是对罗马帝国统治下的和平的预言，历史上凯撒确实建立过和平的国家。《科利奥兰纳斯》的情形正好相反：在主角获得最初的军事胜利之后，重点落在毁灭性上，对科利奥兰纳斯来说，落在罗马和安提乌姆自我毁灭的冲突中。像科利奥兰纳斯对敌人的城市那样忏悔道，"城啊，是我使你的妇女们成为寡妇；这些富丽大厦的后嗣，有许多人我曾经听见他们在我的战阵中间呻吟倒地"。《两个高贵的亲戚》中巴拉蒙和阿赛特都是底比斯王克瑞翁的外甥（底比斯于公元前 2 世纪并入罗马帝国），这两个重情义的表兄弟同时爱上忒修斯的妻妹伊米莉亚，为此决斗，即便在决斗中仍然互相体贴关爱，体现了骑士的精神，整个行动有一种动人的高尚。颂扬战争，歌颂战神马尔斯，"马尔斯的精神除去了你们害怕的种子和更深处的恐惧"，"人口的恶性膨胀靠您制止"（第五幕第一场），比武的结果是阿赛特赢了，可他却从马上摔下而死，巴拉蒙输了，但出人意料地他最后赢得伊米莉亚。失败者凯旋了，胜利者却失败了，无论是胜利者还是失败者都表现得非常高贵体面，让人肃然起敬。这一切以忒修斯时代为背景，以古罗马神话为题材，矛盾冲突的场景设置在雅典和底比斯，体现了古罗马的侠义精神。

从地理学角度来看《安东尼与克里奥佩特拉》和《泰尔亲王配力克里斯》大量描写海域和帝国，情节无疑一波三折。《泰尔亲王配力克里斯》展现了地中海东部诸国。该剧反对帝国思想，反对入侵。当塔索斯饥荒时，总督克里昂开始看到一队船舶驶过来，他得出错误的结论，"果然不出我的所料。福无双至，祸不单行；我们的天灾还没有了结，人祸又接踵而来。多半是什么邻国看见我们遭到这样的苦难，认为有机可乘，所以装运了满船的甲兵，要来摧毁我们这不堪一击的城市，使不幸的我们屈服于他们的威力之下"。（第一幕第四场）他以为邻国是来趁火打劫，欺侮他们，其实是配力克里斯给他们送来粮食。配力克里斯救济塔索斯只是因为他害怕暴君安提奥克斯的复仇，为了自己的生命他逃离了安提俄克，可是安提奥克斯派人来追杀他，配力克里斯意识到他简直是导致了安提奥克斯对泰尔的侵犯，他只好逃离泰尔。科恩认为：泰尔这个小国无法抗拒大国安提俄克，这正如像英格兰一样的很小的地区，经常受到大的军事力量的威胁，比如罗马。

在《安东尼与克里奥佩特拉》中，地中海地理也是象征性的，其广阔的空间，突破了《裘里斯·凯撒》中原本的罗马，整个戏剧将东方的性观念与罗马帝国的统治进行了权衡，究竟哪一种更重要？受抑制的政治高贵的男性和富有的、柔弱的女性的对立在很多古典作家的作品中都出现过，包括普鲁塔克的作品，这些是主要的悲剧资源。当西方开始了新一轮的对遥远的人们进行征服的时候，这种古代的思想意识在文艺复兴时期再次证明了可用性。在《安东尼与克里奥佩特拉》中，安东尼必须在世界和肉体、公共生活和私人存在、罗马和埃及、屋大维·凯撒和克里奥佩特拉之间进行选择，是对贞淑的、纯洁的妻子——凯撒的妹妹奥克塔维亚保持忠诚，还是和纵欲的、茶色的富有魅力的女子克里奥佩特拉通奸？这些对照通过场景的迅速转换而被强调，从罗马写到埃及，这种远距离有助于赋予地中海地区霸权斗争以一种史诗规模。这个剧这时渐渐削弱了战争和政治的重要性，不像在早期戏剧中通过评价个人内心或通过把冲突限定在国内，而是研究后英雄世界中的英雄行为的可能性，质询史诗的意义是否能移植到公开的爱的私人地带？

科恩认为：地中海流域的主调似乎是爱，莎士比亚通过将斐洛的（爱）添补到普鲁塔克的 Eros（爱）中，使安东尼的随从人员形象变得丰满，斐洛是戏剧的开场人。克里奥佩特拉的魅力只是通过来自西方的男性表达出来的——安东尼对她的迷恋，当然还有爱诺巴勃斯、道拉培拉和更早的裘里斯·凯撒和庞贝。安东尼和克里奥佩特拉之间的关系与早期莎剧中的情侣不同，他们的关系似乎避开私人的，只是在一个部分公共的世界中发展，这个世界里旺盛的情欲能戏弄和代替扩张的罗马军事主义，用中国的俗语说"爱美人胜过爱江山"。从毁灭性的亚克兴之战转移到亚历山大港，我们的注意力转向埃及和克里奥佩特拉。安东尼究竟是选择代表坚实的土地的罗马，还是选择了水的尼罗河？安东尼选择了水，选择了克里奥佩特拉，一些人指责他"这样迷恋，真太不像话了"；这很可能会招致国家的毁灭，他说"让罗马融化在台伯河的流水里，让广袤的帝国的高大的拱门倒塌吧"。（第一幕第一场）克里奥佩特拉也有同样的意思毁灭她的国家，当她听说安东尼和奥克塔维亚的婚事时说："让埃及融解在尼罗河里，让善良的人都变成蛇吧。"（第二幕第五场）当听闻安东尼自杀后，她选择让毒蛇了结自己的生命，克里奥佩特拉随罗马英雄的死亡而去了。这个剧渲染了爱情的强大力量，它胜过了国家，胜过了生命，似乎也暗示了地中海流域当时人们的原欲意识，更加注重个体，注重爱欲，传承了古希腊罗马文化中的核心价值。

第五节　本土与他者

当时英国的海外贸易和扩张使莎士比亚文学描写的地理视野广阔。但科恩认为："这里展示的证据和推论，既不表明商业扩张的影响，也不表明扩张是戏剧背后的主要力量。"① 这两种夸张的断言也许会无视对前面所勾勒出的国内经济转换相联系的贸易和帝国的有限理解。不过笔者不同意科恩的说法，海外的经济贸易深远地影响莎士比亚，它的影响无处不在，通过具体的地理名称表现出来。例如在《威尼斯商人》中，巴萨尼奥担心地问安东尼奥的命运：

> 难道他的船舶都一起遭难了？竟没有一艘平安到港吗？
> 从特里波利斯，从墨西哥，从英国
> 里斯本、巴巴里和印度来的船只
> 没有一艘能够逃过那些毁害商船的礁石的可怕的撞击吗？
>
> （第三幕第二场）

这些地点在该剧本的原始材料中并没有提到，甚至大部分都没被暗示过，比如墨西哥、印度和英国，这个故事似乎更像是发生在伦敦而不是威尼斯。

《安东尼与克里奥佩特拉》的历史故事发生在罗马帝国万里河山之内。"莎士比亚的想象力如天马行空，载着观众忽而亚历山大，

---

① Jean E. Howard and Scott Cutler Shershow, *Marxist Shakespeares*, London and New York, Routledge, 2001, p.153.

忽而叙利亚平原，忽而雅典，忽而阿克兴海岬。同一幕中，上一场在亚历山大，下一场就在罗马；五幕四十余场，几乎没有相连的两场戏发生在同一地点。"① 屋大维·凯撒与庞贝撕战，安东尼正在与克里奥佩特拉相恋，对凯撒的支援不够尽心，凯撒忌恨安东尼为了克里奥佩特拉而忘掉罗马征服世界的雄心，他们的政治观与军事观产生了巨大的分歧。战斗结束后，为分配不均，凯撒与安东尼的矛盾愈加严重，凯撒要与安东尼开战，安东尼联合许多小国家的力量，要讨伐凯撒，凯撒大怒，列数安东尼的种种罪状，在这罪状中涉及众多的地理名称："他宣布以克里奥佩特拉为埃及帝国的女皇，全权统辖叙利亚、塞浦路斯和吕底亚各处领土……他说我在西西里侵吞了塞克斯特斯·庞贝的领土以后，不曾把那岛上他所应得的一份分派给他；又说他借给我一些船只，我没有归还他；最后他责备我不该擅自褫夺莱必多斯的权位，推翻了三雄鼎峙的局面。"凯撒的妹妹劝慰他不要多心，凯撒却反驳说"克里奥佩特拉已经招呼他到她那里去了。他已经把他的帝国奉送给一个淫妇"；"他们现在正在召集各国的君长，准备进行一场大战。利比亚的国王鲍丘斯、卡巴多西亚的阿契劳斯、巴夫拉贡尼亚的国王菲拉德尔福斯、色雷斯王哀达拉斯、阿拉伯的玛尔丘斯王、本都的国王、犹太的希律、科麦真的国王密色里台提斯、米太王坡里蒙和利考尼亚王阿敏达斯。"（第三幕第六场）以上罗列的地名一方面产生了数量和规模上的效果，说明这个剧涉及广阔的空间，提示急速转换的舞台布景，时空转换，像电影蒙太奇，也给拍外景的电影提供了场景来源；另一方面产生思想上的效果，说明当时国与国的纷争、王权的纷争极为激烈，凯撒的威权岌岌可危，罗马的末日即将来临。科恩认为这个剧这样处理是因为政治斗争既不是共和

---

① ［英］威廉·莎士比亚：《莎士比亚全集》（增订本）第 6 卷，朱生豪译，译林出版社2011 年版，第 193 页。

国与帝国的竞争，又不是自由的西方与专制主义的东方的竞争，而是显示两个不能共享权力的人的冲突——安东尼与凯撒。尽管安东尼很多战场上的成就是建立在凯撒对战争的武断指挥上，但"凯撒和安东尼的赫赫功业，大部分是他们的部下替他们建立起来的，并不是靠他们自己的力量"。（第三幕第一场）

海外开拓的进程、结果和目的与莎士比亚戏剧相互映衬，这些剧最感兴趣的不是对国际贸易情况的直接再现，而是在文化关系和文化反映的广阔的领域中所创造的新机会。然而，这一思想方法使任何事物都隐喻性地、讽喻性地被视为与商业扩张有关，试图引导两种批评，一种是广泛实践的批评，即把所有的东西放在贸易中进行考量；另一种是保守的学术方法，这种方法把经济帝国主义的影响局限在文学的表现、暗示中。海外贸易并没有为阐释莎士比亚提供隐藏的钥匙，但是它将赋予戏剧一种独特性，通过列出的更大范围的细节的方式，更总体地提供新视野。

学术界争论：莎剧的场景主要集中在西北欧，还是在地中海？这很难确定，但莎士比亚的地理通过国内外的关系激发国与国交流的兴趣，这是事实。虽然他试图想象远离英格兰的其他国家，但场景的设置产生互为对照的效果。那么什么是本土？什么是他者？本土对待他者的姿态怎样？当英格兰是剧本主要的所在地，也就是说故事发生地在英格兰，英格兰是本土，那么剧中的外国人则代表外国人，是他者，剧情围绕着解决冲突或同化冲突而展开。《亨利五世》立足于英格兰，探究把不合作的威尔士人、爱尔兰人、苏格兰人放在民族主义扩张的视野中。《温莎的风流娘儿们》把威尔士人休·哀文斯牧师和法国人卡厄斯医生作为搞笑和讽刺的形象，而不是作为共同体的成员，这两个人本应该是一个给心灵治病，一个给身体治病，但在剧中这两个异国人都是因粗俗愚蠢而被嘲笑和讽刺。休牧师是一个愚蠢、饶舌的威尔斯人，英语非常蹩脚，但自作聪明，例如，他把"白梭子鱼"听成"白虱子"，把"通婚"听成"捅婚"，以至于毕斯托夫骂他是"威尔士的山野匹夫"。福德先生毫无根据地怀疑他的妻子，闹了几次笑话后，最后对休牧师说"我以后再不疑心我的妻子了，除非你有本事说地道的英语来勾引她"，他一方面自嘲自己的嫉妒心；另一方面嘲笑休牧师的外国人身份和拙劣的英语。卡厄斯是个愚笨的法国佬，英语略知一二，店主嘲笑卡厄斯是"臭水先生"，意即尿缸，卡厄斯不懂，店主戏弄他说"'臭水'在我们的英语话中，就是'特棒'的意思"，于是卡厄斯说"老天爷，那我的臭水和英国人一样多啦"。他不懂英语"揍扁"一词，店主糊弄他说就是"道歉"的意思，于是他说"老天在上，我看他就是该把我'揍扁'，他不把我'揍扁'我也不答应"。（第二幕第三场）莎士比亚不仅故意借用这两个英语不太好的异邦人在英格兰被人要弄的情节来营造喜剧效果，而且通过刻画他们粗鄙的性格来产生喜剧性。休牧师与卡厄斯两个异邦人互相攻击，吵嘴打架，全无斯文和修养，比普通民众还要粗鄙，例如休牧师说"祝福我的灵魂！我气得心里在发抖。我倒希望他欺骗我。真的气死我也！我恨不得把他的便壶摔在他那狗头上"。（第三幕第一场）这段话完全违背了他的身份，他是一个不称职的牧师。卡厄斯时时处处为他的法国身份美化，他说"我们法国就没有这种事，法国人是不作兴吃醋的"（第三幕第三场），俨然有片面的种族自豪感，安·培琪小姐一下挫败他的盲目自傲，"要是叫我嫁给那个法国医生，我宁愿让你们把我活活埋了。"（第三幕第四场）最后她违抗父母之命，嫁给了倾心相爱的英国绅士范顿。由此可见，法国人和威尔士人在这个剧中被排斥在英格兰的共同体之外，成为想融入又不能完全融入甚至被作弄的弱势人种、真正的他者。

另外，当一个戏剧主要地点设置为另一个国家时，那么所反映的地方既是它本身，又是英格兰。例如《威尼斯商人》写的是意大利威尼斯，实际上反映的是英格兰的高利贷商人与海外贸易商人的冲突，反映的是英格兰基督教与犹太教的冲突。同样《罗密欧与朱丽叶》写意大利，抨击的是英国的包办婚姻制。本来意大利应该是他者，但在此变成了本土，他者与本土合二为一，甚至可以说这些外国人都是改装了的英国人。《哈姆莱特》写的是丹麦的王位之争，实际上反映的是英国王室的斗争。《奥赛罗》写的是意大利故事，实际上反映的是在英国的种族冲突。《暴风雨》写的是异国荒岛的故事，反映的是英国与海外殖民地的关系。虽然《爱的徒劳》发生在那瓦国，但写了法国公主和侍女们，一个古怪的西班牙人，以及"戏中戏"里那瓦国王及侍从们扮演的俄罗斯人，因此莎士比亚试图以变化的形式表达外国文化，他们是外国人，但又与英国相关。据考证，剧中三个侍臣的名字：俾隆（Biron）、朗格维（Longueville）、杜曼（Dumain）就是当时法兰西三位重要人物真名的音变。第五幕里国王等人假扮俄罗斯人的情节很可能是由 1584 年一些俄罗斯人拜访伊丽莎白女王一世演变而来①。因此，即使当莎士比亚强调材料来源是异国的，异国也从不意味着是纯粹的他者，张冠李戴地嫁接移植，总是揭示实际或潜在的英国行为。科恩认为莎士比亚戏剧对欧洲和英帝国主义的矛盾心理主要体现在国家层面上，既看到经济扩张、地理扩张所带来的好处，又看到所带来的弊端。莎士比亚所无法预见的，我们也仍然看不到，因此他的这些戏剧成了早期近代英国的矛盾、尴尬的见证。

　　笔者非常赞赏科恩独特的视角，赞赏科恩对早期近代英国海外贸易版图的翔实考证，赞赏他全面梳理莎士比亚作品中的地理和商业活动的迹象，他以令人信服的论据论证将莎士比亚与同时代经济

---

①　张泗洋、徐斌、张晓阳：《莎士比亚引论》上，中国戏剧出版社 1989 年版，第 180 页。

状况的内因外因的互动关系展现得清晰明了，也揭示了莎士比亚在
处理本土与他者关系上的巧妙策略，有重大的贡献，这种注重历史
事实与文学作品的相互关系的马克思主义研究方法客观、辩证，是
唯物主义思想方法的典型体现，以科恩为代表的美国学者的这个创
造性的成就为世界莎士比亚研究打开了一扇天窗。

第 四 章

在权力场、文化场、文学场中
周旋的莎士比亚

作为英国马克思主义莎评学者、金斯顿大学教授理查德·威尔森（Richard Wilson）主攻英国文艺复兴时期文学，他是新历史主义的一名干将，被 A. D. 纳托尔（Nuttall）誉为"莎士比亚历史学家中最杰出者"，他著有《意志力：论莎士比亚的权威》（*Will Power：Essays on Shakespearean Authority*）、《秘密的莎士比亚：剧院、宗教和阻力研究》（*Secret Shakespeare：Studies in Theatre，Religion and Resistance*）等，他的论文《取悦：通过布迪厄看莎士比亚》借用布迪厄场域理论来分析莎士比亚时代的剧院对莎士比亚文化生产的作用，充分揭示了场域对莎士比亚的重要性。这篇论文被霍华德教授编入《马克思主义莎评》中，展示了马克思主义莎评中的一个维度。莎士比亚在各种场域中游刃有余，左右逢源，文艺复兴的英国造就他成为伟大的戏剧家。

第一节 权力场对文化场的影响

法国理论家皮埃尔·布迪厄在《艺术的法则》中探讨社会空间中各个场域里的矛盾关系和张力。"权力场"中引力或排斥力在起作用，场中的人如同力量场中的粒子，其轨迹将由场的力量和他们自身的惯性来决定。"权力场作为可能性力量的场，其可能性力量作用于所有能进入场的人，因此权力场也是一个斗争的场。"① 作家在文学场和权力场中必须遵循相应的法则。

文化的发展必然受到权力场的控制，莎士比亚时代的戏剧无疑也受到当权者的控制。幸运的是：莎士比亚碰到了好明君——伊丽莎白一世，她政治开明，喜欢文学艺术，尤其喜欢看戏，这对当时英国戏剧的繁荣是极大的推力。莎士比亚善于在权力场中周旋，机智而乖巧，迎合女王的喜好，为满足女王的要求，他专门创作了《温莎的风流娘儿们》《第十二夜》，为了詹姆斯一世女儿的庆婚，他专门创作了《暴风雨》，类似这样的例子比比皆是。他深得两朝国王的欢心，而两朝国王对他也是关爱倍加。除了伊丽莎白女王对戏剧、对莎士比亚的支持之外，还有"沃尔辛厄姆国务大臣、骚桑普顿伯爵、埃塞克斯伯爵、伯利、兰塞斯特、索尔兹伯里、罗利、达德利·狄金思爵士、威廉·莱文森和亨利·雷恩斯福德"②。有如此多的贵族青睐他、助推他，才使得他的戏剧事业蒸蒸日上，其中骚桑普顿伯爵、狄金思、莱文森对莎士比亚的支持更大，尤其是骚桑普顿伯爵。从小镇来到伦敦的莎士比亚要站稳脚跟，必须找个靠山，他的才华博得了骚桑普顿伯爵的赏识。在他许多危难时刻，伯爵都伸出援助之手，尤其在 1592—1594 年伦敦大瘟疫期间，整个城市死了四分之一人口，许多剧作家都死于瘟疫，莎士比亚被骚桑普顿伯爵带到家中，莎士比亚躲过了这场瘟疫，并在伯爵家创作了《爱的徒劳》，莎士比亚对他感恩戴德，十四行诗就是献给他的。《仲夏夜之梦》也是为伯爵婚礼助兴之作。"莎士比亚和骚桑普顿

① ［法］皮埃尔·布迪厄：《艺术的法则——文学场的生成和结构》，刘晖译，中央编译出版社 2001 年版，第 15 页。

② Jean E. Howard and Scott Culter Shershow, *Marxist Shakespeares*, London and New York: Routledge, 2001, p.132.

伯爵的交往对他的戏剧创作有着重大的影响。因为这可以使他走进有文化教养的贵族圈子，对上流社会的生活有接触和观察的机会，扩大了他的人生视野，懂得了更多的世态人情，为他的创作提供了更多的灵感和源泉。"① 莎士比亚凭自己出色的才华赢得上层社会权力场的保护，如鱼得水，他的戏剧事业红红火火。

莎士比亚的戏剧作为文学，当时主要不是供阅读，而是供演出，自然在当时的文学场中最重要的处所——剧院里运作。理查德·威尔森专门考察了莎士比亚时代的剧院，剧院的建立对戏剧的推动是显而易见的。据不完全统计，莎士比亚生活的 50 多年时间里，共开设剧院 18 所，共有剧团 35 个，剧作家 180 人。大概 15 世纪 80 年代前后，靠近利物浦的诺斯利的伊丽莎白剧院是由亨利·斯坦利的管家德比伯爵在斗鸡场上所建造的剧院，也被称为王后剧场、兰开斯特剧院，是一所奢华的建筑，具有专业演出的能力。它 25 年的历史有助于对斯特拉福和南华克区的初步认识。戴尔斯（Dales）剧院是一个为特定目的建造的剧院，一直运行到这一北部地区权贵的地产不适合莎士比亚舞台的主要叙述时为止，它主要是资产阶级城市和盈利的露天剧院。约克郡演出班子 1609 年到戴尔斯剧院演出《李尔王》和《伯利克里》。地方舞台原本是在庄园里、旅馆的院子里或粮仓中即兴表演的。巡回剧团的这一线路没有被批评家们关注，它远离河畔区，沿着大移民的线路，像皮特·伯克（Peter Burke）所说的那样，近代早期欧洲大众文化归功于大众表演行业，他们在一个个小镇上演出，度过他们的人生，他们对政治领域不屑一顾。在小规模的场地为演员们搭起设备。莎士比亚的戏剧是伦敦最成功的商业娱乐，充塞了伦敦的戏剧场所，借助始终如一的贵族庇护人的舞台场景，而不是在大都市剧场中向"无知的

---

① 张泗洋、徐斌、张晓阳：《莎士比亚引论》上册，中国戏剧出版社 1989 年版，第 34 页。

观众"举起现实的镜子。(《哈姆莱特》第三幕第二场)

理查德·威尔森考察了另一些事实，说明莎士比亚与权力场的关系。1589 年 9 月 20 日，卡莱尔市市长告知在爱丁堡（苏格兰首府）的英国大使馆全体成员，听说詹姆士国王"热切要求女王陛下的演员们修复与苏格兰的关系，我即刻派遣了一名仆人到兰开斯特剧院"。王后剧场是在诺斯利的，他们曾于 9 月 12 日至 13 日在德比的剧院中表演，一个月以后他们陪同詹姆斯一世和新娘从埃尔斯诺到爱丁堡。权贵们也喜欢看戏，提供了许多资助，于是出现了以他们命名的"国王剧团""宫内大臣供奉剧团"。一些剧作家都有自己的贵族庇护人，莎士比亚的庇护人有骚桑普顿伯爵等。杰吉·利蒙（Jerzy Limon）调查后发现：当时的作家约翰·道兰（John Dowland）到布伦斯瑞克（Brunswick）公爵那儿的时候，公爵给了他很多的金子，23 法郎，还有天鹅绒、绸缎衣服和金线花边去制作衣服。贵族提供的对演员们的支持，与审查机构和商业贸易一样重要。黑森伯爵"为我们提供了旧的衣服，武器，盔甲，派遣我们进行一场关于古代统治者的商业表演"，更多的是幻想层面的而不是为了利润。贵族负担"整场 19 个演员和 16 个乐师的丝质衣服"[1]、马车、宴请、绘制的云彩和许多舞台场景的变化，他们"炫耀镶嵌了珍珠的衣领"，这些贵族振奋了"英国喜剧演员"的情绪。卡塞尔伯爵 1604 年建立皇家剧院"奥托诺伊姆"，卡塞尔国家剧院的历史开始于奥托诺伊姆建筑（Ottoneum），它于 1604 年建立，是欧洲第一家固定剧院，莎士比亚剧团（Shakespeare Company）从伦敦去往布拉格的途中曾在这里做客演出。当时为宫廷演一场戏，可得钱十镑。正是由于王公贵族的授权、资助年金，由于一些开明的公爵指导监督，才使莎士比亚将伦敦社会作为戏剧作品中

[1] Jerzy Limon, *Gentlemen of a Company: English Players in Central and Eastern Europe, 1590—1660*, Cambridge: Cambridge University Press, 1988, p. 8.

的想象的母体。

理查德·威尔森从莎剧中推测：莎士比亚的剧院有贵族保护人，选择应该"优先的"戏剧，给下层民众提供如《暴风雨》中所说的"闪光的服装"，同意负担作品的费用，通过指挥他的"通常逗乐的人"来激起欢笑的心情。在莎士比亚的描绘中，有爵位的贵族们甚至会对舞台事业"给出指导"，比如如何用"纸巾中的洋葱"诱发眼泪（《驯悍记》）；或者指导排练，自己在台词中插入"十几行"，像《哈姆莱特》中那样，哈姆莱特对戏子说"那么我们明天晚上就把它上演。也许我为了必要的理由，要另外写下约莫十几行的一段剧词插进去，你能够把它预先背熟吗？"（第二幕第二场）在演出的时候，贵族下达命令"别发出声音，注意看，安静点"；警告观众们"停止笑声"。因此"权力场"对"文学场"有驾控的现象。贵族决定是否要授予演员年金，像《仲夏夜之梦》中"给扮演皮拉摩斯的演员波顿，一天6便士"一样，给一个合适的价格。当时给宫廷演一场戏，可得10镑。正如美国文学评论家阿尔文·基尔南（Alvin Kernan）评论的那样，莎士比亚对庇护人的梦想与"泰晤士河岸区粗糙的作品现实情况"相距很远，因为他想象中的剧院被"所有利益来源的统治者和所有权力的掌控者"① 所垄断。在此，文学场与权力场发生了冲突，理想与现实产生了冲撞。

威尔森认为：莎士比亚时代的君主政体的剧院表达了文化上的官僚主义，这种官僚主义在欧洲的专制主义宫廷发展，出现在斯图亚特王朝即位的英格兰。因此，理查德·道顿（Richard Dutton）采取手段提升伊丽莎白时期狂欢中的主角，将管理盛大场面的礼仪人的台词变得权威；就算1603年的宫廷是现代化的，但还是斯图亚

---

① Alvin Kernan, *Shakespeare, the King's Playwright: Theater in the Stuart Court, 1603—1613*, New Haven, Conn: Yale University Press, 1995, p.161.

特王朝专制的野心的体现。像阿尔文·基尔南所说的那样，尽管
"演员全神贯注地进入虚构中"，好像他们所做的是"纯艺术"的
事，但他们依然存在着"为国王和王冠服务"，"宫廷剧院是由公
共剧院中的专业工作而形成的"。在民间公共剧院演得好的戏、好
的戏班子才会被请到宫廷中去演出，宫廷没有自己的专门的剧团，
一旦被请到王宫里，"宫廷关注的是国王而不是戏剧"[①]，就是说国
王喜欢不喜欢才是最重要的，戏好不好并不重要。例如伊丽莎白
一世看了《亨利四世》上、下篇之后，非常喜欢喜剧人物福斯塔
夫——集庸俗与幽默诙谐于一体，她让莎士比亚再写一部有关福
斯塔夫的喜剧，于是莎士比亚投其所好，创作了《温莎的风流娘
儿们》。

基尔南相信：莎士比亚不再对赞助商的财产抱有幻想，莎士比
亚写下的十四行诗描述了"失败的赞助关系"，诗中写到诗人与贵
族朋友之间友情的波折，特别是第 33 至 52 首写诗人和这贵族青年
之间可能因第三者的插入而闹分裂，分离后更加痛苦，他努力寻找
理由来原谅他们，以求得感情上的解脱。演员们假装拥有皇室主
人，他们的工资证明了他们是大众的仆人；他们对提供的赞助人制
度不满意，因为他们赞助的顶多只是剧团收入的 10%，"当莎士比
亚描画一个剧院的时候，他不是想象成公共的剧院"，而总是想象
成"在宫廷剧院或贵族剧院"中的舞台，"表演是低劣的，观众都
是高贵的"[②]。对布迪厄来说，文学场域是一个"讨论作者意味着
什么"的空间，在这种方式下所有的社会实践被组成为客观关系的
空间，赋有与其他场域相互作用的较大的或较小的自主性，重要的
是权力场域和金钱场域。这种批评方法的"关系性"模式将布迪厄

---

① Alvin Kernan, *Shakespeare*, *the King's Playwright*：*Theater in the Stuart Court*, *1603—1613*,
New Haven, Conn：Yale University Press, 1995, pp. 5, 14, 190.

② Ibid. , pp. 178, 180, 195.

的场域概念与内部分析方法（比如形式主义和解构主义）、外部分析方法（比如旧历史主义或马克思主义）区别开来的。特别是，这样一种理论允许批评超越像卢卡契和哥德曼这些典型的马克思主义者的反映模式，卢卡契他们通过精简（reducing）作品来表达阶级利益，允许作者作为表达思想结构和世界观的媒介，忽略了文学场域中的"相对自主性"，因此磨灭了其文学特质。与此相反，布迪厄深刻认识到资本的非物质形式，与经济形式一样，很可能转换为其他的形式。布迪厄的见解提供了一些似乎不仅是好的，而且是在文化研究中分析创作、文本、观众的唯一工具。理查德·威尔森认为布迪厄为马克思主义增添的是"比马克思指出了更广阔的劳动是资本的生产性"。①

布迪厄隐含地肯定了新历史主义所指出的文艺复兴的重要性，因为在那个时代艺术不同于金钱和威望，不同于祈祷和传教。新历史主义学者格林布拉特的权威意见认为莎士比亚的剧院"逃离了统治它的社会实践活动的框架"，因为舞台"似乎对观众是不存在的……剧院的成功就是使观众忘记了他们参与的实际活动，使他们身临其中，如同生活在故事中一般。莎士比亚的剧院有力、有效、精确到使观众相信它，而完全意识不到这是实践性活动的程度。"②

和新历史主义一样，布迪厄的文化社会学被一些诋毁者谴责为"一种马克思主义"和一种"后现代的相对主义"的形式。布迪厄的论断是：艺术作品是创作者或创作者阶层和社会实践制度之间协调的产物，共同分享习俗、制度和社会实践。格林布拉特也认为莎士比亚剧院是"相互有益的交换"的典型的场所。如果艺术的自主

---

① Jean. E. Howard and Scott Cutler Shershow, *Marxist Shakespeares*, London and New York: Routledge, 2001, p. 165.

② Stephen Greenblatt, *Shakespearean Negotiations: The Circulation of Social Energy in Renaissance England*, Oxford: Oxford University Press, 1990, p. 18.

性对布迪厄来说是资本主义的条件，那么他的赞赏者认为莎士比亚的时代就是现代性的开始。布迪厄很乐意赞同这一历史时期的划分，承认在 17 世纪文化场域如何开始通过站在经济、政治和宗教力量的对面而确定自身。布迪厄认为文艺复兴这一时期是"艺术渐渐地成为一种场域，具有创造力的艺术家在经济上从贵族赞助人那里解放出来，从教会的、道德的和审美的价值中解放出来"① 的时代。

就伊丽莎白时期的戏剧来说，由于剧院管理者的要求，他们开始了多种公众的付费，开始促进表达的自由和从贵族表面的合法性权威中解放出来，之前更多的经济来源于贵族，所以必须为贵族说话，讨他们的欢心，大众付费给剧院带来收入，使剧院不必过于服从贵族、依赖贵族。但是布迪厄也指出"很长一段时间，这种进程是模糊不清的，一定程度上艺术家依赖国家法令赋予他们的认同"。② 艺术和权力休戚相关，艺术有自主性。克里斯丁·裴哈德（Christian Jouhard）说"如果存在自主性……自主性建构自身不是以损害权力为代价，相反地，权力支撑艺术"。③ 对裴哈德来说，文学场域不是以无视赞助者而开始，而是以顺从赞助者而开始；他认同"文学和权力之间的关系，对两方都有利"，④ 从这种观点来看，早期近代赞助者就是相互交换，像资本主义艺术市场一样，从来不是赤裸裸的挪用关系："艺术纯粹主义的新的价值产生于对权力依

---

① P. Bourdieu, "Intellectual Field and Creative Project", trans. S. France, in M. Young（ed.）*Knowledge and Control: New Directions for the Sociology of Education*, London: Collier-Macmillian, 1971, p. 162.

② P. Bourdieu, *The Rules of Art: Genesis and Structure in the Literary Field*, trans. S. Emmanuel, Cambridge: Polity Press, 1996, p. 367.

③ See Jean. E. Howard and Scott Cutler Shershow, *Marxist Shakespeares*, London and New York: Routledge, 2001, p. 167.

④ Jean. E. Howard and Scott Cutler Shershow, *Marxist Shakespeares*, London and New York: Routledge, 2001, p. 167.

靠的语境中……权力成了第一个文学场域建构的最初条件。"①

第二节　文学场、文化场的催生

　　莎士比亚的出现并不是凭空而起的，同时代的"大学才子派"为他营造了文学场域，形成强大的磁场，把莎士比亚紧紧地吸引在文学的世界中，他们是罗伯特·格林、托马斯·基德、约翰·黎里、克里斯托弗·马洛，除此之外，还有本·琼森等，也就是说，文学场催生了莎士比亚。黎里的戏剧充满文饰和对句，句子对称平衡；大量运用修饰，包括谚语、双声叠韵、明喻、押头韵和典故，爱用双关语。莎士比亚借鉴了这些修辞手法，喜欢在剧中大量运用双关语，尤其是性双关语。黎里在戏剧结构上偏爱对比和对称，在场景之间和人物之间力求平衡，莎士比亚也学习使用对句，在场景上力求对称，比如《威尼斯商人》，场景在威尼斯和贝尔蒙特之间来回切换。黎里是英国宫廷喜剧的创始人，是英国戏剧史上第一个创作"高雅喜剧"的作家，莎士比亚的《第十二夜》《仲夏夜之梦》《皆大欢喜》等受其影响，也成为抒情浪漫的"高雅喜剧"。黎里的贡献还在于开创了多条情节线索的喜剧，代替了早期喜剧的单线结构，如他的《弥达斯王》，他的作品为伊丽莎白时代的轻喜剧创作了新的标准，并把英国戏剧从粗糙的水准提高到一个较为复杂而微妙的高度。莎翁也学习使用多条线索，比如《威尼斯商人》有三条爱情线，鲍西娅与巴萨尼奥、罗伦佐与杰西卡、葛莱西安诺与尼莉莎，再加上一条主线安东尼奥与夏洛克的"一磅肉"的冲突，纵横交叉、错综复杂。马洛是这个时期唯一可与莎士比亚在语言威力和文字优美方面相媲美的作家，他使无韵体作品（素体诗）

---

① Jean. E. Howard and Scott Cutler Shershow, *Marxist Shakespeares*, London and New York: Routledge, 2001, p. 167.

走向成熟，使它成为以后戏剧语言的基本形式；莎士比亚的台词也大量采用无韵体。马洛写有《浮士德博士的悲剧》《马耳他岛的犹太人》，其中《马耳他岛的犹太人》对莎士比亚的《威尼斯商人》有直接的影响，主人公的吝啬、凶残以及拜金狂的特性有相似之处。人们细读莎士比亚的《亨利六世》系列剧作会发现里面充溢着马洛式的场景，人物的对话和《帖木儿大帝》的语言极其相似。桂冠诗人阿尔弗雷德·丁尼生称赞道：如果莎士比亚是那个时期的耀眼的太阳，那么马洛肯定就是晨星。基德对英国复仇剧的贡献最大，他的代表作《西班牙悲剧：或赫罗尼莫又疯了》情节紧凑、人物鲜明，其中的复仇主题、心理分析、戏中戏、鬼魂、独白等手法都对莎士比亚创作《哈姆莱特》起到示范和启发作用。格林的早期作品多数为爱情浪漫传奇，他善于塑造智慧女性，莎士比亚的喜剧深受他的启发，也塑造了一系列才华横溢、聪明活泼的女性形象，比如罗瑟琳、鲍西娅、薇奥拉等。

另外，欧洲十四行诗的风气助推了莎士比亚创作十四行诗。十四行诗的首创者是意大利的诗人彼特拉克，在他笔下的十四行诗，每首分成两部分，前一部分由两段四行诗组成，后一部分由两段三行诗组成，韵脚为 abba abba cde cde 或 abba abba cdc cdc。16 世纪 90 年代前后，彼特拉克"热"在英国达到最高潮，凡有文化的人给朋友写信都喜爱用十四行诗的形式。这时期出现了锡德尼、杜雷顿、丹尼尔等，他们用十四行诗的形式写爱情诗、友谊诗。这些构成了强大的文学场，辐射到整个知识分子阶层，在这种附庸风雅的风气中，莎士比亚也大量创作十四行诗，他的诗结构更严谨，他将十四个诗行分为两部分，第一部分为三个四行，第二部分为两行，每行十个音步，通常用抑扬格，韵脚为：abab cdcd efef gg，增加了三个韵脚，隔行押韵，有回旋之美，这样的格式后来被称为"莎士比亚式"或"伊丽莎白式"，他使十四行诗更臻完美。

在强大的文学场内，莎士比亚是如何表现的呢？理查德·威尔森认为：莎士比亚主张艺术的自主性，当他"像一个有经验的导演指导演员"的时候，实际上，是一个艺术管理者，借用十四行诗中的诗句来比喻，剧作家本身将赞助者当作"对别人的作品你只润饰格调，/用你的美在他们的才华上添花。/但对于我，你就是我全部艺术，/把我的愚拙提到博学的高度"（十四行诗第78首）来对待。因此，在这样一个时代，舞台作家不再依靠单独的赞助者的善意，而更多靠戏剧本身的艺术魅力，如哈姆莱特对演员们所说"请你念这段剧词的时候，要照我刚才读给你听的那样子，一个字一个字打舌头上很轻快地吐出来"，"把动作和言语互相配合起来"，尊重"戏剧中的重要问题"。"因为排演时，你们那些扮演小丑的，除了剧本上专门为他们写下的台词外，不要让他们临时编造一些话儿加上去。往往有许多小丑爱用自己的笑声，引起台下一些无知的观众的哄笑，虽然那时候全场的注意力应当集中于其他更重要的问题上；这种行为是不可饶恕的，它表现出丑角的可鄙的野心。"（《哈姆莱特》第三幕第二场）

艺术与市场的关系如何？艺术应该不受市场的控制，除了艺术之外，拒绝承认任何主人，艺术家摆脱资产阶级要求，实行象征性的革命，通过把文学艺术从消费者的期许中解放出来，使市场消失。当我们说一部艺术品无价时，也就是说摆脱了普通经济的通常逻辑，我们发现它实际上并无商业价值，它没有市场。在莎士比亚的文本中这些开始作为一种策略。哈姆莱特所说的新古典主义的政令一条一条地列出演员们取悦大众的弊病，"要是你也像多数的伶人一样，只会拉开了喉咙嘶叫，那么我宁愿叫那传宣告示的公差念我这几行词句，也不要老是把你的手在空中这么指挥；一切动作都要温文，因为就是在洪水暴风一样的感情激动中，你也必须取得一种节制，免得流于过火。啊，我顶不愿意听见一个披着满头假发的家伙在台上乱嚷乱叫，把一段感情片片撕碎，让那些只爱看热闹的下层观众听出了神，他们中间的大部分是除了欣赏一些莫名其妙的哑剧和喧嚣以外，什么都不懂得的。……要是表演得过了分或者太懈怠了，虽然可以博外行的观众一笑，明眼之士却要因此而皱眉；你必须看重这样一个卓识者的批评甚于满场观众盲目的毁誉。啊！我曾经看见有几个伶人演戏，而且也听见有人把他们极口捧场，说一些并不过分的话，他们既不会说基督徒的语言，又不会学着人的样子走路，瞧他们在台上大摇大摆，使劲叫喊的样子，我心里就想一定是什么造化的雇工把他们造了下来，才造得这样拙劣，以至于全然失去了人类的面目。"（第三幕第二场）"你们必须彻底纠正这一种弊病。"这是坚持"为艺术而艺术"的准则，批评庸俗的市场和庸俗的观众。

布迪厄评论说：那些致力于文学场域构造的作家，"像铁屑一样"在权力和大众之间摆动，都被迫从他们身处的地位"趋向暂时强化的场的极点"①，因此，像麦克鲁斯基（McLuskie）指出的，在伊丽莎白剧场里，一个乌托邦的解决方案很可能是受到大学支持的。根据诗剧所说，真正的艺术家能嘲弄时代的每一个富翁，人世间的每一个乡下人，每一个无价值的小丑；但是像琼森那样的作家"被谋生的需求和不得不做诗人"这两种力量所撕裂，这种分裂既被资产阶级的喜恶所驱使，又被权力场的磁性所驱使，"将他的公众分成各种等级，剧场的观众是底层的，高层的则是开明的、有知识的贵族，他们有一定地位，成为合适的保护人"②，像米德尔顿和马斯顿一样的剧作家，或者对贵族冷嘲热讽，或者致力于对无足轻重的小人物进行赞美。相反地，这个市场吸引了剧场管理者德克

---

① ［法］皮埃尔·布迪厄：《艺术的法则》，刘晖译，中央编译出版社 2001 年版，第 72 页。

② Jean. E. Howard and Scott Cutler Shershow，*Marxist Shakespeares*，London and New York，Routledge，2001，p. 168.

（Dekker），他因为屈从于他的保护人，粗暴地对待琼森。因此，在
这样的分析中，在政治极点的吸引和经济极点的排斥之间，伊丽莎
白时期戏剧的场域与 19 世纪法国文学场域对应得非常密切，这是
布迪厄《艺术的法则》中讨论的话题，在书中他描述了文学的自主
性是怎样从莎士比亚时期开始的，怎样在福楼拜那里结束的，因为
他主张用"为艺术而艺术"来反抗"资产阶级世界从未坦率地声
称其控制文化领域"。布迪厄指出"文学场和艺术场是在与'资产
阶级'世界的对立中并通过对立形成的，'资产阶级'世界从未以
如此断然的方式表现它控制合法化手段的价值和野心。"① 像琼森所
抗议的，对这些听众来说，要按照任何大众愉悦来评论剧诗的壮观
在这些时代是多么不可能。因此福楼拜声称：假如一切都是虚假
的，这对诗来说是灾难性的。想象力屈服于公众，无法允许思想独
立性。与资产阶级决裂的过程从文艺复兴开始，到 19 世纪完成了，
它通过文化生产者采用权力场否定经济场而完成。

　　布迪厄指出："文学范畴对一切形式的经济主义构成了真正的
挑战，它在漫长而缓慢的自主化过程中逐渐形成，像一个颠倒的经
济世界；进入的人想要做到不计利害；……这并不意味着其中没有
这种建立在社会奇迹上的权威经济的经济逻辑，这个社会奇迹是严
格意义上的美学愿望起一切决定作用的纯粹行为……由于建立在各
种不同的资本及其持有者之间的关系中的等级制度，文化生产场暂
时在权力场内部处于被统治地位。"② 《驯悍记》中的序幕就很好地
表现了"经济世界的颠倒"，这很可能是莎士比亚首先介入这一剧
时的主题，他借以虚设，使一个穷光蛋变成贵族，来改变其社会角
色和地位。"权威经济建立在社会奇迹之上"，由轻视平民现状的贵

---

① ［法］皮埃尔·布迪厄：《艺术的法则》，刘晖译，中央编译出版社 2001 年版，第 73
页。

② 同上书，第 264 页。

族创造。当时莎士比亚的赞助人是德比伯爵，他的演员们在诺斯利和罗斯，1594 年 4 月他的演员们又在钱伯勒伯爵、汉斯顿爵士的控制之下。无论在莎士比亚生前还是死后，《驯悍记》这部喜剧的序幕过度炫耀伯爵的财富。伯爵决定对喝醉的补锅匠斯赖演一场滑稽戏，"我要把这醉汉作弄一番。让我们把他抬回去放在床上，给他穿上好看的衣服，在他的手指上套上许多戒指，床边摆好一桌丰盛的酒食，穿得整整齐齐的仆人们伺候着他，等他醒来的时候，这叫花子不是会把他自己也忘记了吗？""四周墙壁挂上我那些风流图画，用温暖的香水可以洗头，房间里熏上芳香的檀香，还要把乐器预备好，等他醒来时，弹奏起美妙的仙乐。"（序幕第一场）原来的设计是让斯赖作为驯悍剧中的观众，这个设计不久在 1623 年的对开本的正文中就被取消了。剧团取消斯赖这个人物可能是因为凯萨琳娜和彼特鲁乔的故事太强烈，能对剧场中的实际观众产生直接影响。

当然，斯赖当富人这只是一个梦，布迪厄建立艺术世界的原则是其对商业的否定，因为"从商业的观点来看，艺术是一种败者为王的游戏"。[1] 依这种观点来看，斯赖的"梦"的幻灭正遵从"在这个经济颠倒的世界里倘若不累及他们在彼岸世界的拯救，人们无法赢得金钱、荣誉、合法和非法的女人"的准则，因为"这种矛盾性的游戏的法则是艺术的爱，是一种疯狂的爱"[2]：像凯萨琳娜和彼特鲁乔之间的爱是为了取悦补锅匠斯赖。根据游戏的规则，演员们成功了，恰恰是他们一定程度上抹去了斯赖的平民的特性：

> 伯爵：今晚有一位贵人要来听你们的戏，
> 他生平没有听过戏，

---

[1] ［法］皮埃尔·布迪厄：《艺术的法则》，刘晖译，中央编译出版社 2001 年版，第 28 页。
[2] 同上。

> 我很担心你们看见他那傻头傻脑的样子，
>
> 会忍不住笑起来，那就要把他气坏了；
>
> 我告诉你们，他只要看见人家微微一笑，
>
> 就会发起脾气来的。
>
> 伶甲：大人，您放心好了。
>
> 就算他是世界上最古怪的人
>
> 我们也会控制我们自己。

（序幕）

　　在剧中，演员们表现得太好了，补锅匠斯赖真的觉得自己是贵族了！《驯悍记》中的序幕一定程度上再现了斯特拉福镇的手工业者——这通常被作为莎士比亚的社会出身。像阿登版编辑者评论的那样，"整个的气氛都令人想起沃里克郡，16世纪80年代莎士比亚离开这里来到伦敦。其他的作品都没有这么特别地涉及他出生的城市。也许他的戏剧是来自个人的思乡之情。"① 然而，重要的是认识什么是社会边缘外的"戏剧资本"的生产，因为它不仅代表了布迪厄所说的知识分子或艺术家（比如演员们）通过成为"在统治权力场域中被统治的统治者"而获得文化资本，还表明了莎士比亚将他自身社会轨迹的活力写入了他的艺术作品中。众所周知，罗伯特·格林（Robert Greene）将莎士比亚斥责为一个"暴发户似的乌鸦，用我们身上的羽毛装点他自己"。但是通过布迪厄的理论来看，莎士比亚确实是一个暴发户身份，作为一个乡下的手套贩卖商的儿子，没有接受过精英教育，只能通过闯入文化生产领域来得到这一身份，从某种意义上说，他确实是戏剧领域的暴发户。当"勃登村斯赖老头的儿子"带着可怜的一点文化资本进入艺术世界时，"出

---

　　① *William Shakespeare*，*The Taming of the Shrew*，The Arden Shakespeare，London：Methuen，1981，p. 63.

身是一个小贩，也曾学过手艺，也曾走过江湖，现在当一个补锅匠"，其规则命令他只要善意地服从"美梦"（布迪厄称其为"错觉的"）的合法性和自主性，他将会被拥戴为真正的贵人，贵族身份是生产出来的。

> 斯赖：很好，就叫他们演起来吧。你说的什么喜剧，可不就是翻翻筋斗、蹦蹦跳跳的那种玩意儿？
>
> 小童：不，老爷，比那要有趣得多呢。
>
> 斯赖：什么！是家里摆的玩意儿吗？
>
> 小童：他们表演的是一桩故事。
>
> 斯赖：好，让我们瞧瞧。来，夫人太太，坐在我的身边，让我们享受青春，管他什么世事沧桑！

（序幕第二场）

斯赖关于喜剧的日常的实用性的问题，使导演这出戏的伯爵们怀疑他不是将喜剧当作"comedy"，而是一种商品；这一变化很有意思，因为艺术的重新商品化使莎士比亚自我反思，这和其他伊丽莎白时期的剧作家不同。像麦克鲁斯基（McLuskie）指出的那样，认为他是轻视那些将他们的文化当作衣服购买的人："给人以强烈感受的剧院，穿着讲究的人坐在里面，只是记住一些台词，以便他们拥有以后茶余饭后的谈资"，或者滔滔不绝地说出"剧中只是纯粹的莎士比亚和诗歌的只言片语"。[①] 相反地，从斯赖让他的世界滑向戏剧性/夸张的幻觉的时候开始，莎士比亚的文化把自身作为一种产物进行宣传，把付钱的大众转化为私人的赞助者，使剧院的观众变得高贵，用《亨利五世》的开场白来说，就是"在座的诸

---

① See Jean. E. Howard and Scott Cutler Shershow, *Marxist Shakespeare*, London and New York: Routledge, 2001, p. 171.

君"，如路易斯·蒙特洛斯（Louis Montrose）所说的，贯穿全剧的
"普通观众的地位是抬高了的，剧院授予他们想象中的权力，……
上流社会被授予评判戏剧的权力……在每一部剧中，赋予这些上层
社会的权力都存在于演员自身。"① 所以《仲夏夜之梦》的开端，
帕克要求观众"肯赏个脸儿的话，就请拍两下手"；或者在《亨利
八世》开场白中许诺说"列位都是本城有名的、头等的、最为内行
的听戏人"，将会"让戏演下去，看上短短两个小时，我担保你那
个先令花得值"，由于"这出高贵的故事里的人物"，所以该戏值
得一看。莎士比亚的策略是使他的戏迷们通过作为高雅戏院里庆典
的闯入者而显得高雅，就像那个贵族为斯赖安排喜剧一样。因此，
剧院的股东从现代世界最初的大众传播工具中获得巨大财富，莎士
比亚的戏剧通过向生产者和消费者自我表现来转变其经济地位，这
些消费者和生产者是文学艺术事业的慷慨资助者，比如威尔士亲
王，法国或纳瓦拉的国王，或者是米兰、维也纳、伊利里亚、墨西
拿、维罗纳、以弗所或雅典的公爵。在平等的剧院中专业的演艺人
员传播他们的文化产物，像蒙特洛斯所说的，按照商业合同，合同
各方都可以通过聚会自由地进入剧院，或者进入皇室的朝廷或贵族
的大厅，他们在那里表演，向权贵表示敬意。当戏剧上演时，莎士
比亚剧院使平民消费者们不知不觉地伴随演员进入了宫殿，因为看
戏的不仅有平民，也有王公贵族。对戴维·威尔斯（David Wiles）
来说，诱惑公众强加进来，"允许如演员一样的平民进入剧院，来
替代进入精英的聚会，那种聚会通常是不允许他们进入的。"② 他将
其解释为莎士比亚戏剧是如何与上层阶级娱乐相结合的证据。通过
剧院，平民和贵族之间的隔阂被打破了，平民得以和贵族共享戏剧

---

① Louis Montrose, *The Purpose of Playing*: *Shakespeare and the Politics of the Elizabethan Theatre*, Chicago: Chicago University Press, 1996, p. 202.

② David Wiles, *After Bakhtin*: *Shakespeare and the Politics of Carnival*, London: Macmillan, 1998, p. 67.

艺术。

　　理查德·威尔森又用莎剧《暴风雨》作为比喻，来说明权力与艺术家之间的关系。普洛斯彼罗自豪地夸耀说："因着我的法力无边的命令，坟墓中的长眠者也被惊醒"，可以比喻为法力就是艺术，长眠者就是拥有权力的人。像斯蒂芬·奥格尔（Stephen Orgel）宣称的，《暴风雨》似乎将文艺复兴对艺术的看法推向顶点，不是为了艺术，也很少是为了观众，而是为了上层社会。剧中的化装狂欢庆典是莎士比亚尝试对贵族权力的想象，莎士比亚将普洛斯彼罗描写为贵族魔术师，而不是平民魔术师，是出于对宫廷剧院的深刻理解。在这里，理查德·威尔森似乎暗示：爱丽儿就像莎士比亚这样的艺术家，普洛斯彼罗就像王室贵族，爱丽儿脱离普洛斯彼罗，就像莎士比亚独立于王室贵族，这意味着"艺术现在至少和它服务的政治力量一样有趣。通过解放爱丽儿，莎士比亚宣称他的戏剧艺术价值超越了它对有势力的人的服务，其价值体现为绝对的艺术作品。然而，这种解放只在普洛斯彼罗的同意下才能发生，也就是说艺术的真正解放，只有在摆脱权贵的掌控之后，这是一种悖论，在朝廷中艺术的自主性开始被理解，艺术的自主性是一种力量，既给予文学场域以特许，又使其充满着脆弱和矛盾"①。

　　在《暴风雨》的结语中普洛斯彼罗高声呼唤："再烦你们为我吹嘘出一口和风，好让我们的船只一起鼓满帆篷，否则我的计划便落空"；照惯例，这被解释为决定性的最重要的时刻，是艺术声称自身的存在权利的时刻。《暴风雨》的结尾实际上体现了这种历史上的自主化，作为早期近代市场的象征性的商品中权力和公众之间的契约，莎士比亚笔下的"公爵"将会减轻使"艺术自由"具有合法性的责任，他保证从雇佣盟约中回归到它们未来的自由，这一

---

①　Jean. E. Howard and Scott Cutler Shershow, *Marxist Shakespeares*, London and New York: Routledge, 2001, pp. 174 - 175.

盟约将他们束缚在消费者的要求和期望中。因此，普洛斯彼罗请求新的商业公众证明其公爵的身份，"求你们解脱了我灵魂上的系锁，赖着你们善意殷勤的鼓掌相助"，这恰恰预言了布迪厄所预示的这种进程，"结束依赖保护人的时代……艺术家和作家们注意到这种自由不再屈从市场的法则"，肯定"艺术工作不能降低到商业的地位"①。

　　理查德·威尔森赞同布迪厄的研究，提出怎样允许文学批评绕开了内部分析和外部分析的对立，文学场、文化场、经济场和权力场之间保持了一种结构同源的关系，权力场是最有决定性的，艺术的法则需要服从场域的特定规则，"建立在文化生产场和权力场之间的同源关系使得按照纯粹'内部'目的生产出来的作品总是预先倾向于超额完成其外部功能。"② 因此莎士比亚不仅在文学上取得杰出的成就，而且在权力场上赢得了王权的肯定和赞扬。理查德·威尔森认为：新历史主义已经非常关注于发掘莎士比亚戏剧文本的文化诗学和他的观众的特殊条件；而布迪厄通过其象征性的内容、确定的作品空间和他们在生产域的位置空间之间的同源性，指出了取消对立的可能性。因此，在新历史主义之后，布迪厄帮助我们如何通过对艾尔西诺或诺斯利的河畔街剧院"入云的楼阁"的"瑰伟的宫殿"的幻想，了解莎士比亚的戏剧是"脱离了商业轨迹的"。

　　马克思主义认为经济以及由经济作为基础的社会生产方式是文化艺术得以发生发展的前提条件，而文化艺术自身在社会中的运作也必然以一定的经济的物质方式进行，这就是文学场、文化场与经济场的关系。马克思主义也认为文学艺术受制于国家权力的状况就像缪斯受制于宙斯的关系一样。因而原则上说，政权较为进步，政

---

① P. Bourdieu. *The Field of Cultural Production*, trans. R. Johnson, Cambridge: Polity Press; New York: Columbia University Press, 1993, p.112.

② ［法］皮埃尔·布迪厄：《艺术的法则》，刘晖译，中央编译出版社 2001 年版，第 203 页。

能力本身当作需要创造出来。"① 即它生产出消费的对象、消费的方式和消费的动力。将马克思主义艺术生产的理论运用到莎翁的电影制作中，就会发现导演会考虑观众的趣味、受众面的层次、电影欣赏的感受以及制作成本和市场效益，一句话，他要考虑艺术消费、市场消费的因素。没有一个导演不考虑这些。"艺术生产与艺术消费之间存在着一种中介运动，每一方以对方为中介，互为依存。没有艺术生产，艺术消费就失去了对象；同样，没有艺术消费，也同样失去了艺术生产的价值与意义，因为艺术消费是艺术生产的唯一目的，它也为艺术生产创造出作为内在对象、作为目的的需要。"② 布拉纳和鲁曼这两位著名导演深蕴这种艺术生产的规则，他们极力打造富有现代意味的莎翁电影，满足现代观众尤其是年轻观众的需求，而这些电影以美国好莱坞的审美趣味为标准。

莎士比亚电影之所以美国化，是因为美国在全球的电影市场中占有举足轻重的地位，尤其是好莱坞电影几乎执世界电影之牛耳，奥斯卡的评奖标准、审美标准左右着整个世界电影的走向，因此要获得世界影坛的认同、获得相当的声誉、获得高额的票房收入和经济效益，潜意识中要把电影拍得美国化一点，莎士比亚电影也不例外，布拉纳、鲁曼两位导演自觉地把莎翁电影拍得具有美国趣味，与原来的莎剧风格迥异。

约翰·麦登 1998 年执导的《莎翁情史》取得巨大的成功，获得六项奥斯卡大奖，这也是一部非常美国化的电影，把所谓的莎士比亚生活故事跟罗密欧与朱丽叶的故事杂糅在一起，想象奇特，别有趣味。早在 1984 年理查德·伯顿（Richard Burton）就说过莎士比亚电影是"票房毒药"（box office poison），也就是说莎翁的电影

①　[德] 马克思、恩格斯：《马克思恩格斯选集》第 2 卷，中共中央马克思恩格斯列宁斯大林编译局编译，人民出版社 1995 年版，第 9 页。

②　陆贵山、周忠厚：《马克思主义文艺学概论》，中国人民大学出版社 2001 年版，第 462 页。

具有杀伤力，只要是有关莎翁的，观众总是趋之若鹜，这至少表明了莎士比亚的电影已经变成更商业化的、脍炙人口的东西了。

但是在表示对这种电影财富的普遍惊叹之前，我们应该好好地探寻现象的本质。电影数量的惊人增长是否表明了大众对莎士比亚的热情是迅速发展的呢？或者这些电影实际上要求一方面把莎士比亚和电影产业联结起来；另一方面特别把莎士比亚和美国电影产业联结在一起？正如伯顿所言，具有讽刺意味的是莎士比亚在商品文化优先权中拥有明确的地位，在这里他的名字代表了质量的自由漂浮的能指，莎士比亚的影响力也许会对电影制作商进行补偿，并对利润率不令人满意的生产者提供补偿，也就是说以他的作品拍摄的电影具有吸引力，可以保证一定的上座率。

阿尔巴内塞认为："从《莎士比亚的罗密欧与朱丽叶》和《哈姆莱特》两部电影的独特的资金基础来看，莎士比亚电影不仅局限于美国，继而最终走向全球商品文化，这要求采取必要的财政手段来把莎士比亚的文本带到屏幕上，承认发展着的美国对所有电影生产的重要性，美国将担当跨国的、联合生产电影的角色；它将更多学会关于预算是如何保证物色演员，它将会研究在更大的电影制片厂里怎样精心进行分配交易/协议，时刻牢记发展着的全球电影市场，它预先调查网络视频和碟片的收入是否以及怎样被反映出来；最后它将会根据改变着的全球贸易政策，来调整电影模式。"① 当然电影产业的财务实践说明莎士比亚事业已经进入再生产的出版、传播，非常实际的莎士比亚产业至少显示了莎士比亚在美国这些年的重心转移，即从学术界基础研究转向文化产业。美国是一个金元的社会，把电影当成商品的意识超过其他国家，电影作为商品怎么发挥功能？披着"莎士比亚"外衣的电影怎样激起主流愿望？这些都

---

① Jean E. Howard and Scott Cutler Shershow. *Marxist Shakespeares*, London and New York：Routledge，2001，p. 210.

是导演、编剧、制片商首要考虑的问题。

第二节 莎士比亚电影美国化的表征

美国电影历来喜欢性、暴力、宗教的元素，前两者是追求刺激使然；宗教元素则与美国是一个宗教国度有关，这样能激起观众的亲切感。布拉纳、鲁曼两位导演将莎剧中性、暴力、宗教的因素放大、夸张，演绎了轰轰烈烈、浓艳重装的豪华版莎士比亚电影。

布拉纳的《哈姆莱特》在哪些方面做了非常美国化的营构呢？首先是性的处理，为了媚大众的性趣味，布拉纳故意在奥菲利亚发疯的场景中加入她回忆与哈姆莱特性爱的镜头。在原剧中关于哈姆莱特是否有性行为学术界历来有争议，从她的疯话看，似乎有那么一点意思，她唱道"他开开了房门；/她进去时是少女，/出来变成妇人/凭着神圣慈悲的名字，/这种事太丢脸！/少年男子不知羞耻，/一味无赖纠缠。/你曾经答应婚娶，/然后再同枕席；/谁料如今被你欺诈，/懊悔万千无及。"（第三幕第五场）但是否真的反指她自己？这就不确定了。大部分学者认为奥菲利亚与哈姆莱特没有发生过性关系，这只是民歌中所唱的故事，而有些学者认为发疯状态下的奥菲利亚最能将潜意识纠结的问题吐露出来。美国著名的莎士比亚专家、芝加哥大学教授戴维·贝文顿（David Bevington）在《时代演变中的奥菲利亚》（*Ophelia through the Ages*）中追溯了不同时期、不同学者对奥菲利亚的不同看法，其中谈道"萨卡索的《丹麦史》中记载，芬根（克劳狄斯的原型）为了试探阿姆莱特（哈姆莱特的原型）是真疯还是假疯，专门安排阿姆莱特到树林里跟一个陌生的漂亮姑娘相会，这是奥菲利亚第一次进入故事，芬根设想假如阿姆莱特是真疯，那么他会服从于性的诱惑而把那个姑娘当成情妇来享用，而阿姆莱特识破芬根的诡计，把姑娘带到芬根看不到的偏远的地方发生性关系，姑娘也没有把阿姆莱特的真相告诉芬根。"① 戴维认为莎士比亚把原来的故事改变成"哈姆莱特与奥菲利亚原型是性伴侣"②（his sexual partnership with the Ophelia proto-type），戴维还进一步考证"在 1603 年的《哈姆莱特》的第一四开本中，精神失常的奥菲利亚想象自己与一个名叫 Phantasmo 的宫廷花花公子有性关系"。③戴维也分析了布拉纳的这部影片，认为布拉纳试图回答以往人们的猜测：奥菲利亚与哈姆莱特睡过觉吗？戴维的观点是"即便人物穿的是那时候的服装，布拉纳渴望用现代的观念去处理这一问题，他通过闪回的镜头表现哈姆莱特和奥菲利亚在床上做爱，于是这个问题得到了准确的回答……布拉纳感兴趣于表现现代年轻人如何处理这一问题"（Branagh was interested in repre-senting how young people would address the problem in the modern era)④，应该说布拉纳的探索与好莱坞的审美观一拍即合，于是就出现艳情的镜头。

美国电影历来渲染暴力，该影片也不例外，比如电影尾声部分，哈姆莱特与雷欧提斯激烈地比剑，从楼下打到楼上，再打到楼下，极力渲染打斗的场景，原剧中没有如此大尺度的描写。在比剑的同时，福丁布拉斯的军队悄悄进入埃尔西诺，杀死了丹麦的许多卫兵，这在原剧中也是没有的，原剧中挪威与丹麦协商成为友好的友邻关系，因此挪威的军队和平地进入丹麦王宫中，但布拉纳为了使影片富有动感和视觉冲击力，不惜篡改了原剧的情节。随后哈姆莱特即将死去，大吊灯晃动，福丁布拉斯的士兵们打碎一扇扇玻璃门，荷枪实弹冲进来，瞄准比剑场上的每一个丹麦人，这与原剧也不同。最后结尾布拉纳处理成挪威士兵在福丁布拉斯的命令下，把

---

① David Bevington，*Ophelia through the Ages*，《外国文学研究》2012 年第 1 期。

② 同上。

③ 同上。

④ 同上。

老国王哈姆莱特威严的塑像推倒，这个处理颠覆了原剧中老国王威不可摄的权威性，结束了哈姆莱特家族的统治，整个戏剧变成挪威靠武力征服丹麦的结局，阿尔巴内塞认为"这样处理不合逻辑但令人难忘"，这是典型的好莱坞式的处理，"其目的是要产生短暂的电影效果，赋予所有的观众以大众文化的商业审美"。①

除了突显性与暴力，布拉纳继承了美国的个体意识，力图突显个人形象，比如在哈姆莱特看着挪威王子福丁布拉斯的军队列阵攻打波兰人时，镜头由哈姆莱特的特写慢慢推远，伴随着渐渐增强的音乐，镜头里哈姆莱特对着观众大段演讲，当到达高潮时他说："从这一刻起，让我摒除一切的疑虑妄念，让流血的思想充满我的脑际！"整个荧幕变成全景图，身着黑衣的、不屈的哈姆莱特傲然屹立在白雪皑皑的原野上，原野的远处是浩浩荡荡的挪威军队，其效果令人震撼，这是夸大男主角哈姆莱特。这段戏本来表现哈姆莱特看到福丁布拉斯雷厉风行进攻波兰之后，他谴责自我复仇的优柔寡断，决心果断复仇。现在布拉纳把哈姆莱特处理成顶天立地的硬汉，突显哈姆莱特的坚强和愤怒，也显示布拉纳的英雄情结、个人英雄主义。

该影片场景设置也具有美国审美趣味。哈姆莱特的故事最早记录在萨克索 1200 年写的《丹麦史》中，他反映的是 8 世纪哈姆莱特的故事，莎士比亚把他演变成文艺复兴时期的丹麦王子。布拉纳不像劳伦斯·奥列佛的电影保持着古朴、素简之风，他似乎根本不想还原久远的文艺复兴时代，而是时代错误地把剧本地点设置成 19 世纪的欧洲，埃尔西诺用布莱尼姆宫（又名丘吉尔庄园）来代替，拍成了豪华版的《哈姆莱特》。阿尔巴内塞认为"就这一点而言，布拉纳的《哈姆莱特》接近于大师剧场（Masterpiece Theater）和

---

① Jean E. Howard and Scott Cutler Shershow, *Marxist Shakespeares*, London and New York: Routledge, 2001, p. 213.

莫申特·艾福瑞公司（Merchant-Ivory）作品的时代和风格，它们一起探询美国观众喜爱什么、适合什么，倾向于再现距离上遥远的英国，而不是时间上遥远的过去。"① 尽管布拉纳一再强调他没有对剧本《哈姆莱特》做任何删节，台词都保留着，不像奥列佛·劳伦斯的影片删改了很多台词，意思是他保留了莎士比亚的原意，但布拉纳的影片反映了好莱坞电影的主流价值观。该影片将注意力放在那些形成电影特色的、丰富的、漂亮的环境和室内布景中，华丽的装饰有助于缓解和放松人们的情绪。阿尔巴内塞分析说"从布拉纳的角度来看，《哈姆莱特》的 19 世纪设置使得观众能够认识到历史的文化幻想和莎士比亚的想象都是无所不包的，演员阵容也加入了非白人种，这些都是原剧中所没有的，布拉纳中和了 19 世纪帝国主义构造的民族国家的历史重叠，将埃尔西诺的朝廷变成了千禧年多元化的虚构。"②

那么，巴兹·鲁曼的电影《莎士比亚的罗密欧与朱丽叶》是怎么做到美国化的呢？一是他懂得电影的商品化；二是加入多种族元素；三是加入宗教元素。

巴兹·鲁曼电影的商品化首先通过拍摄地的选择表现出来，他的《莎士比亚的罗密欧与朱丽叶》把拍摄场地设在相当便宜的、经济萧条的墨西哥城，鲁曼选择墨西哥城作为电影场景的部分原因是考虑到美国最近的经济危机，那里提供了来自于美国以外的全球年轻市场的新殖民主义征兆。事实证明鲁曼的电影比布拉纳的更能赚钱：在美国的首映当周就收益 14000 万美元，网上视频的收益超过 2200 万美元，成为影片销量的冠军，影片获得了柏林电影奖和英国影艺学院奖，还印成碟片发行。不难发现其相当成功的一些原因，

---

① Jean E. Howard and Scott Cutler Shershow, *Marxist Shakespeares*, London and New York: Routledge, 2001, p. 213.

② Ibid., p. 214.

鲁曼的指导思想明显地把《莎士比亚的罗密欧与朱丽叶》定位在电影上，而不是文学、历史上，他考虑电影资本的支出与收益。好莱坞的电影工业是为了出售，美国中心地区劳动花费相当高，而在外景拍摄这种花费可以降低。该影片的制片人关注获得生产成本最小化和利益最大化的南方。迈克尔·邓宁提到墨西哥长期代表着"另一个好莱坞"；墨西哥使这部影片负担得起制作，显然墨西哥被定为新殖民主义的输出港，它的邻国美国具有更高度的资本主义化，电影虚构的场景与维洛纳海滩、迈阿密，也就是说与美国相似。当然，让人物说英语，这也不违背常理，既然莎士比亚让意大利人罗密欧与朱丽叶说英语，那么让墨西哥人说英语也属正常，移位一直是美国文化模式的常态。墨西哥的经济和文化生产对莎士比亚电影的地点具有重要的意义。

在演员的选派上，鲁曼加入非白人种，由非洲裔美国人佩里纽扮演茂丘西奥，他是一个有才能的演员。约翰·李坤萨摩扮演的提博尔特具有拉丁美洲的味道，与相对体面的、胆小的、盎格鲁—撒克逊式的班伏里奥形成鲜明的对照。布拉纳在《哈姆莱特》中也用非白人种，但只是让他们扮演士兵或侍从等跑龙套的角色，在人种演员的选用上，两位导演都很有创意，鲁曼显得更大胆、更有力度，演员李坤萨摩和佩里纽赋予了电影以种族特色，对电影的全球后现代发挥了作用。

鲁曼把种族主义和资本主义的暴力联系在一起，电影中有机枪横扫、飞机盘旋、飙车、流血、死亡，由于暴力的渲染，文本与所指之间的冲突被"莎士比亚的"审美和那些电影商业文化之间的冲突所取代，比如，原文中的"宝剑"被枪所取代，时代错误（影片设置成现代）通过闪闪发光的武器、美国电影的偶像图腾而突显。莎士比亚所有的才能为新兴资本主义提供了动情效应。之所以这样设置，部分因为观众把固定的资产阶级审美趣味的奥斯卡奖的标准投影到诗人莎翁身上。对鲁曼来说，在他艺术想象的世界里资本主义非常重要，在维洛那海滩的地平线上出现两幢对峙的高楼，一幢上面写着凯普莱特，另一幢写着蒙太古，如商标名称、广告招牌一般，这是资本主义化的表现形式，把原剧中两个家族的仇恨用空间形式的对立直观地表现出来。这部商业化的莎士比亚电影充分利用了墨西哥当地的资源，外加音乐电视式的编辑、流行新潮的服装，这些都是该影片明显的成功因素，阿尔巴内塞指出"这些已经向全球年轻市场流行的大众审美预示了电影的过度资本化。"①

墨西哥城本身的"异国情调"——由其不朽的雕塑、天主献身的塑像提供了异国情调的气氛，给原来的莎士比亚作品增加了新的内容。宗教塑像在电影中反复出现，这种宗教塑像也许构成了电影视觉效果中最突出的元素，塑像崇拜被夸张了。墨西哥城固有的天主教的景象已经被影片大大地利用了，比如装饰在 T 恤上和箱子上的圣母像、挂钟上的圣母像，华丽墓窖里的天使像、众多的发光的蜡烛和正上方华美的圣母像，都被用来引证原剧中的爱的"热情"。拉丁美洲的塑像变成了时髦的摆设，赛拉斯特·俄拉奎亚克（Celeste Olalquiaga）指出这种塑像意味着使触摸不着的东西具体化，使难以形容的精神体验具体化，这种精神体验以"俗气"的面貌，成了一种对崇高宗教的颠覆方式。在《莎士比亚的罗密欧与朱丽叶》中，拉丁美洲的天主教物体代替了布拉纳的《哈姆莱特》的资产阶级审美，动用繁杂的、多元文化市场的现有东西，出售给年轻消费者，似乎意味着电影以及和电影相关的东西原则上都被尊重。影片的美国化还表现在英国式的朱丽叶向其中许多天使祈祷下跪，或者霓虹灯在她的坟墓中扩散，场面非常抢眼，但它们不足以说明朱丽叶浸泡在拉美的文化中，或者提供了貌似真实的维洛那海

---

① Jean E. Howard and Scott Cutler Shershow, *Marxist Shakespeares*, London and New York: Routledge, 2001, p. 216.

滩的普遍强烈的天主教的证据。这些勾勒出了一种悖论，一方面他们的审美和阐释取决于正统的对故事结尾的理解，原剧中描写朱丽叶躺在凯普莱特家的墓窖里；另一方面，在某种程度上，"他们彻底拉美化了《罗密欧与朱丽叶》，将这种传统情感移位到和莎士比亚完全不同的风格中。鲁曼的导演方式不像布拉纳的导演方式，他不以崇敬之心来呈现莎士比亚，也不打算将文本作为真正的批评对象。相反，在一定程度上反映的是媚俗替代经验，导致莎士比亚本身的《罗密欧与朱丽叶》和作为电影所说的主体是格格不入的、陌生化的。"①

另外在语言上，鲁曼的《莎士比亚的罗密欧与朱丽叶》将莎士比亚电影中的古典表演风格夸张的传统弃置一旁，坚持用日常用语再现这些语言，类似广告话语。一些非慷慨激昂的说唱证明了把莎士比亚的"声音"置于可见的电影体制下——枪、流血的心、明星，要使视觉比语言优先，在于坚持给莎士比亚以一种新的美国身份，使莎士比亚美国化，即用美国式的视觉审美来淡化英式的莎士比亚语言。

第三节　莎士比亚与电影的互动关系

在美国语境中，到底是莎士比亚助推了电影，还是电影助推了莎士比亚？回答是：双向的。巴兹·鲁曼的《莎士比亚的罗密欧与朱丽叶》（*William Shakespeare's Romeo and Juliet*）在题目中特别提莎士比亚的名字，他的电影不像布拉纳的《亨利五世》，在《亨利五世》中莎士比亚的名字在所有的海报中被淡化，莎士比亚的名字并未被布拉纳认为是电影的卖点，这也许能够解释为什么《亨利五

① Jean E. Howard and Scott Cutler Shershow, *Marxist Shakespeares*, London and New York: Routledge, 2001, p.220.

世》标题如此简洁，而鲁曼的电影明显地陶醉在与莎士比亚的联系之中，把它作为一个卖点。

巴兹·鲁曼以前唯一在美国发行的是被批评界称赞、但是几乎没有轰动的《舞国英雄》，鲁曼的名声离家喻户晓还很遥远，考虑到这部特殊电影的巧妙的表现手法，尽管观众认同里昂那多和戴恩斯这两个著名演员，但其经销商很难确定电影能否被叫好。因此电影的名字《莎士比亚的罗密欧与朱丽叶》确实是一种市场策略，它与先前的情况相比，代表了观众更复杂的感觉，以及由此电影在市场中的地位的复杂情况。这里，电影和影片名字的关系、剧本和作者之间的关系，都不能隐藏其与莎士比亚的联系。如果人们对莎士比亚电影的感觉是凭《莎士比亚的罗密欧与朱丽叶》中的电影先行词——"莎士比亚"推断出来的，从关于文学、大众化和诗人所从事的意识形态观念中推断出来，那么与消费文化不同的是它依赖经典的力量和诗人莎士比亚的影响力。

当乔治城大学取消英语专业的学生选修莎士比亚课程的规定时，媒体一阵狂热批评。这只不过是当地课程的决定，一种业已被许多大学私下里采用的决定，却遭到这么多严厉指责，这表明了在公共话语中莎士比亚代表了稳定持久的文学价值，莎士比亚是美国课堂（特别是中级水平）的"守护神"。但是阿尔巴内塞提出既然莎翁有牢固的文学地位，似乎不需要借助电影媒介物来传播，而现在莎士比亚通过电影《莎翁情史》《哈姆莱特》《罗密欧与朱丽叶》等来传播，似乎具有讽刺意味。不过，笔者认为电影需要莎士比亚远胜于莎士比亚需要电影，无论从文化建树还是从经济利益考虑，莎士比亚在文化霸权形态中所发挥的作用对美国公众话语的直接影响是很难评估的。20世纪90年代莎士比亚电影的大规模发展，解文化产业的燃眉之急，附带地修复了一些美国人潜在地对莎士比亚缺乏热情的问题。阿尔巴内塞说：由此看来，莎士比亚电影作为裹着糖衣的药丸对民众施加影响，就像对会计们来说它是为招徕顾客而亏本经营的商品，这很可能与电影中充斥的莎士比亚崇拜有关。在最近关于电影的讨论中，阿尔巴内塞说：莎士比亚作为高度令人感兴趣的筹码，"强调了与其说他仅仅是一个戏剧家，还不如说，是一个文学偶像"。① 有些人将莎士比亚看作一种固定的象征符号，坚持将电影产业的幻灯片作为一种投射莎士比亚的屏幕。在这一过程中，被遮蔽的事实是：电影变成了 20 世纪末期对莎士比亚价值的公民投票。

　　1996 年的两部电影：肯尼斯·布拉纳的《哈姆莱特》和巴兹·鲁曼的《莎士比亚的罗密欧与朱丽叶》同时发行，标志了作为电影商品的不同：一方面，肯尼斯·布拉纳这部过于盛大的电影体现了在美国日益回归的文化资本，文化资本与英国的文学遗产联系在一起。在这种文化资本回归的发行中，《哈姆莱特》明显的价值是要求其应该被尊重地拍摄，出于纯粹经济考虑而拍电影的标准处于次要地位。另一方面，巴兹·鲁曼的《莎士比亚的罗密欧与朱丽叶》（像《莎翁情史》一样）给美国带来了一个易懂的莎士比亚，莎士比亚就在现代，就在我们身边，它丝毫没有所谓"好电影"的套路和把莎士比亚看作精英戏剧的传统。该影片对美国大众媒介的审美的通俗化产生了作用，标志着莎士比亚和电影商业文化的经济事务之间的调和，标志着围绕莎士比亚的新的民族联合——英美联合，英国文学的美国化，或者说把英国文学移植到美国的土壤里。

　　如果围绕着卓越的审美艺术品形成主流文化，通过再生产保持他们的控制力，那么布拉纳的《哈姆莱特》有助于在大众文化艺术品的形式中保持精英主义，保证莎士比亚仍然是一般价值的中心。布拉纳调用舞台演出的光彩，为电影作为传统文化资本的直观表演

---

① Jean E. Howard and Scott Cutler Shershow, *Maxist Shekespeares*, London and New York: Routledge, 2001, p. 213.

提供了精致的副本。布拉纳的《哈姆莱特》通过其自身独特风格的导演的努力，会被理解为通过电影产业对高等教育中的认知缺陷进行有趣的补充（这部作品主要在大学里被精读和分析，而现在可以把这部电影的阐释方式纳入到讨论中），显然市场已经立足于重新确保经典文化的优势。阿尔巴内塞指出"电影《哈姆莱特》暗示布拉纳宏伟的、大理石般的全景图式的电影的结束，也暗示在20世纪末资产阶级的莎士比亚的破产。……布拉纳的资产阶级的莎士比亚本质上被认为是英国崇拜的余音。布拉纳的电影表现了后英帝国渴望将自身扩展进入美国想象。"①

同样，鲁曼的《莎士比亚的罗密欧与朱丽叶》把英国风格完全变成了美洲风格（不管是美国也好，墨西哥也罢），因此与其声称《莎士比亚的罗密欧与朱丽叶》是一个与莎士比亚"相关的"影片，不如说电影给我们提供了一种莎士比亚对美国视野的巧妙适应。阿尔巴内塞由此进一步深思：尽管通过教育和研究机构，莎士比亚已经移植到了美国框架，不过这是否意味着声称莎士比亚在美国就像"在国内"一样呢？要使莎士比亚在美国就像在国内一样使他成为市场的引领者，那么想象美国观众只需要观看好莱坞明星在英国的文化之神莎士比亚面前屈膝敬畏就够了。

微观地分析了两部电影的改编和生产之后，我们必须站在更高的角度来认识莎士比亚美国化的文化含义，莎士比亚美国化意味着什么呢？迈克尔·布里斯托（Michael Bristol）认为始于约翰·亚当斯（John Adams）的18世纪晚期的莎士比亚美国化，代表着"权力和文化资本从英国到美国社会的大规模转移"②。这种资产的转移不管是思想上还是物质上都保持与英国民族传统的联系，但是

---

① Jean E. Howard and Scott Cutler Shershow, *Marxist Shakespeares*, London and New York: Routledge, 2001, p. 215.

② Michael Bristol, *Shakespeare's America*, *America's Shakespeare*, London and New York: Routledge, 1990, p. 10.

它也伴随着日益灵活地对这些传统的重铸——在这些民族传统中，布里斯托提及的金融资本和文化资本之间的关系是"庸俗的"，这是意味之一。阿尔巴内塞认为"《莎士比亚的罗密欧与朱丽叶》毫无疑问是巧妙的、有魅力的电影，拥有一些热爱大众文化的大学教授，包括那些迪卡普里奥的粉丝，他们会将电影看上五六遍，也就是说包括那些把莎士比亚置于突出地位的人，和那些潜在地可能否定这部电影、甚至把它看作媚俗的人。但有一点必须承认：《莎士比亚的罗密欧与朱丽叶》完成了电影商品借助特殊文学家的作用，至少说明在这个世纪末，由莎士比亚的剧本所拍的电影是这样的。"① 这是意味之二。莎士比亚电影的美国化主要在资本主义电影生产模式下生产出来的，无论从立场出发点、对待莎士比亚的态度、拍摄取景、演员选派、运营方式、发行方式都按照资本主义的文化生产观念和审美观念在进行，这是意味之三。马克思主义文艺学认为：艺术生产并非以艺术家创造出一个艺术作品为终结，艺术生产只有在艺术消费中最终完成。布拉纳和鲁曼的电影在众多观众的喝彩、评论家的点评以及票房收益率中完成了艺术生产的过程。有意思的是：莎士比亚创作本身就是艺术生产，电影导演们又进行再生产，最后实现消费，那么，这种被二度创造的艺术离莎士比亚到底有多远，这是一个值得深思的问题。

阿尔巴内塞的论文通过对鲁曼和布拉纳的两部电影实例的分析，说明莎士比亚电影美国化的现象及其意义，从文化迁徙的层面来说，这是一个有趣的话题，英国文化向美国文化迁徙，迁徙中发生了哪些变化？又有哪些令人欣慰的感受？从精英文化大众化的维度看，也是具有借鉴意义，研究如何把莎士比亚推向大众。从文化

---

① Jean E. Howard and Scott Cutler Shershow, *Marxist Shakespeares*, London and New York: Routledge, 2001, p. 224.

生产和文化消费的维度看，也能说明文化生产必然会考虑文化消费的因素，研究如何通过电影的媒介使大众能了解莎士比亚在过去以及现在的意义。但她在用马克思主义理论术语时，有时并不太严谨，甚至意思跑偏，例如"剩余价值"（surplus value）一词的使用，根据马克思的理论，剩余价值是指雇佣工人在生产过程中所创造的、被资本家无偿占有的、超过劳动力价值的那一部分价值，是利润，但阿尔巴内塞却把《莎士比亚的罗密欧与朱丽叶》作为电影商品的成功看作是剩余价值，把李坤萨摩和佩里纽的种族化意义看作是增加的剩余价值，该影片把世界范围内不断增长的生产体系所带来的好处资本化，如把墨西哥城拍摄所带来的异域风情也看作剩余价值[1]，这并不恰当，笔者认为如果把在墨西哥城拍摄所获得的差额利润（它比在美国拍摄便宜）看作剩余价值，那么尚且说得过去。不过，瑕不掩瑜，阿尔巴内塞的研究视角还是具有很强的当下性，她把莎士比亚研究始终置于现代社会的语境中，力求对莎士比亚在当代的意义做出一些贡献，这是符合用马克思主义思想研究当代文化问题的指导原则的，是发展着的马克思主义莎评的一项可喜的成果。

马克思主义认为文化生产天然地具有社会生产的基本特征，具有流通、交换、消费等基本环节，具有市场条件下经济运动的全部过程，而不仅仅是某个艺术家的内在的独特精神的心理活动，因此我们不能对莎士比亚及其作品或莎士比亚电影只做纯粹精神的、美学的研究，也不能把"生产"一词只狭隘地理解为"创作"，其实马克思提出的精神生产或艺术生产必然地、合理地含有商品经济时代特别是资本主义商品经济时代的生产的全部特征。

① Jean E. Howard and Scott Cutler Shershow, *Marxist Shakespeares*, London and New York: Routledge, 2001, p. 218.

　　阿尔巴内塞的马克思主义莎评对我们的启示是：在尊重文化产业的市场特性的基础上完成文化艺术所肩负的宏大历史使命和历史责任，在保持市场的经济效益原则的基础上构建完善的民族文化心理结构，塑造良好的当代人文品格。

结 语

当代英美的马克思主义
莎评的成就与不足

马克思主义莎评运用马克思主义传统的批评资源，来重新进行莎士比亚研究，同时也超越了以往的模式和框架，马克思主义莎评对学院派流行的模式发出了挑战，尤其对文本与社会阶级的关系、审美的历史建构、文学生产、文化生产中文学所扮演的角色等方面有突破，它提供了新的视野，让我们了解历史条件下的阶级与性别的表征，让我们了解在全球化的文化产业中莎士比亚的标杆作用。

当代英美的马克思主义莎评突破了传统莎评的范式，以往的莎评有莎翁同时代的莎评、新古典主义的莎评、启蒙时期的莎评、浪漫主义莎评和现实主义莎评、20世纪的莎评。莎翁同时代的莎评是零星感悟式的，有本·琼森（Ben Jonson）的题词《题威廉·莎士比亚先生，纪念吾敬爱的作者》，称赞莎士比亚是"时代的灵魂！我们所击节称赏的戏剧元勋！……他不属于一个时代，而属于所有的世纪！"① 这只是一个评价，尽管是非常智慧的预言，但毕竟不是评论文章。真正的莎评应该始于新古典主义，英国新古典主义按照"三一律"和悲喜剧体裁的规则来分析莎剧，认为莎士比亚是一个

① 杨周翰主编：《莎士比亚评论汇编》上册，中国社会科学出版社1985年版，第11、13页。

不守规矩的天才；法国的新古典主义否定莎士比亚，伏尔泰指责莎士比亚的悲剧是闹剧，莎士比亚是没有教养的天才。浪漫主义莎评探讨忠于事实与艺术自由之间的冲突，倾向于只要在艺术上有可取之处，艺术家可以随心所欲，在艺术的领域中想象力具有至高无上的地位，他们把莎士比亚看作是浪漫主义者。浪漫主义批评家注重分析莎剧中的人物性格，尤其以莫根、史雷格尔的人物性格分析法为代表，浪漫主义评论家对人物性格的兴趣就是始于莫根；而兰姆则反对在舞台上演出莎剧，认为莎剧不适合演出，只能阅读。他们还为莎剧中的地理错误和时代错误辩护。维多利亚时代的莎评同样关注人物性格，如道顿用维多利亚时代的温情主义理解莎剧。19世纪的莎评具有现实主义倾向，这时期一些作家以科学的或历史的方法来研究莎士比亚，也有一些作家反对用科学方法研究；还有个别作家对莎士比亚持批评的态度，如托尔斯泰、萧伯纳。20世纪有现实主义莎评、心理分析莎评、意象批评、神话批评等，五花八门，没有统一的思潮。20世纪初的布拉德雷则把浪漫派的莎评推向顶峰，不过他的人物分析脱离历史现实，为人物分析而人物分析。纵观莎评史，以往的评论都是从文学的维度来研究莎士比亚。而马克思主义莎评不仅在文学维度上注重现实主义的观念，更重要的是在文化维度上的开掘。

以往传统的莎评比较多的是文学内部的研究，分析莎剧中的人物形象、戏剧类型、主题思想和艺术特点，而马克思主义莎评是以马克思主义思想和方法作为首要的指导纲领，这些学者都有这种强烈的意识，即便同样是文学维度的研究，鲁宾斯坦、西格尔和伊格尔顿都有社会意识的观照，把莎学研究同他们所从事的事业（马克思主义事业）结合起来，他们的本职都不是专门搞莎学，莎学只是他们进行社会研究的一扇窗口、一个辅助的工具。为了将社会问题论证清楚，他们对莎士比亚的分析也相当细致、具体，比马克思、恩格斯的蜻蜓点水式的引用要详细、充分，而且自成独立的体系，有内在的自足性。

当代英美的马克思主义莎评也不同于马克思、恩格斯的论述，马克思、恩格斯不是专门写莎评的，他们在进行政治斗争、从事哲学政治经济学研究时把莎士比亚作为一种工具或引证的论据来使用，把莎士比亚零星地穿插在论著中，他们以莎士比亚笔下生动的人物形象如福斯塔夫、理查三世、夏洛克、安东尼奥等做比喻，以莎士比亚深刻而犀利的台词来论证他们的观点，生动形象、浅显易懂地说明抽象的哲学、政治经济学理论，使他们所阐述的理论容易被大众所接受，达到传播革命思想的目的。"幽灵诗学"在某种程度上与接受美学相近，探讨后辈对前辈学者的接受和叛逆。马克思主义莎评的"幽灵诗学"所不同的是：它主要围绕着"幽灵鬼魂"意象，探讨莎士比亚对马克思、恩格斯、德里达以及对当今学者的影响。

以往的莎评主观的色彩更多，尤其是浪漫主义莎评，主观臆测多，注重夸张和想象，对人物内在心理和性格的探寻较多；而马克思主义莎评注重现实主义，注重事实，客观严谨，考察历史材料，如早期近代英国社会，包括宫廷、民间、经济、政治、地理、女性以及戏剧业，学者们不仅考察历史，而且有现代意识，探讨莎士比亚与当代社会的关系，比如当代美学、戏剧演出、电影、高等教育、文化场等，学者们结合当今事实说话。

以往的马克思主义莎评比较多地从人民性、阶级性方面去论述，比如苏联阿尼克斯特的莎评，注重政治批判，更多地强调反映论，探讨莎翁作品如何反映当时的英国社会。当代英美的马克思主义莎评，既有政治批判的东西，比如西格尔对莎剧中封建社会的王位继承制的批判和资本主义的批判，也运用反映论的观点，比如鲁宾斯坦、科恩等，尤其是科恩的莎士比亚商业地理的研究，考证出莎翁创作受当时英国的海外扩张和地理大发现的影响。当代英美马克思主义莎评还转向意识形态的批判和文化批判。它在马克思主义实践论、生产论、价值论等方面都有创造性的拓展，而且当代英美的马克思主义莎评具有更多的文化研究的色彩，关注莎士比亚在文化领域里的先锋作用，对文化场域的引领和拓展，有强烈的现实性和时代性。首先是实践论，莎翁的作品不是象牙塔中的东西，不能束之高阁，而应该渗透到我们的社会生活、文化生活中，鲁曼、布拉纳的电影就是很好的莎翁实践，尤其是鲁曼的电影《莎士比亚的罗密欧与朱丽叶》完全现代化了，其中的枪战、飙车、飞机巡逻完全是现代生活的写照，它是莎士比亚现代化的一次大胆尝试。阿尔巴内塞的论文站在世界影坛这一高度上，洞察出莎士比亚电影美国化的倾向，深入分析这种趋势的原因。莎士比亚价值的生成与实现的运动过程，其实就是精神向实践领域的回归和个体活动向社会领域的延伸。莎士比亚的创作实践不仅满足了当时早期近代英国的社会主体的审美和文化需求，而且满足了当今全球的审美和文化需求。其次是艺术生产论，马克思在《1844 年经济学哲学手稿》中明确地把艺术创作称为"艺术劳动"，他把艺术看作是精神生产的一种特殊形式。在《德意志意识形态》中，马克思、恩格斯又进一步提出了"精神生产"等概念，并在"关于意识的生产"一节中，专门讨论了"物质劳动"与"精神劳动"的关系。"艺术生产论"最早由法兰克福学派的代表人物本雅明提出，他受到马克思的"艺术生产"概念的启发，并根据马克思关于生产力与生产关系以及现代艺术最终受着物质生产关系支配的理论。卡拉汉研究早期近代女性物质劳动和写作的现象，女性写作诗歌，女性改写莎剧故事，比如兰姆姐弟写作《莎士比亚故事集》，这些都是艺术生产，精神生产，而莎翁的戏剧特别是《奥赛罗》揭示了女性编织物的物质生产与女性贞操的密切关系，莎翁艺术创作的灵感来源于女性的物质生产。这里有三重生产，一重是女性编织，二重是女性写作，三重是莎翁对她们进行再生产，把她们写进作品中，写出她们被歧视、被控制、被主宰生杀大权的不公平待遇。当然，如果要加上电影的话，那就是四重生产，对莎翁的再生产。最后，当代英美马克思主义莎评对审美性、艺术性比较淡化，更注重认识价值与思想性，体现了马克思主义的价值论。它帮助我们认识文艺复兴时期英国与莎士比亚创作之间千丝万缕的联系和互为影响的动态现象。文学价值生成与实现的运动，以读者—社会为中介，经历价值客体和两个"价值主体"的复杂关系以及相互作用的过程。理查德·威尔森的《取悦：通过布迪厄看莎士比亚》把莎士比亚放在权力场、文学场、文化场中，发现莎翁的作品既显示了艺术情趣，又高明地遵循这些场域的规则，取悦于宫廷、贵族、大众的趣味，从而生成出文学价值，并代代相传。鲁宾斯坦高屋建瓴地分析莎翁的创作，揭示他作品的价值——超时空、先进性和现实主义意义，并对莎剧中王权、种族、殖民和妇女地位等进行深入研究。鲁宾斯坦、威尔森等学者是另一个价值主体，莎士比亚的原初价值主体通过他的作品经由他们的阐发，而获得马克思主义的认识，笔者画个示意图：

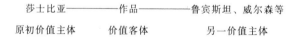

莎士比亚————作品————鲁宾斯坦、威尔森等
原初价值主体　　　　价值客体　　　　另一价值主体

　　文学价值的生成就是这样来的，如果没有另一价值主体参与的话，那么文学价值是无法得到实现的。除了文学价值之外，马克思主义莎评把莎士比亚戏剧作为蓝本，考量早期近代英国的方方面面，在这一层面上，莎翁戏剧体现出了历史价值和认识价值，为我们了解文艺复兴时期的英国历史提供了诸多细节的东西。在此笔者不妨借用恩格斯对巴尔扎克的评价来类比莎士比亚，"我从这里，甚至在经济细节方面所学到的东西，也要比从当时所有职业的历史

学家、经济学家和统计学家那里学到的全部东西还要多。"[1] 同理，我们从莎士比亚作品里所学到的东西，也要比当时所有的历史学家、经济学家和社会学家那里学到的全部东西还要多，莎士比亚写出了当时英国的风俗史。当时英国人的生活，日常起居、商业贸易、货币流通、家庭男女的地位、包办婚姻制度、语言使用、甚至丝织品手绢、床单等，事无巨细，悉数囊括。科恩的《未被发现的国度：莎士比亚和商业地理》以及卡拉汉的《留心照看织物》透过那些现象，并辅以丰富的资料深刻地揭示了莎剧的历史价值和认识价值。

当代英美的马克思主义莎评兼容并蓄，吸纳了其他流派的研究方法，诸如女权主义、结构主义、解构主义、接受美学、历史主义、新历史主义、文化研究、场域理论等思想，形成了多元化的格局。譬如邓普纳·卡拉汉的论文《留心照看织物：〈奥赛罗〉和莎士比亚时代英国的女性和文化生产》，以及吉恩·E.霍华德的著作热衷于采用女权主义的观念和方法。斯达利布拉斯和哈尔本热衷于结构主义和解构主义方法，瓦特·科恩热衷于新历史主义和唯物主义的方法。有时他们的研究中也采用意象研究的方法，比如对"海洋""手帕""不合身的长袍""幽灵"等进行丝丝入扣的分析。这些比纯语义学派、意象派、象征派、神话派等莎评优胜之处在于：它们不是就事论事，语义、意象、象征、神话只是涉及的某一个方面，马克思主义莎评的着眼点在大处，在宏观，探讨文学本质、本体，探讨莎士比亚在过去和现在文化场中的意义。

当然，当代英美的马克思主义莎评不是尽善尽美的，也有局限性：第一，由于英美的马克思主义学者思想观念的差异、侧重点不同，因此，必然带来英美的马克思主义莎评的不统一性。比如新历

---

① ［德］恩格斯：《恩格斯致玛·哈克奈斯的信》，载《马克思恩格斯文集》第 10 卷，中共中央马克思恩格斯列宁斯大林著作编译局编译，人民出版社 2009 年版，第 571 页。

史主义与文化唯物主义关注的焦点不同，新历史主义关注历史，注重考据，如科恩和卡拉汉，考察莎士比亚时代的地理、商业、织品和女性物质生产和文化生产，而文化唯物主义更关注当下。"现代主义"莎评以格雷迪、特伦斯·霍克斯、伊芙·堪布斯和美国的丹尼斯·阿尔巴内塞为代表。格雷迪和霍克斯合编出版《现代主义的莎士比亚》，试图描绘或界定当下莎士比亚批评中更大的现代主义运动，思考莎士比亚在现代的问题，霍克斯和格雷迪各写了一篇论文，把现代主义的特殊标签发展成他们投身的事业。霍克斯以唯物的现代主义开篇，主要论述两个方面，首先是英国政治的变革；其次是扭转一些观念，如主要与次要、过去和现在、演出与借鉴之间的关系。格雷迪追溯各种审美范例，通过《哈姆莱特》被表演和阐释400年的历程，揭示所有批评话语中不可避免的现代主义。阿尔巴内塞的《大学以外的莎士比亚》运用文化研究的跨学科的技巧，指出2000年前莎士比亚不可避免地与高雅文化、精英制度和统治阶级的霸权相联系。然而2000年以后，历史的力量产生了新的局面，莎士比亚不再被认作是高雅文化的唯一财产。阿尔巴内塞认为把莎士比亚引入"大众文化"的原因主要与美国的大众教育有关，大众教育使得莎士比亚成为大众文化的一部分，产生无法预料的效果。她认为把莎士比亚限制在大学围墙里是错误的，莎士比亚既有超越大学围墙的力量，围墙本身也日益具有渗透性，如果继续只把莎士比亚与高雅文化相联系并加以限制，就是否认真正辩证地在文化上运用他，把他的本质固定在一种方法内就是否认历史的变化。

第二，在马克思主义的莎评中又夹杂着一些非马克思主义的东西，需要甄别。在阿尔巴内塞的"莎士比亚电影的美国化"倾向中，流露出美国中心论的思想，这具有大国霸权的倾向，构造了新的文化帝国，美国经济、文化上的强势迫使全球的文化要向它看齐，以它的衡量标准来左右世界，这有违马克思主义的客观、平等、公正的原则，形成新的文化霸权主义。我们说美国改编莎剧可以保有自己的特色，但不能成为居高临下的执牛耳者，正如好莱坞不该成为世界电影的领头羊，而只能是其中的一只羊一样，不能以它的趣味来制约他国电影的地位。莎剧本应是世界人民共有的文学经典，世界电影也应尊重莎翁的原意和精神，不该忽略原剧的思想而一味地美国化。另外，在马克思主义莎评中，这些学者有时又会滑入传统的莎评的老路上去，某些章节没有显现马克思主义的明显特征，如西格尔的《莎士比亚的英国历史剧与罗马剧——一种马克思主义的方法》中有些章节荡开一笔，论述莎翁罗马剧中忘恩负义的主题、罗马人和非罗马人，以及对凯撒和安东尼进行性格分析，再如瓦特·科恩《未被发现的国度：莎士比亚和商业地理》中分析"海洋"意象，等等，并没有紧紧围绕马克思主义的核心来论述，显得有点随意散漫，横生枝叶，削弱了论述的力量。因此，笔者在分析他们的成果时，略去了这些非马克思主义的东西，以便使本书的论述集中有力。

参考文献

中文

1. 〔苏〕阿尼克斯特:《莎士比亚创作》,徐克勤译,胡德麟校,山东教育出版社 1985 年版。

2. 〔苏〕阿尼克斯特:《英国文学史纲》,戴镏龄等译,人民文学出版社 1959 年版。

3. 〔英〕安东尼·伯吉斯:《莎士比亚》,刘国云译,广西师范大学出版社 2015 年版。

4. 〔美〕安妮特·鲁宾斯坦:《英国文学的伟大传统:从莎士比亚到奥斯丁》,陈安全、高逾、曾丽明译,上海译文出版社 1986 年版。

5. 〔英〕柏拉威尔:《马克思和世界文学》,梅绍武译,生活·读书·新知三联书店 1980 年版。

6. 〔英〕彼得·阿克罗伊德:《莎士比亚传》,覃学岚、包雨苗、王虹、郑璐译,北京师范大学出版社 2014 年版。

7. 曹萍:《莎剧中的鬼魂研究》,载《阜阳师范学院学报》(社会科学版)2000 年第 6 期。

8. 〔英〕查尔斯·兰姆、玛丽·兰姆:《阅读莎士比亚——永不谢幕的悲喜剧》,萧乾译,百花文艺出版社 2004 年版。

9. 〔英〕E. M. W. 蒂利亚德:《莎士比亚的历史剧》,牟芳芳译,华夏出版社 2016 年版。

10. ［瑞士］费尔迪南·德·索绪尔：《普通语言学教程》，高名凯译，商务印书馆 1999 年版。

11. ［加］弗莱切：《记忆的承诺：马克思、本雅明、德里达的历史与政治》，田明译，华东师范大学出版社 2009 年版。

12. ［法］高宣扬：《德里达的"延异"和"解构"》，见冯俊等著《后现代主义哲学讲演录》，商务印书馆 2003 年版。

13. ［德］黑格尔：《美学》第 1 卷，朱光潜译，商务印书馆 1979 年版。

14. ［德］黑格尔：《美学》第 2 卷，朱光潜译，商务印书馆 1979 年版。

15. 李伟民：《中西文化语境里的莎士比亚》，上海外语教育出版社 2009 年版。

16. ［法］罗兰·巴尔特：《符号学原理》，王东亮等译，生活·读书·新知三联书店 1999 年版。

17. 马克思、恩格斯：《德意志意识形态》，载《马克思恩格斯全集》第 3 卷，中共中央马克思恩格斯列宁斯大林编译局编译，人民出版社 1960 年第 1 版。

18. ［德］马克思：《资本论》（第一卷），中共中央马克思恩格斯列宁斯大林编译局编译，人民出版社 2004 年版。

19. 《马克思恩格斯选集》第 1 卷，中共中央马克思恩格斯列宁斯大林编译局编译，人民出版社 1995 年第 2 版。

20. 《马克思恩格斯全集》第 10 卷，中共中央马克思恩格斯列宁斯大林编译局编译，人民出版社 1962 年第 1 版。

21. 《马克思恩格斯文集》第 2 卷，中共中央马克思恩格斯列宁斯大林著作编译局编译，人民出版社 2009 年版。

22. 《马克思恩格斯文集》第 9 卷，中共中央马克思恩格斯列宁斯大林著作编译局编译，人民出版社 2009 年版。

23. 《马克思恩格斯文集》第 10 卷，中共中央马克思恩格斯列宁斯大林著作编译局编译，人民出版社 2009 年版。

24. 《马克思恩格斯全集》第 23 卷，中共中央马克思恩格斯列宁斯大林编译局，人民出版社 1972 年版。

25. 孟宪强：《马克思 恩格斯与莎士比亚》，陕西人民出版社 1984 年版。

26. ［法］皮埃尔·布迪厄：《艺术的法则——文学场的生成和结构》，刘晖译，中央编译出版社 2001 年版。

27. 盛宁：《“解构”：在不同文类的文本间穿行》，载《外国文学评论》2005 年第 3 期。

28. ［美］斯蒂芬·格林布拉特：《俗世威尔——莎士比亚新传》，辜正坤、邵雪萍、刘昊译，北京大学出版社 2007 年版。

29. 孙家琇：《马克思 恩格斯与莎士比亚戏剧》，中国戏剧出版社 1981 年版。

30. ［英］特雷·伊格尔顿：《当代西方文学理论》，王逢振译，中国社会科学出版社 1988 年版。

31. 谈瀛洲：《莎评简史》，复旦大学出版社 2005 年版。

32. ［英］威廉·莎士比亚：《莎士比亚全集》（增订本），朱生豪译，译林出版社 2011 年版。

33. 许勤超：《激进的批评——文化唯物主义莎评的政治批评特色及其困境》，载《青岛科技大学学报》2013 年第 2 期。

34. 许勤超：《文本政治学——文化唯物主义莎评研究》，中国社会科学出版社 2014 年版。

35. 许勤超：《政治的莎士比亚——文化唯物主义莎评概述》，载《宁夏社会科学》2008 年第 2 期。

36. ［法］雅克·德里达：《马克思的幽灵：债务国家、哀悼活动和新国际》，何一译，中国人民大学出版社 1999 年版。

37. 杨正润：《文学与莎学研究的政治化——文化唯物主义述评》，《文艺报》1990 年 12 月 22 日。

38. 杨周翰主编：《莎士比亚评论汇编》上下册，中国社会科学出版社 1985 年版。

39. 张泗洋、徐斌、张晓阳：《莎士比亚引论》上下册，中国戏剧出版社 1989 年版。

英文

1. Alvin Kernan, *Shakespeare, the King's Playwright*：*Theater in the Stuart Court*, 1603 – 1613, New Haven, Conn：Yale University Press, 1995.

2. Annette T. Rubinstein, *The Great Tradition in English Literature from Shakespeare to Shaw*, Volume I, New York and London：Modern Reader Paperbacks, 1969.

3. Arthur R. McGree, "*Macbeth and the Furies*", Shakespeare Survey, 1966.

4. Bernard Bailyn, *The Ideological Origins of the American Revolution*, Cambridge：Harvard University Press, 1967.

5. Bernard McElroy, *Shakespeare's Mature Tragedies*, Princeton, N. J：Princeton University Press, 1973.

6. Catherine M. S. Alexander, *Shakespeare and Politics*, Cambridge：Cambridge University, 2004.

7. Crystal Bartolovich, David Hillman and Jean E. Howard, *Great Shakespeareans：Marx and Frued.* Bloomsbury Publishing Plc, 2104.

8. David Bevington, *Ophelia through the Ages*, 《外国文学研究》2012 年第 1 期。

9. David Wiles, *After Bakhtin: Shakespeare and the Politics of Carnival*, London: Macmillan, 1998.

10. Geoffrey Bullough, *Narrative and Dramatic Sources of Shakespeare*, Vols. 3 and 5, New York: Columbia University Press, 1960.

11. Garry Wills, *Witches and Jesuits: Shakespeare's Macbeth*, Oxford University Press, 1995.

12. George Whetstone: *Heptameron of Civil Discourses*, 1582.

13. Greenblatt, *Shakespearean Negotiations: The Circulation of Social Energy in Renaissance England*, Oxford: Oxford University Press, 1990.

14. G. Walker and J. Kermode eds. *Women, Crime and the Law Courts in Early Modern England*, Chapel Hill: University of North Carolina Press, 1994.

15. H. R. Coursen, *Macbeth: a Guide to the Play.* Westport, Connecticut. London: Greenwood Press, 1997.

16. James Bulman, *The Heroic Idiom of Shakespearean Tragedy*, Cranbury, N. J., Associated University Presses, 1985.

17. Jean E. Howard and Scott Cutler Shershow, *Marxist Shakespeares*: London and New York: Routledge, 2001.

18. Jerzy Limon, *Gentlemen of a Company: English Players in Central and Eastern Europe*, 1590 – 1660, Cambridge: Cambridge University Press, 1988.

19. Jonathan Dollimore and Alan Sinfield, *Political Shakespeare*, Manchester University Press, 1994.

20. Kelly. A. Henry, *Divine Providence in the England of Shakespeare's Histories*, Cambridge: Harvard University Press, 1970.

21. Kristian Smidt, "Spirits, Ghosts and Gods in Shakespeare", *Eng-*

lish Studies，Sep. 96，Vol. 77，Issue 5.

22. Lingui Yang，*Materialist Criticism and Shakespeare*，Foreign Literature Studies，2012，1.

23. Louis Montrose，*The Purpose of Playing*：*Shakespeare and the Politics of the Elizabethan Theatre*，Chicago：Chicago University Press，1996.

24. Martin Harries，*Scare Quotes from Shakespeare*：*Marx*，*Keynes*，*and the Language of Reenchantment*，Stanford：Stanford University Press，2000.

25. M. D. Faber，"*Shakespeare's Ghosts*"，*American Notes & Queries*，May 67，Vol. 5，Issue 9.

26. Olwen Hufton：*The Prospect before Her*：*A History of Women in Western Europe* 1500 – 1800，New York：Vintage，1998.

27. Paul N. Siegel，*Shakespeare's English and Roman History Play*：*A Marxist Approach*，Fairleigh Dickinson University Press，London and Toronto：Associated University Press，1986.

28. Peter Stallybrass，"*Macbeth* and Withcraft"，In *Focus on "Macbeth"*，Edited by John Russell Brown，London：Routledge and Kegan Paul，1982.

29. Peter Stallybrass，"*Patriarchal territories*：*the body enclosed*" in Ferguson，Margaret Quilligan and Vickers，Nacy J. eds.，*Rewriting the Renaissance*，Chicago：Chicago University Press，1986.

30. P. Bourdieu，*Intellectual Field and Creative Project*，trans. S. France，in M. Young（ed.）*Knowledge and Control*：*New Directions for the Sociology of Education*，London：Collier-Macmillian，1971.

31. Terry Eagleton：*William Shakespeare*，New York：Basil Blackwell. Ltd，1986.

32. Terrence Eagleton: *Shakespeare and Society*, London: Chatto & Windus Ltd. , 1967.

33. *The Taming of the Shrew*, The Arden Shakespeare, London: Methuen, 1981.

34. *The Cambridge Companion to Shakespeare Studies*, 上海外语教育出版社 2000 年版。

35. Thomas Rymer: *A Short View of Tragedy*, London, 1693.

后　记

　　春去秋来整三载，结得硕果聊欣慰。本项研究获得上海市哲学社会科学项目批准号：（2012BWY003）结项良好的成绩，没枉费我三年的辛苦，梅花香自苦寒来。

　　我从事莎学研究已有十多年，从前我注重莎翁的文本研究，曾出版《莎士比亚精读》一书，现在转为莎评研究。当代英美莎评学者的著作和论文大大开阔了我的视野，我发现了原来文本研究时所没有发现的东西，井底之蛙跳跃到广阔天地，这是一个飞跃，他们的多种视角和多种理论方法使我醍醐灌顶茅塞顿开，我的学术研究由此上了一个新的平台。

　　这项研究的灵感来源于我的导师美国哥伦比亚大学的教授 Jean E. Howard，她曾经是美国莎士比亚协会的会长，主要研究马克思主义莎学、莎士比亚历史剧、女权主义批评，她的著作为我指明了一个研究方向。2012—2013 年我在美国哥伦比亚大学访学期间，在哥伦比亚大学图书馆查阅了大量的莎学资料。可以毫不夸张地说，没有哥伦比亚大学的访学经历，就没有我这个项目的终结，为此我要特别鸣谢哥伦比亚大学，鸣谢 Jean E. Howard 教授。留恋在哥大听课的日子，也感佩自己泡在图书馆一本本翻阅、一页页扫描的勤奋状态，为了扫描那些书，我得了肩周炎，至今未完全痊愈。留恋在纽约的中央公园、林肯艺术中心以及百老汇所看过的莎剧（音乐剧、舞剧），留恋莎士比亚公园的一草一花。

　　我曾经戏称莎士比亚是我的"梦中情人",本着对他的热爱,2011年与2016年我两度前往英国,徜徉在斯特拉福镇,静坐于美丽的埃文河,想象着莎翁的风采和神韵。2016年我有幸参加第十届世界莎士比亚大会,聆听了各位专家、导演、演员的讲演,在皇家莎士比亚剧院观看了《哈姆莱特》《辛白林》等剧,又辗转到伦敦的"莎士比亚环球剧场",参加学术交流,并观看《仲夏夜之梦》《麦克白》《驯悍记》等莎剧,这些经历和熏染比心灵的鸡汤对我的滋养更强烈、更醇厚,浸润在这样的艺术氛围中,如沐春风。莎翁故居、莎翁新居以及环球剧院让我对莎士比亚的世界有更直观的了解,当再阅读莎剧、再看学者们对他的生活环境的描述和分析,我能像过电影一样,脑子里浮现出彼情彼景,一切鲜活了起来、真切了起来。从英国我购回了重要的参考书籍,沉甸甸的书占据了行李箱的大半,它们成了我的有米之炊,学术文本是釜底之薪,靠着它,我要燃起莎士比亚的鲜艳之火。

　　当然,研究没有止境,我将以马克思主义莎评为出发点,进一步扩大研究范围,加强研究深度,下一步的目标是向广阔的文化研究方面挺进,探索文化思潮视野中的莎士比亚评论的景象。

　　虽然本人十分努力,但由于水平有限,难免有瑕疵,还请方家指正。

　　衷心感谢上海市哲学社会规划办公室对本项目的支持,使我能全神贯注地挺进目标;感谢中国社会科学出版社的大力支持,使我的成果得以付梓面世;感谢蒋承勇教授的热心推荐;也感谢我的研究生赵丹,她和我合作,写作了第二编的第一章"'幽灵诗学'的研究",辛苦了一年。最后特别感谢中国社会科学出版社的刘艳编辑,她花费了大量的心血,逐字逐句校对,使本书尽可能地完善,感谢罗莉老师的热情帮助。一本学术专著的诞生凝聚着诸多人的心血。

2017 年秋　完成于上海锦秋花园